本书系 2014 年度国家社会科学基金青年项目(14CZW038)、中国博士后科学基金第 58 批面上资助项目(2015M581495)阶段性成果。

# 韩国古典诗学批评研究

王 成 ◎ 著

中央编译出版社
Central Compilation & Translation Press

图书在版编目(CIP)数据

韩国古典诗学批评研究 / 王成著. —北京：中央编译出版社，2016.4
ISBN 978-7-5117-2980-4

Ⅰ.①韩… Ⅱ.①王… Ⅲ.①古典诗歌—诗歌研究—韩国 Ⅳ.①I312.672

中国版本图书馆 CIP 数据核字(2016)第 060817 号

## 韩国古典诗学批评研究

| | |
|---|---|
| 出 版 人： | 葛海彦 |
| 出版统筹： | 董 巍 |
| 责任编辑： | 曲建文 |
| 责任印制： | 尹 珺 |
| 出版发行： | 中央编译出版社 |
| 地　　址： | 北京西城区车公庄大街乙 5 号鸿儒大厦 B 座(100044) |
| 电　　话： | (010)52612345(总编室)　(010)52612341(编辑室) |
| | (010)52612316(发行部)　(010)52612317(网络销售) |
| | (010)52612346(馆配部)　(010)55626985(读者服务部) |
| 传　　真： | (010)66515838 |
| 经　　销： | 全国新华书店 |
| 印　　刷： | 北京天正元印务有限公司 |
| 开　　本： | 710 毫米×1000 毫米　1/16 |
| 字　　数： | 223 千字 |
| 印　　张： | 15 |
| 版　　次： | 2016 年 4 月第 1 版第 1 次印刷 |
| 定　　价： | 45.00 元 |
| 网　　址： | www.cctphome.com　　邮　箱：cctp@cctphome.com |
| 新浪微博： | @中央编译出版社　　微　信：中央编译出版社(ID: cctphome) |
| 淘宝店铺： | 中央编译出版社直销店(http://shop108367160.taobao.com)　(010)52612349 |

本社常年法律顾问：北京嘉润律师事务所律师　李敬伟　问小牛
凡有印装质量问题，本社负责调换，电话：(010)66509618

# 序

文日焕

王成是我教过的学习非常刻苦、思维非常活跃的学生。2010年秋,他辞掉出版社的工作,来到北京跟随我攻读博士学位。读博期间,成绩优异,先后获得了博士研究生国家奖学金、韩国国际交流财团奖学金、中央民族大学学业奖学金等,并发表了三十多篇学术论文,其努力程度是可想而知的。现在,他仍然坚持着自己的学术方向,在朝鲜—韩国学研究领域辛勤耕耘,多项课题分别获得了国家社科基金项目、中国博士后基金项目等的资助。作为他的导师,我为他取得的成绩、他一直的勤奋、执着而感到高兴。

《韩国古典诗学批评研究》这部书稿是王成在其博士学位论文的基础上修改、润色完成的,体现了他读博期间的学术功力和毕业之后的显著进步。该书即将出版,王成请我作序,欣然提笔之际,不禁感慨良多。

随着经济、文化的高度发展,朝鲜—韩国学在国内的研究日益活跃,每年都有专著、大批硕博士论文与期刊论文等成果出现,取得了显著成绩,但是深入、细致的阐释之作却不多见。王成一贯踏实、认真,为了写好学位论文,他查阅了大量的基础文献,在海量的朝鲜古代诗学文献中寻找可用的材料。因此,他的学位论文论据详实、充分,观点鲜明、可靠;答辩时,得到了北京大学、对外经济贸易大学、中央民族大学、中国社会科学院等评审专家的一致好评。在毕业的两年多时间里,他一直关注海内外的相关研究动态,又对论文进行了补充、修改,增添了新的材料和证据,并做了更为深入的分析和阐释,论述的广度和深度也得到了进一步的增强。现在呈现在我们面前的这部书稿,是让人欣慰而又充满期待的。

全书主体部分由七章组成,第一章是韩国古典诗学的创作概况;第

二、三、四章分别介绍了韩国古典诗学所运用的意象批评、比较批评、摘句批评等方法；第五章分析了韩国古典诗学批评的美学价值；第六章以个案诗家的诗论为主体，探讨了韩国古典诗学的审美批评；第七章对韩国古典诗学批评的语言特色、在中韩文论关联中的意义等进行了论述。可以说，这部书稿构建了较为系统的韩国古典诗学理论批评体系。

"视野"与"方法"是近年学界非常关注的两个话题。王成的这部书稿，做到了视野与方法的契合与统一。他立足于中韩文学、文化交流这个大的语境，以大量、具体的生动文本为基础，多方法、多角度进行诗学本体研究和对比研究，为中韩古代文学的交流提供了更为形象、直观的证据，其学术视野是宽广而通透的。

这部著作无论是在韩国古典诗学的本体研究，还是中韩古典诗学的比较研究上，均有一定的突破与创新，对进一步研究中韩古代文学关联以及亚洲汉文学传统的形成与发展也具有重要的学术意义。

朝鲜—韩国学的研究任重而道远，希望王成在这个领域越走越好，取得更多更高的成就。

是为序。

2015 年 12 月
于中央民族大学

# 目　录

绪　论 ················································································ 1

## 上　编　批评方法论

### 第一章　韩国古典诗学创作概况 ·················································· 21
第一节　高丽朝诗学生成的文化语境 ············································ 21
第二节　中国诗学对韩国古典诗学的影响 ······································ 27
第三节　韩国古典诗学的发展历程 ··············································· 44

### 第二章　韩国古典诗学的意象批评 ················································ 50
第一节　意象批评概说 ······························································ 50
第二节　意象批评在高丽朝诗学的运用 ········································· 55
第三节　意象批评在李朝诗学的体现 ············································ 61

### 第三章　韩国古典诗学的比较批评 ················································ 72
第一节　比较批评概说 ······························································ 72
第二节　比较批评视野下的中韩作家作品论 ··································· 75
第三节　"李杜优劣论"的域外观照 ············································· 90
第四节　唐宋诗之争的域外审视 ·················································· 97

### 第四章　韩国古典诗学的摘句批评 ·············································· 106
第一节　摘句批评概说 ···························································· 106
第二节　摘句探究诗歌的创作手法 ············································· 110

第三节 摘句诠释诗歌的风格特点 …………………………………… 114
第四节 摘句体现诗家的审美趣尚 …………………………………… 120
第五节 摘句论析诗人的艺术成就 …………………………………… 123
第六节 摘句审思诗歌的题材功用 …………………………………… 125

## 下编 批评鉴赏论

### 第五章 韩国古典诗学批评的美学分析 …………………………………… 131
第一节 对诗歌鉴赏、举证的价值 …………………………………… 131
第二节 对韩国古典美学批评史的贡献 ……………………………… 135

### 第六章 韩国古代诗家诗学批评论 ……………………………………… 139
第一节 李晬光《芝峰类说》征引《沧浪诗话》考论 ……………… 139
第二节 梁庆遇《霁湖诗话》论杜甫诗 ……………………………… 151
第三节 李瀷《星湖僿说》论李白、韩愈诗 ………………………… 163
第四节 申钦《晴窗软谈》对中韩诗歌的审美批评 ………………… 176

### 第七章 韩国古典诗学批评的语言特色与研究意义 …………………… 183
第一节 韩国古典诗学批评的语言特色 ……………………………… 184
第二节 韩国古典诗学批评在中韩文论关联中的意义 ……………… 185
第三节 韩国古典诗学批评前景展望 ………………………………… 186

**参考文献** ………………………………………………………………………… 189

**附录 中韩比较文学论文** ……………………………………………………… 195

**后记** ……………………………………………………………………………… 231

# 绪　论

## 一、研究的对象

关于论题的说明。

在"韩国古典诗学批评"这个语题中,"韩国"指称的是分裂以前的整个朝鲜半岛,所谓"韩国古典诗学"即指朝鲜半岛古典诗学。之所以称"韩国"而不称"朝鲜",无其他的考量,也别无其他的区分,只是考虑到韩国在当今世界文化交流语境中,更能以朝鲜半岛的文化身份向世界发出声音,在国际关系中有一定的话语权,也更能为世界所接受,故此称之。

"诗学"内涵的阐释。

"诗学"一词是被东西方文学普遍使用的一个文学理论范畴,西方称poetics,东方称诗学。西方的poetics有三层含义:最广义的,和"理论"一词相当;次广义的,指文学理论(文艺理论);最狭义的,指有关诗歌的系统理论。蔡镇楚认为中国传统诗学的内涵,"大凡有二:一是'《诗》学',即'《诗经》之学'……二是诗歌之类诗学入门著作"[1]。杨义在此基础上,指出诗学的涵义还包括"诗的智慧与作诗的能力"[2]。我们认为,诗学的含义应该是广义与狭义之分并存。广义的诗学,指一切的文艺理论;狭义的诗学,则专就诗歌这一文学样式而言。

在韩国古代文学批评中,以"诗学"为名而论诗者颇多,但多为狭义的诗学,其形式多以"诗话"呈现,大多泛指一般诗歌的创作技巧及其他理论问题的研究。如:"今世诗学专尚晚唐,阁束苏诗"(权应仁《松溪漫录》)、"本朝诗学以苏黄为主,虽景濂大儒亦堕其窠臼"(许筠《鹤山樵谈》)、"盖东方诗学始于三国,盛于高丽,而极于我朝"(洪万宗《小华诗

---

[1] 蔡镇楚:《诗话研究之回顾与展望》,《文学评论》,1999年第5期。
[2] 杨义:《说"诗学"》,《诗刊》,2007年第13期,卷首语。

评》)、"吾东诗学之弊,以咏物强韵,试人才程,便成其例"(河谦镇《东诗话》),等等。由此可以看出,在韩国古典诗学批评中,"诗学"这一概念的内涵,基本是指狭义的诗学。

在现代东方汉文化语境下,往往把诗学限定在文学理论研究的范畴之内,如乐黛云先生所言:"现代意义的诗学是指有关文学本身的、在抽象层面展开的理论研究。它与文学批评不同,并不诠释具体作品的成败得失;它与文学史不同,并不对作品进行历史评价。它所研究的是文学文本的模式和程式,以及文学意义如何通过这些模式和程式而产生。"① 本文所研究的内容,就是在这个意义上(即广义上)使用"诗学"一词的。

诗学的载体——诗话。

诗话是诗学的载体,是诗学理论的集中呈现。本文以韩国古典诗话为主要研究对象,以诗话所用批评方法、美学意义、个案诗家诗学批评、诗学批评的语言特色等为切入点,构架较为系统的韩国古典诗学批评的理论体系。在论文主要内容展开论述之前,有必要探讨一下诗话的范畴、分类、价值等问题。到底何谓诗话?中韩古代诗论家、现代诗话研究者对其各有见解。

诗话之称,源于欧阳修的《六一诗话》,其后引起历代诗论家对诗话概念的探讨。如宋代许𫖮《彦周诗话》:"诗话者,辨句法,备古今,纪盛德,录异事,正讹误也。若含讥讽,著过恶,诮纰缪,皆所不取。"② 许氏指出,诗话的写作宗旨是,辨明诗体的句法特点,记述古今诗坛之事,描绘历代诗歌交流的盛况,载录诗坛奇闻轶事及掌故,对诗歌有关问题进行考证、辨别,而不应该讥诮古人,责备其过失,应该采取严肃、认真的态度。清代钟廷瑛《全宋诗话》(小序)说:"诗话者,记本事,寓品评,赏名篇,标隽句;耆旧说法,时废金针;名流俳调,亦征惩戒;或有参定故实,辨证谬误:皆攻诗者所不废也。"③ 钟氏的论述,较许氏又有所进步,

---

① 乐黛云、叶朗、倪培耕主编:《世界诗学大辞典·序》,春风文艺出版社,1993年,第4页。
② 张葆全主编:《中国古代诗话词话辞典》,广西师范大学出版社,1992年,第354页。
③ 殷晓燕:《诗话释义及其渊源探析》,《呼兰师专学报》,2003年第1期,第31页。

不仅说出了诗话所涉猎的内容，更指出了其风格特点。清代沈懋德在为查为仁《莲坡诗话》所做的《跋》中指出诗话的两种类型："诗话有两种：一是论作诗之法，引经据典，求是去非，开后学之法门，如《一瓢诗话》是也。二是述作诗之人，彼短此长，花红玉白，为近来之谈薮，如《莲坡诗话》是也。"① 沈氏的诗话类型说，具有一定的审美鉴赏力。

韩国古代诗家对诗话也有着一番见解。李朝洪万宗曰："余闻无不求，得无不览。第于其间亦载朝野事迹、闾巷俚语，篇帙浩瀚难于记览。于是合诸家所著，而专取诗话辑成一编，名之曰《诗话丛林》。凡上下数百载骚人墨客山僧闺秀名章警句，备录无遗。其清丽雄豪各臻意趣，品题考核无不的当。"② 洪氏的这段话是对《诗话丛林》编写动机的阐释，但间接地表达了他对诗话内容、特点的看法，认为诗话载录了诗坛轶事，包含了名章警句，风格多样，认识无疑是比较高明的。

李朝南文始《龟砌诗话》用形象的比喻，指出了诗话的一些特征，他说："大凡人必以所业者话：业于酒者，弹冠杏垆，相逢以酒话；业于农者，索绹松灯，相对以农话；业于钏技者，猎缨屠门，相与轩眉以钏话。莫不以己所业者，名话其话。业于诗者亦然，水楼朋樽，山寺僧榻，景物晴妍，更鼓迟迟，相与挥尘，尾碎壶口，屑于眉睫，动以口吻，霏霏如玉屑者，无一话非诗也。"③ 南氏认为诗话是一切关于诗歌的闲谈琐语，认识是比较宽泛的。李朝李圭景《五洲衍文长笺散稿》指出了诗话的重要意义："诗话者，诗之流亚，而作诗之楷模也。"④

古人对诗话的认识，还是具有时代的局限性的，但是其认识论的价值，是不可磨灭的，也为当代诗话研究者提供了可资参考之处。如诗话研究泰斗郭绍虞先生指出："诗话之体，顾名思义，应当是一种有关诗的理论著作。"⑤ 张葆全教授的观点和郭氏的论述较为相似，他说："诗话是一

---

① 赵永纪编：《古代诗话精要》，天津古籍出版社，1989年，第1043页。
② 赵季、赵成植：《诗话丛林笺注》，南开大学出版社，2006年，第21页。
③ ［韩］赵钟业：《中韩日诗话比较研究》，台湾学海出版社，1984年，第270页。
④ 李岩、徐健顺：《朝鲜文学通史》，社会科学文献出版社，2010年，第1422页。
⑤ 郭绍虞：《清诗话·前言》，上海古籍出版社，1963年，第1页。

种漫话诗坛轶事、品评诗人诗作、谈论诗歌做法、探讨诗歌源流的著作。"① 刘德重教授提出了界定诗话范畴的三个原则,即主体性原则、约定俗成原则、历史存在原则。② 韩国诗话研究专家赵钟业教授认为:"'诗话'者,诗人批评也。凡诗之批评,今人谓之'诗论',而古人则谓之'诗话'……苟以广义概念之诗评言之,自诗之品第、诗格、诗法以至诗人解释、诗文故事等,莫不可以在诗话范围之内。"③ 赵氏的论述,是较为准确的。

当代著名诗话研究家蔡镇楚先生对诗话定义的界定,融合了前代的论述,更有自己的新见,他认为:"诗话有狭义和广义之分。狭义的诗话,按其内容来说,是诗歌之'话',就是关于诗歌的故事;按其体裁而言,就是关于诗的随笔体,以欧阳修《六一诗话》为首创,以'以资闲谈'为创作旨归。广义的诗话,乃是一种诗歌评论形式,凡属评论诗人、诗歌、诗派以及记述诗人议论、行事的著作,皆可名之曰诗话。"④ 蔡氏关于诗话的定义,不仅涉及内容,更兼顾了形式;不仅如此,蔡氏还论证了诗话所必须具备的三个基本要素:"第一,必须是关于诗的专论,而不是个别的论诗条目,甚至古人书、记、跋、序中的有关论诗的单篇零札,也不能算作诗话;第二,必须属于一条条内容互不相关的论诗条目连缀而成的创作体制,富有弹性,而不是自成一体的单篇诗论;第三,必须是诗之'话'与'论'的有机结合,是诗本事与诗论的统一。一则'诗话'是闲谈随笔,谈诗歌的故事,故名之曰'话';二则'诗话'又是论诗的,是'论诗及事'与'论诗及辞'的有机结合,属于中国古代诗歌评论的一种专著形式。……只要符合这几条标准,具备这三大要素,欧阳修之后,不论是标名'诗话'的,还是未标名'诗话'的,都可以视为'诗话';同时,也只有具备这三条标准者,才能称为'诗话'。"⑤ 定义与要素相结合,无疑为诗话的界定做了全面而准确的阐释。

---

① 张葆全:《诗话和词话》,上海古籍出版社,1983年,第1页。
② 刘德重:《诗话范畴与诗话学》,《上海大学学报》(社会科学版),1997年第3期,第32—37页。
③ [韩]赵钟业:《中韩日诗话比较研究》,台湾学海出版社,1984年,第42页。
④ 蔡镇楚:《诗话学》,湖南教育出版社,1990年,第30页。
⑤ 蔡镇楚:《诗话学》,湖南教育出版社,1990年,第32页。

诗话的范畴如是，诗话又该如何分类呢？章学诚《文史通义》(《诗话篇》)分诗话为"论诗及事"、"论诗及辞"两大类："诗话之源，本于钟嵘《诗品》。然考之经传，如云：'为此诗者，其知道乎？'又云：'未之思也，何远之有？'此论诗而及事也。又如：'吉甫作诵，穆如清风。''其诗孔硕，其风肆好。'此论诗而及辞也。事有是非，辞有工拙，触类旁通，启发实多。江河始于滥觞，后世诗话家言，虽曰本于钟嵘，要其流别滋繁，不可一端尽矣。"①

郭绍虞很认同章氏的分法："论诗话，我常以为章实斋（学诚）说得最好。他把诗话分为论诗及辞与论诗及事二例。这确可看出这种情形。"②他在《诗话丛话》中对"论诗及事"、"论诗及辞"两大类还做了细致的分析：

一、论诗及事类：1."通于史部之传记"者，如孟棨《本事诗》、计有功《唐诗纪事》之属；2."通于经部之小学"者，如蒋超伯《通斋诗话》等诠释名物、考证故实之作；3.以阐扬名教为主旨者，如黄彻《䂬溪诗话》之类；4."通于子部之杂家"者，如欧阳修《六一诗话》等泛述闻见、"以资闲谈"类著作。二、论诗及辞类：1."衡量作品之高下，以为作家之等第"者，如钟嵘《诗品》；2."以韵语体貌其妙境"者，如旧题司空图之《二十四诗品》；3."用象征的方法，以形容作家之所诣"者，如敖陶孙《诗评》；4."摘取佳语以资欣赏"者，如高似孙《选诗句图》；5."讨论作法，分别体格"者，如齐己《风骚旨格》；6."类聚诸家明其源流，选摘佳构以为例证"者，如张为《诗人主客图》；7."寻话索瘢，好为诋诃文章，掎摭利疾"者，如严有翼《艺苑雌黄》；8."推究声律，勒为定谱"者，如王士祯《古诗平仄论》；9."不论其辞而论其题"者，如吴兢《乐府古题要解》。③

---

① 蔡镇楚：《诗话学》，湖南教育出版社，1990年，第55页。
② 郭绍虞：《宋诗话辑佚·序》，中华书局，1980年，第2页。
③ 刘德重、张寅彭：《诗话概说》（修订版），安徽教育出版社，2009年，第21—22页。

刘德重、张寅彭在郭氏分类的基础上，又增加了"'重在阐明诗理'者，如严羽《沧浪诗话》"一条。①

诗话究竟有多大的价值，值得古代众多诗家争相创作？且看郭绍虞《宋诗话辑佚·序》的论述："论其（诗话）材料与作用，却并非仅助茶余酒后之谈资。论其考核有据，阐明作诗之本事，或网罗散佚，吉光片羽，赖以仅存，则有裨于文学史的研究。论其上下古今，衡量名著，摘举胜语，时于其间流露一己之文学见解，则又有裨于文学批评之研究。"②"它（诗话的价值）是本末精粗无所不包的，所以诗话之滥不足为诗话病。何况诗话之著作虽滥，而既经昔人称引，则多少也有它可以保存的价值。因此，诗话虽滥，但有时足助异文之校勘。即品第中所载有异同，也可看出其惨淡经营之迹，有金针度人之功。再有，或足以备注家之异闻，足以补集部之遗漏。"③ 郭氏对诗话的价值给予了高度评价，认为诗话可以增加文学史研究的内容，可以有益于文学批评的研究，等等。

我们认为，诗话的首要价值在于，它探讨了许多根本性问题。如，何谓诗？即诗歌的本质是什么？这是诗话需要面对的最为直接的问题。宋代严羽《沧浪诗话》，清代王夫之《姜斋诗话》、叶燮《原诗》、袁枚《随园诗话》，韩国李朝柳梦寅《於于野谈》、李晬光《芝峰类说》，等等，都认为诗歌的本质特征在于抒情、言志。"诗缘情"、"诗言志"等观点在中韩诗话中屡见不鲜。如宋代严羽《沧浪诗话·诗辨》："诗者，吟咏性情也。"④ 朱庭珍《筱园诗话》："诗所以言志，又道性情之具也。"⑤ 柳梦寅《於于野谈》："诗者，出自性情虚灵之俯，先识妖贱油然而发，不期然而然。"⑥

诗话的价值还在于，它总结了诗歌的创作经验，包括诗歌的创作原

---

① 刘德重、张寅彭：《诗话概说》（修订版），安徽教育出版社，2009年，第22页。
② 郭绍虞辑：《宋诗话辑佚·序》，中华书局，1980年，第4页。
③ 郭绍虞辑：《宋诗话辑佚·序》，中华书局，1980年，第5页。
④ 赵永纪编：《古代诗话精要》，天津古籍出版社，1989年，第16页。
⑤ 赵永纪编：《古代诗话精要》，天津古籍出版社，1989年，第12页。
⑥ ［韩］任廉：《旸葩谈苑》，亚细亚文化社，1981年，第434页。

则、创作规律、艺术构思、创作过程、创作方法等。如，"以意为主"，"意在笔先"，是历代诗话总结的重要的诗歌创作原则。所谓"意"者，即诗歌的主旨，诗歌的中心思想。刘攽《中山诗话》提出"诗以意为主，文词次之"后，出现了王若虚"意主语役"说、王夫之"意帅语兵"论、韩国李奎报"诗以意为主，设意最难"，等等。诗话在诗歌创作方法上，更是做了大量有益的探索。如对诗歌比兴、用事、对仗、声律、结构、脉络等的探索，为后世诗人的诗歌创作积累了丰富的经验。

诗话在记录诗歌发展历史上更做出了突出贡献。诗歌究竟是怎样产生和发展的？诗坛的盛衰情况如何？诗史的演进轨迹怎样？诗坛存在哪些流派？等等，都在诗话著作中可以找到记录。可以说，诗话是文学史的生动记录，是作家作品研究、诗歌流派研究等重要而丰富的资料宝库。如清代何文焕编辑的《历代诗话》，所辑录的27种诗话，涉及的历代诗人有一千多位；丁福保所辑《历代诗话续编》，收录诗话29种，涉及的诗人多达2800多人；李朝洪万宗编著的《诗话丛林》，收录诗话24种，涉及的韩国历代诗人近千人。

## 二、研究的目的与意义

"研究文学不能不研究文学理论，研究文学理论不能不研究诗论。"① 诗论是诗歌创作发展到一定时期的产物，创作在前，评论在后。"诗歌创作的发展和繁荣使人们更加喜爱诗歌，更爱谈论诗歌，于是谈诗论艺便成为一种社会风气，评论诗歌的著作也就源源不断产生。谈诗评诗可以用不同的体裁，如有的用长篇散文（曹丕《典论·论文》），有的用骈体文（刘勰《文心雕龙》），有的用书信（白居易《与元九书》）、书序（《毛诗序》），有的甚至用赋（陆机《文赋》）、用诗（杜甫《戏为六绝句》），但古代用得最多的却是诗话。它是宋、元以来我国文学批评的主要形式。"② 罗根泽先生说："没有小说何有小说批评，没有戏剧何有戏剧批评？"③ 套用罗根泽先生的话，那么，没有诗歌创作，岂有诗歌批评？

---

① 孙德彪：《中韩诗论研究的设想》，《东疆学刊》，2004年第3期，第57页。
② 张葆全：《诗话和词话》，上海古籍出版社，1983年，第2页。
③ 罗根泽：《中国文学批评史》（一），中华书局，1962年，第11页。

诗话是中国古代文学宝库中一份珍贵的财产，它记录了大量有关古代诗人生平事迹、文学活动、诗友之间的交流，反映了诗人一定的文学观念、文学思想并探讨了诗人的艺术成就、艺术风格、渊源流派等内容，更包括诗歌理论范畴、诗歌创作技巧，总结了诗歌的创作经验等，对于名篇佳句也给予了精彩的赏析，可谓研究诗歌批评不可或缺的材料。

诗话作为东方诗论的最有特色的载体，并且作为论诗的主要形式，在中韩两国的文化交流中起着重要且相当活跃的作用。韩国诗话是在中国诗话的直接影响下产生、发展的，同时又具有本民族的特点和美学价值，自然会引起广大学者、专家的广泛兴趣，而孜孜以求地进行研究、探讨。

徐英先生首创"诗话学"之名，在《诗话学发凡》中说："诗话之学，厥源远矣。披叶寻根，则肇始虞夏；沿澜观海，亦极乎明、清。原始要终，可得言焉。人禀七情，应物斯感。诗以言志，志有所之，持志而言，发言为诗。析义原理，明浅如话。《虞书》所陈，九序为歌，其诗话之首基哉！"[①] 蔡镇楚先生提出"东方诗话学"这一概念："从中国传统文化和民族文化性格的客观实际出发，实事求是地阐释中国诗话的学术价值和文学地位，及其对中国古代诗歌评论和世界诗歌理论宝库的重大贡献，以继承和发扬中国诗话这宗巨大而丰富的诗歌理论和诗歌美学遗产，建立具有中国特色的东方诗话学"[②]，并撰写《诗话学》这一力作。

对于东方诗话的研究，专家辈出，不仅仅有众多知名学者，博士生、硕士生等亦参与其中。1996年，一个专门以研究诗话为主要方向的学术团体——东方诗话学会应运而生。这是一个以东方诗话（包括中国诗话、韩国诗话、日本诗话、越南文论等）为研究对象的国际性学术团体。学会汇集了一大批中、韩、日等国知名的诗话研究专家，如中国大陆的蔡镇楚先生、刘德重先生、张葆全先生、蒋寅先生、任范松先生等，香港地区的邝健行先生，韩国的赵钟业先生、许世旭先生、全荧大先生、李炳汉先生等，日本的船津富彦先生，等等。这些学者学术底蕴深厚，所以关于诗话的研究成果丰硕。东方诗话学会出版会刊《诗话学》，为诗话研究者提供

---

① 转引自蔡镇楚：《诗话学》，湖南教育出版社，1990年，第452页。
② 蔡镇楚：《中国诗话史·序》，湖南文艺出版社，1988年，第1页。

了一个专业的学术交流平台。学会成立后，从 1997 年至 2015 年，举办了多届东方诗话学会的国际性学术研讨会，参会人员众多，发表的研究成果质量上乘，研究诗话的热情空前高涨。

在众多学者研究韩国诗话的著作、学位论文、期刊论文中，大多数都集中在探讨韩国诗话所体现的诗歌本质论、诗歌创作论、诗歌风格论、诗歌批评论等内容，如任范松、金东勋《朝鲜古典诗话研究》①、河红联《李悦文论研究》②等；亦有探讨中韩古典诗论关联的研究成果，如王国彪《朝鲜学者洪万宗诗论与中国诗论的关联》③、张振亭《韩国古典诗学的中国情结》④、徐东日《李德懋诗学观与王士禛诗学观之比较》⑤，等等。纵观现有研究成果，还没有探讨韩国古典诗话在论诗时采用了何种批评方法，采用某种批评方法能给诗家的诗歌理论带来哪些不一样的变化，诗学批评蕴涵怎样的美学价值，有何语言特色，研究前景如何，等等。本论文将在此方面筚路蓝缕，搭桥铺路；这不仅丰富了韩国诗学研究的成果，更提供了崭新的研究视角。

## 三、研究现状

截至目前，汇编韩国诗话的出版物，通常有以下几种形式：（一）将数种或数十种甚至百种诗话著作汇编而成的诗话丛书，具有代表性的，如蔡美花、赵季主编《韩国诗话全编校注》⑥，收录目前所能见到的自高丽王朝至现代的诗话共 136 部，总计 820 万字，是国内外最为全面的第一部全景式展现韩国诗话历史全貌的文献典集，是韩国诗学乃至东亚诗学研究的重要文献资料。〔韩〕赵钟业教授整理的《韩国诗话丛编》（共十七卷本）⑦，收录韩国古典诗话共 129 部，是现存收集韩国古典诗话比较完整的

---

① 延边大学出版社，1995 年。
② 延边大学博士学位论文，2011 年。
③ 《重庆文理学院学报》，2009 年第 4 期。
④ 《理论观察》，2011 年第 5 期。
⑤ 《中国比较文学》，2008 年第 4 期。
⑥ 人民文学出版社，2012 年。
⑦ 〔韩〕太学社，1996 年。

版本。蔡镇楚教授整理的《域外诗话珍品丛书》①，分为日本卷、朝韩卷两部分。在"朝韩卷"部分中，收录了《破闲集》、《补闲集》、《东人诗话》等诗话著作。赵季、赵成植的《诗话丛林笺注》②，是对韩国李朝时期洪万宗选编的《诗话丛林》的笺注，内容详实，是研究韩国诗话不可多得的素材。李朝任廉的《旸苑谈葩》③和洪万宗的《诗话丛林》的编著体例十分相似，包括洪万宗的《诗话丛林》等24部诗话著作，增加了洪万宗《小华诗评》、任廉《蟾泉漫录》等7部诗话著作。

（二）从各诗话著作中分类选录的诗话集，如韩国学者李钟殷、郑珉的《韩国历代诗话类编》④，是对韩国诗话的分类编排，以摘录言论为主要形式，按作家类、诗论类、历代诗评论类、体制类、作法论、品评类、辨正类、论文类、杂记类加以分类。邝健行、陈永明、吴淑钿选编《韩国诗话中论中国诗资料选粹》⑤，这部著作是从韩国历代诗话对中国诗歌论述的内容而辑选成的，很有学术价值。

据韩国国会图书馆、中央图书馆、首尔大学图书馆、高丽大学图书馆等机构的索引统计，韩国学者研究韩国古典诗话的专著、学位论文、期刊论文数量众多，这些研究成果可以分为以下四种类型：

第一种类型，关于韩国诗家代表诗话著作的研究，属于对个案诗话著作的研究。这部分研究成果在韩国学界中最为丰硕、突出。如李在忠《〈稗官杂记〉的诗话研究》（岭南大学校，2004年硕士学位论文）、严眩湜《〈惺叟诗话〉研究》（公州大学校，1995年硕士学位论文）、李秉旭《〈东人诗话〉研究》（仁荷大学校，1993年硕士学位论文）、蔡焕钟《〈霁湖诗话〉研究》（忠南大学校，1989年硕士学位论文）、朴守仁《〈壶谷诗话〉的文学论》（《韩国汉诗研究》，2008年第8期）、朴守仁《〈慵斋诗话〉的诗话批评》（《韩国汉诗研究》，2002年第10期）、贝贽训《梁庆遇和〈慵斋诗话〉》（《韩国汉诗研究》，2002年第10期）、韩仁锡《徐居正文学研

---

① 北京图书馆出版社，2006年。
② 南开大学出版社，2006年。
③ ［韩］亚细亚出版社，1981年。
④ ［韩］亚细亚出版社，1988年。
⑤ 中华书局，2002年。

究：以〈东人诗话〉为中心》（檀国大学校，1989年博士学位论文），等等。

第二种类型，关于某一时段韩国古典诗话的研究。代表成果如柳明淑《高丽时代诗话研究》（韩国教员大学校，2002年硕士学位论文）、安大全《朝鲜后期诗话史研究》（国学资料院，1995年版）、成范重《韩国汉诗的意境设定方法和相关样相研究：以朝鲜时代诗话集所载诗的资料为中心》（首尔大学校，1993年博士学位论文）、赵隆熙《17世纪前期诗话集研究：惺叟诗话、芝峰类说、晴窗软谈、霁湖诗话》（西江大学校，1999年博士学位论文）、洪钟万《高丽诗话集的比较文学研究——李仁老、李奎报的中国文学受容为中心》（檀国大学校，1984年博士学位论文）、张鸿在《高丽朝诗话批评的叙述方法试考：以东国李相国集和四大诗话书为中心》（《崇实语文》，1986年第3辑）、张鸿在《高丽时代诗话批评研究》（亚细亚文化社，1987年版），等等。

第三种类型，关于韩国古典诗话审美范畴、艺术特征等的研究。相关成果如曹乐铉《高丽诗话出现的用事、新意论研究》（首尔大学校，1977年硕士学位论文）、赵钟业《韩国诗话的特性》（《韩国汉文学研究》，1990年第13辑）、张鸿在《朝鲜初期诗话批评的气象论》（《崇实语文》，1987年第6辑）、李香培《韩国诗论对性理学的影响》（檀国大学校，2000年博士学位论文）、郑尧一《韩国汉诗理论之用事论和点化论研究》（西江大学校，2000年博士学位论文）、吴云锡《诗话和品格批评考察》（《语文研究》，1998年春第1号）、李炳汉《韩国古典诗论的民族文学论的性格分析》（《中国学报》，1989年第29辑）、郑时烈《韩国诗话的风格评语研究》（西江大学校，2005年博士学位论文），等等。

第四种类型，关于韩国诗话的中国因素、与中国文论关联的研究。相关成果如许世旭《韩中诗话渊源考》（台北黎明文化事业股份有限公司，1979年版）、李致洙《中朝古典诗论的相关性研究》（《中国语文论丛》，2001年第21辑）、安炳鹤《朝鲜中期唐诗风和诗论的展开样相》（《韩国文化研究》，2000年第1号）、徐安琪《韩国古典诗话中的宋诗论》（《人民学研究》，2009年第9辑）、李钟虎《韩国诗话和司空图的〈诗品〉》（《大东汉文学》，2000年第13辑）、李英洙《韩国诗话中的杜诗》（首尔大学校，

2006年版)、柳晟俊《朝鲜朝后期诗话评王士祯等清人诗考》(《中国研究》,2005年第35卷)、全英兰《韩国诗话中有关杜甫及其作品研究》(台湾文史哲出版社,1991年版),等等。

  在中国大陆,有很多对韩国文化及文学研究的专门机构,具有代表性的机构有:吉林省社会科学院朝鲜·韩国研究所(主要研究方向、领域:韩国、朝鲜的政治、经济、历史、外交等)、延边大学朝鲜韩国研究中心(主要研究方向、领域:朝鲜、韩国的政治、经济、文化、历史等)、北京大学韩国学研究中心(主要研究方向、领域:韩国近现代政治、传统文学、思想、学术等)、东北师范大学朝鲜—韩国学中心(主要研究方向、领域:朝鲜、韩国的政治、历史、经济、文教及周边国家关系)、山东大学韩国研究中心(主要研究方向、领域:韩国哲学、经济、历史、语言、文学、社会)、浙江大学韩国研究所(主要研究方向、领域:韩国传统文化)、中国社会科学院韩国研究中心(主要研究方向、领域:朝鲜半岛国家政治、文化、经济及与周边关系)、中国人民大学韩国研究中心(主要研究方向、领域:朝鲜半岛、日本经济、政治、文化及国家关系)、中央民族大学朝鲜—韩国学研究所(主要研究方向、领域:朝鲜、韩国的现当代文学及中韩比较文学)、延边大学东方诗话研究所(主要研究方向、领域:朝鲜、韩国的古典文论,中朝文论比较)①,等等。

  国内对于韩国古典诗话的研究,队伍庞大,研究成果非常可观。关于韩国诗话研究的专著,具有代表性的有:任范松、金东勋著《朝鲜古典诗话研究》(延边大学出版社,1995年版),是国内第一部系统研究诗话的专著。该书不仅阐释了诗话的概念、韩国诗话的起源与演变、韩国诗话的基本特征等问题,还按时代的划分(高丽时期、李朝前期、李朝中期、李朝后期)来论述韩国诗话的主要内容(诗歌本质论、诗歌创作论、诗歌批评论等),虽然有颇多疏漏,但不能掩没它对韩国古典诗话研究的开创性意义。孙德彪《朝鲜诗家论唐诗》(民族出版社,2006年版),对韩国唐诗论进行了系统的总结,研究视角独特,论述缜密。马金科《朝鲜诗学对江西

---

① 参照聂垚:《韩国诗话〈诗家点灯〉唐宋诗举证研究》,吉林大学,2012年博士学位论文。

诗派的接受——以高丽后期至李朝前期朝鲜诗话为中心》（民族出版社，2006年版），首次对韩国诗学接受中国江西诗派进行了全面系统的梳理。诗话研究专家蔡镇楚先生对诗话的研究硕果丰盛。他撰写的《诗话学》（湖南教育出版社，1990年版）、《比较诗话学》（北京图书馆出版社，2006年版）两部著作，在涉及韩国古典诗话的部分内容中，系统地勾画了韩国诗话的发展历史、韩国诗话的基本特征，还把中国诗话和韩国诗话进行了比较分析，探讨中韩诗话的关联。邹志远《李晬光文学批评研究》（延边大学出版社，2007年版），是对诗论家李晬光的研究，属于个案研究。作者主要分析了李晬光诗话中的文论范畴、文体及李晬光对中韩作家的批评等内容，颇多新见。

关于韩国古典诗话的研究，亦有大批硕、博士学位论文涌现，具有代表性的硕士学位论文有：李成柱《徐居正文学思想研究》（延边大学，2009年硕士学位论文）、李范洙《论"尊唐贬宋"背景下李晬光诗观的价值取向》（延边大学，2004年硕士学位论文）、黄贵花《韩国古典诗话中的"意"范畴研究》（延边大学，2010年硕士学位论文）、蒋肖云《宋代诗论对高丽诗话批评的影响》（延边大学，2011年硕士学位论文）、张新苗《严羽与许筠诗论之比较》（延边大学，2009年硕士学位论文）、王雪秋《韩国诗话中的李白研究》（北京外国语大学，2015年硕士学位论文）、高嘉敏《比较视阈下杜甫及其杜诗研究——以中韩古代诗话为中心》（北京外国语大学，2015年硕士学位论文）等等。具有代表性的博士学位论文有：聂垚《韩国诗话〈诗家点灯〉唐宋诗举证研究》（吉林大学，2012年博士学位论文）、河红联《李睟文论研究》（延边大学，2011年博士学位论文）、朴雪梅《柳得恭文学的文化批判》（延边大学，2013年博士学位论文）、富天娇《朝鲜审美情感"恨"研究——兼与东亚美学视阈中的"怨"与"哀"比较》（延边大学，2013年博士学位论文），等等。

据中国知网（CNKI）、万方数据库等论文索引的不完全统计，研究韩国古典诗话的期刊论文数量众多，如：蔡镇楚《中国诗话和朝鲜诗话》（《文学评论》，1993年第5期）、马金科《〈六一诗话〉与高丽诗话〈破闲集〉之比较》〔《延边大学学报》（社会科学版），1992年第4期〕、蔡美花《朝鲜古代诗论的审美思维方式》（《东疆学刊》，2010年第1期）、〔韩〕琴知雅《朝鲜诗学上的"神韵"》〔《暨南学报》(哲学社会科学),2002 年第 1 期〕、邹志远《浅析李奎报对中国古代诗歌创作的审美风格论》(《东疆学刊》,2001 年第 2 期)、孙德彪《严羽"妙悟"说与许筠"天机"之比较》(《东疆学刊》,2011 年第 2 期)、李圣华《论韩国诗人对明诗的接受与批评——以韩国诗话为中心》(《中州学刊》,2007 年第 4 期)、李春青《略论许筠文论思想要点及其价值》(《湖南工业大学学报》,2008 年第 5 期)、王国彪《朝鲜学者洪万宗诗论的民族性》(《沧桑》,2009 年第 2 期)、张振亭《韩国古代诗学的中国情结》(《理论观察》,2011 年第 5 期)、左江《朝鲜文人许筠的诗论研究》(《中国比较文学》,2002 年第 3 期)、任范松《论朝鲜古典诗话理论的东方美学特征》〔《延边大学学报》(社会科学版),2001 年第 2 期〕、王国彪《朝鲜诗家对袁枚及其诗论、诗歌的接受与批评》〔《井冈山大学学报》(社会科学版),2014 年第 4 期〕、孙德彪《朝鲜"文气说"对中国文气理论的接受》〔《南京师大学报》(社会科学版),2014 年第 1 期〕,等等。

除了这些专门对诗话研究的著作、硕博士学位论文、期刊论文之外,很多学者的专著、学位论文等的部分章节也论述了韩国古典诗歌理论,如:李岩、徐健顺等著《朝鲜文学通史》(社会科学文献出版社,2010 年版)下册第十章《诗歌理论批评》,探讨了韩国诗歌理论的发展并着重分析了金昌协《农岩杂识》和洪万宗《小华诗评》的诗歌理论。韩国学者李家源《朝鲜文学史》(香港社会科学出版社有限公司,2005 年版)在很多章节都论述了韩国的古典诗话,如第九章的第十三节《批评文学的抬头》,对高丽诗话的"创新"、"体宜"、"思潮"、"用事"、"比较"、"总评"等进行了探讨;第十三章、第十四章的《诗话、批评、杂录》,介绍了《稗官杂记》、《清江诗话》、《五山说林》等诗话著作。王红梅《许筠论略》(中央民族大学,2007 年博士学位论文)第三章《许筠的诗歌理论批评》,探讨了许筠《鹤山樵谈》、《惺叟诗话》、《国朝诗删》中蕴含的"性情论"、"天机论"、"独创论"等诗歌理论,还论述了许筠对中国诗歌(包括古诗、唐诗、宋诗、明诗)和韩国诗歌的批评等内容,等等。

在中韩关于韩国古典诗话研究的专著、硕博士学位论文、期刊论文中,对韩国诗话采用了何种批评方法进行论诗的研究,只有为数不多的研究成果有所涉猎。如孙德彪《朝鲜诗家论唐诗》第八章《唐诗摘句》第一节分析了摘句批评的来历，第二节有选择性地摘抄了韩国诗话中的唐诗诗句，第三节是关于摘句的美学分析。但仅仅局限于对韩国诗家对唐诗的摘句，没有进行深入的分析、探讨。聂垚《韩国诗话〈诗家点灯〉唐宋诗举证研究》第5章第2节《唐宋诗作摘句鉴赏类》，对李圭景《诗家点灯》"宋诗摘英"所涉及的宋代诗歌予以摘录，并分析了这些诗歌所呈现的六种诗风，即隽永活脱、沉郁悲壮、负奇尚气、质朴逸韵、感时伤逝、隽永雅致，不涉及韩国诗话用了何种批评方法。

截止目前，对于韩国诗话论诗时采用了何种批评方法，只有笔者的9篇拙作较为系统地探讨了韩国诗家对意象批评、比较批评、摘句批评的运用，论文分别是：《高丽诗话对摘句批评的承传》〔《湖南工程学院学报》，2011年第2期〕、《韩国高丽朝诗学对意象批评的承传》〔《辽东学院学报》（社会科学版），2011年第4期〕、《朝鲜诗家南龙翼对摘句批评的承传》〔《连云港师范高等专科学校学报》，2011年第1期〕、《朝鲜许筠诗学对摘句批评的运用》〔《辽东学院学报》（社会科学版），2012年第3期〕、《论朝鲜诗家曹伸对摘句批评的运用》（《楚雄师范学院学报》，2012年第7期）、《论朝鲜诗家徐居正对摘句批评的运用》（《毕节学院学报》，2012年第5期）、《朝鲜诗家李晬光对摘句批评的承传》〔《山西大同大学学报》（社会科学版），2011年第1期〕、《朝鲜文人李晬光对比较批评之运用》（《长治学院学报》，2011年第4期）、《朝鲜南龙翼诗评中比较批评之运用》（《楚雄师范学院学报》，2011年第7期）。笔者学术水平有限，所撰论文探究得不够深入，但为韩国古典诗话的研究提供了新的研究思路与研究角度。

### 四、写作思路及研究方法

诗歌理论批评，属于高层次的审美活动。在韩国古典文学史上，韩国诗家创作的古典汉文诗话蕴涵着丰富的诗歌理论。本文试图从诗歌理论批评这一视角，以韩国古典诗学批评为主要研究对象，论述的内容主要包括以下几个方面。

上编，主要探讨韩国古典诗学所运用的批评方法，拟从以下几个层面展开。其一,韩国古典诗学创作概况。有诗歌的繁荣发展,才会产生对诗歌的审美批评,所以在研究韩国古典诗学采用了何种批评方法之前,探讨韩国古典诗学产生的文化背景是十分必要的。中国诗学在论诗体式、诗歌创作论、批评对象、诗学观念等方面对韩国诗学产生了深远的影响。韩国诗学有自己的发展轨迹,高丽朝只有四部诗话著作,而到了李朝时期则产生了一百多部,且诗论质量较前代有很大的发展与深化。

其二,关于韩国古典诗学意象批评方法的研究。意象批评在中国古代诗学著作中被广泛采用,韩国高丽朝诗学、李朝诗学也采用了意象批评,如:有以意象论诗歌风格者,有以意象论诗歌创作者,有以意象论诗人诗作者,等等,呈现出了鲜明的艺术特色。

其三,关于韩国古典诗学比较批评方法的研究。中国古典诗学著作随处可见诗家对比较批评方法的运用。韩国诗学是中国诗学的衍生物,韩国诗家论诗时也承传了比较批评法,尤其体现在诗家李瀷诗学范畴比较批评和李晬光、南龙翼中韩作家作品比较批评等方面上。韩国古典诗学对文学史的千古公案"李杜优劣"也给予了域外的诗评观照,颇值得玩味。诗话史上一直充斥着唐宋诗的论争,韩国古典诗学对此也进行了论述。

其四,关于韩国古典诗学摘句批评方法的研究。摘句批评是古代文学传统的批评形式之一,被诗家们广泛运用。韩国高丽朝虽然只有四部诗话著作,但是每部诗学都采用了摘句批评法。摘句批评在韩国李朝得到了发展、深化,诗论家大量采用摘句批评法论诗,涉猎内容有诗歌的创作手法、诗歌的风格特点、诗人的艺术成就等。

下编,主要探讨韩国古典诗学的审美鉴赏批评,主要内容如下。其一,关于韩国古典诗学批评的美学分析。韩国古典诗学批评的美学色彩浓郁,其诗歌鉴赏、举证的价值,对韩国古典美学批评史的贡献,为韩国文学史增添了不可磨灭的印记。其二,选取有代表性的韩国诗家做个案研究,充实韩国古典诗学批评的宏观阐释。主要从李晬光《芝峰类说》征引严羽《沧浪诗话》、梁庆遇《霁湖诗话》论杜甫诗歌、李瀷《星湖僿说》论李白与韩愈诗、申钦对中韩诗歌的审美批评等角度展开。其三,关于韩国古典诗学的语言特色、研究意义的探讨。韩国古典诗学批评呈现出了鲜明的语言特色,如形象直观性的特点、多样比较性的特点、排比整饬性的特点等；韩国古典诗学批评方法在中韩文论关联中也具有重要的学术价值与现实意义。在此基础上，对韩国古典诗学、中韩古典比较诗学的研究前景加以展望，提出建设性的意见。

本论文将以马克思主义美学的观点和历史的观点作为主要批评方法和原则。一切文学作品都是审美作品，是一定历史条件下社会关系的产物，因而应当用美学的观点和历史的观点加以审视和评价，只有在美学的和历史的宏观视野下才可能达到应有的准确尺度，发挥批评应有的效能。

本论文以"知人论世"法贯穿全文。"知人论世"是孟子提出的文学批评的原则和方法。语出《孟子·万章下》："以友天下之善士为未足，又尚论古之人。颂其诗，读其书，不知其人可乎？是以论其世也，是尚友也。"① 孟子认为，文学作品和作家本人的生活思想以及时代背景有着极为密切的关系，因而只有知其人、论其世，即了解作者的生活思想和写作的时代背景，才能客观地正确地理解和把握文学作品的思想内容。孟子的这一原则对后世的文学批评产生了深远的影响，为历代文学批评家所自觉或不自觉地遵循。知人论世，应当是"论世"第一，"知人"第二，进行文学批评，必须知人论世，才能对作品做出正确的评价。

本论文始终保持比较研究的思维方式。中韩两国一衣带水，同属于东方汉文化圈。韩国古典诗学都是用汉语写成的，受到中国古典诗学批评的影响是必然的，所以本文始终保持比较研究的思维，力争深入挖掘韩国诗学批评的审美内涵、价值取向等，以中国诗家论诗方法为参照，探讨韩国诗学与中国诗学批评的关联。

某段时期的宏观研究与个案诗家论诗研究相结合是本论文所用研究方法的重点之一。韩国古典诗学有其特殊性，如高丽朝仅有四部诗话著作，均属于稗说性质，在诗论体系上还不成熟；而李朝时期则有100多部诗话著作，名家辈出，诗论体系较前代更为成熟。这就要求我们在论述时要根据不同情况采取相应方法，不能整齐划一。所以本文不仅从整体上进行叙述，更注重量化分析，充分解读个案诗家的诗学批评。只有整体分析与个

---

① 赵则诚、张连第、毕万忱：《中国古代文学理论辞典》，吉林文史出版社，1985年，第377页。

案鉴赏相结合,才能更准确、更全面、更合理地展示韩国古典诗学批评的全貌。

  方法只是解决问题的一把钥匙,对文学作品还要做基础性研究,所以本论文始终依据文本,进行细致的梳理、缜密的分析。

# 上编
## 批评方法论

# 第一章　韩国古典诗学创作概况

韩国古典文学是韩国自身历史文化语境、中国文化传播双重作用下的产物，韩国古典诗学作为文学的重要组成部分，在形成过程中受到了中国文学的影响是显而易见的，也是深远的。中国和韩国的文化交流，历史悠久，时间跨越几千年，韩国古代诗学对中国文学的接受也是多方面、多角度、多层次的；也由此更加见证了中韩文化的交流，以及中国与朝鲜半岛国家的传统友谊。

## 第一节　高丽朝诗学生成的文化语境

据史书记载，周代初年箕子率众赴韩国："武王胜殷，继公子禄父，释箕子之囚，箕子不忍为周之释，走之韩国。武王闻之，因以韩国封之。"[①] 对于箕子，韩国史书也有相应的记载，可与中国的记载互为补充、印证。金富轼《三国史记》："海东有国家久矣。自箕子受封于周室，卫满僭号于汉初，年代绵邈，文字疏略，固莫得而久矣。"[②]

箕子的东迁，为中韩的文化交流搭建了一座平台，大批移民涌入朝鲜。移民是促进中国和朝鲜文化交流的重要媒介，中国的政治制度、古代文化、艺术等因而传到朝鲜。"中、韩两国古代往来的历史在《史记·朝鲜列传》、《汉书·朝鲜列传》、《三国志·东夷传》、《晋书·东夷列传》、《宋书·高句丽、百济列传》、《南齐书·高句丽、百济列传》、《梁书·高句丽、百济传、新罗列传》、《魏书·高句丽、百济传》、《周书·高丽、百济传》、《南史·高句丽、百济、新罗列传》、《北史·高丽、百济、新罗列传》、《隋书·高丽、百济、新罗列传》、《旧唐书·高丽、百济、新罗列

---

① 伏胜：《尚书大传》，中华书局，1985年，第59页。
② [韩]金富轼：《三国史记》，近泽书店，1928年，第281页。

传》、《新唐书·高丽、百济、新罗列传》、《旧五代史·高丽、新罗列传》、《宋史·高丽列传》、《辽史·高丽列传》、《金史·高丽列传》、《元史·高丽列传》、《明史·朝鲜列传》、《清史稿·朝鲜列传》等史书中有详细记载；韩国古代史书《三国史记》、《三国遗事》、《高丽史》、《朝鲜王朝实录》亦有相关的文字记录。"①

很多学者认为《箜篌引》是现存韩国最早的汉文诗作品，如李岩教授认为："查阅许多古代文献，可以认为《箜篌引》是至今留存的韩国最早的汉诗作品。中国和韩国的一些古文献，都对它做了较详细的记载。如中国后汉蔡邕的《琴操·九引》、西晋崔豹的《古今注》、唐欧阳询的《艺文类聚》、徐坚的《初学记》、宋李昉等的《太平御览》、明冯惟讷的《古诗纪》、清杜文澜的《古谣谚》等和韩国车天辂的《五山说林》、朴趾源的《热河日记》、李德懋的《耳目口心说》、韩致渊的《海东绎史》等都是具有代表性的文献。"② 其实准确地说，《箜篌引》是最早的韩国国语歌谣之汉译诗。

《箜篌引》诗曰："公无渡河，公竟渡河。坠河而死，当奈公何。"③ 这首诗被蔡邕《琴操·九引》和西晋崔豹《古今注》所载，《艺文类聚》卷四四引曰："《琴操》曰：箜篌引者，朝鲜津卒霍里子高所作也。子高晨刺舡而濯，有一狂夫，被发提壶而渡。其妻追止之，不及，坠河而死。乃号天嘘唏，鼓箜篌而歌，曲终投河而死。子高援琴，作其歌声，故曰《箜篌引》。"西晋崔豹《古今注》对这首诗的创作动机等做了阐释："《箜篌引》，朝鲜津卒霍里子高妻丽玉所作也。子高晨起，刺船而擢。有一白首狂夫，被发提壶，乱流而渡。其妻随呼止之，不及，遂坠河水死。于是援箜篌而鼓之，作'公无渡河'之歌。声甚凄怆，曲终，自投河而死。霍里子高还，以其声语妻丽玉，玉伤之，乃引箜篌而写其声，闻者莫不堕泪掩泣焉。丽玉以其声传邻女丽容，名之曰《箜篌引》。"这首诗影响了很多中国古代诗人的创作，以其为题材创作了很多优秀的诗歌作品。如曹植《箜篌

---

① 聂垚：《韩国诗话〈诗家点灯〉唐宋诗举证研究》（绪论），吉林大学，2012年博士学位论文，第2页。
② 李岩：《中韩文学关系史论》，社会科学文献出版社，2003年，第69页。
③ 张德秀选注：《朝鲜民族古代汉文诗选注》，辽宁民族出版社，2002年，第3页。

引》，南朝梁刘孝威《公无渡河》、南朝陈张正见《公无渡河》，唐代李白《公无渡河》、王建《公无渡河》、李贺《箜篌引》、王睿《公无渡河》等。宫月认为"后人创作受到《公无渡河》（即《箜篌引》）原诗的影响，更多的是在本事和情感两方面"①。下面试举李贺《箜篌引》诗并简要分析，以便更好地透视中韩古典诗歌的交流情况：

  公乎公乎！提壶将焉如？
  屈平沉湘不足慕，徐衍入海诚为愚。
  公乎公乎！床有菅席盘有鱼。
  北里有贤兄，东邻有小姑。
  陇亩油油黍与葫，瓦甊浊醪蚁浮浮。
  黍可食，醪可饮，公乎公乎其奈居。
  被发奔流竟何如？贤兄小姑哭呜呜。②

李贺诗歌化用的是《箜篌引》诗歌的情感内核，劝告狂夫不要学习屈原、徐衍等自杀行为，不应该轻贱自己的生命，更不应该不顾周围人的感受。

《黄鸟歌》是韩国现存最早的四言汉诗，诗曰："翩翩黄鸟，雌雄相依。念我之独，谁其与归？"③ 此诗有的版本亦写作："翩翩黄鸟，各有相依。念我之独，谁与同归？"这首诗的背景故事耐人品读。《三国史记》："三年秋七月，作离宫于鹘川。冬十月，王妃松氏薨。王更娶二女继室。一曰禾姬，鹘川人之女也；一曰雉姬，汉人之女也。二女争宠，不相和。王于凉谷，造东西二宫，各置之。后，王田于箕山，七日不返。二女争斗，禾姬骂雉姬曰：'汝汉家婢妾，何无礼之甚乎？'雉姬渐恨之，归。王闻之，策马追之。雉姬怒不还。王尝息树下，见黄鸟飞集，及感而歌。"④ 这首诗情真意切，古朴自然，"它把一位失恋青年的悲伤、失望和痛苦表

---

① 宫月：《〈公无渡河〉研究》，《沂州师范学院学报》，2009年第1期，第19页。
② 叶葱奇疏注：《李贺诗集》，人民文学出版社，1984年，第253页。
③ 张德秀选注：《朝鲜民族古代汉文诗选注》，辽宁民族出版社，2002年，第5页。
④ 李岩：《中韩文学关系史论》，社会科学文献出版社，2003年，第73页。

现得淋漓尽致,与鄘风蝃蝀、郑风有女等名篇比肩。其抒情之美颉颃诗三百篇"①。《黄鸟歌》虽然仅四句话十六个字,却运用了兴之法。兴,主要用于一篇或者一章的开端,以引起后面的句子,与赋、比是《诗经》采用最多的表现手法。如《诗经·周南·关雎》用雎鸠鸟的和鸣起兴,引出对窈窕淑女的赞美。《黄鸟歌》在开篇则以自然之物黄鸟起兴,进而触及诗人的丧妻之痛,"借助景物来铺垫和暗示思想,通过看到黄鸟和睦的爱情触景生情进而引起联想,于是以此起兴借题发挥,引譬连类"②。

新罗时期曾有大批年轻求学之人奔赴唐长安,他们和唐代诗人唱和、酬答,中韩诗歌交流盛况空前。如新罗诗人崔致远在中国居住十六年,结交了很多当时诗坛的著名人物,如罗隐、顾云、张乔等。如他的《再经盱眙县寄李长官》:"孤蓬再此接恩辉,吟对秋风恨有违。门柳已凋新岁叶,旅人尤着去年衣。路过霄汉愁中老,家隔烟波梦里归。自笑身如春社燕,画梁高处又来飞。"居无定所、奔波劳苦的形象跃然纸上。唐与新罗不仅是民间的交流,更有官方的交往,来往两国的使节,互相赠诗以表达情意,使节诗也因此为中韩诗歌交流史涂上了一抹浓重的色彩。唐代诗歌中存有大量唐代诗人写给新罗使节的赠别诗,如张籍《送金少卿副使归新罗》与《送新罗使》、钱起《送陆珽侍御使新罗》与《重送陆侍御使日本》、李端《送归中丞使新罗》、顾况《送从弟使新罗》、窦常《奉送职方崔员外摄中丞新罗册使》、孟郊《奉同朝贤送新罗使》、刘禹锡《送源中丞充新罗册使》、张乔《送棋待诏朴球归新罗》,等等。

高丽之前中韩诗歌的交流,也为诗话的产生孕育了丰厚的土壤。韩国古典诗话发轫于高丽时期,所以探讨诗话是如何在此时期形成的,对研究韩国古典诗学批评具有重要的学术意义与现实价值。

高丽王朝由高丽太祖王建于918年建立,王建于936年完成统一大业。高丽王朝崇尚文治,并积极开办学校,设有高等学府——国子监,而能入国子监就学的,都是从州县选拔出来的高材生。更为重要的是,高丽王朝

---

① [韩]金台俊:《朝鲜汉文学史》,张琏瑰译,社会科学文献出版社,1996年,第14页。

② 于衍存、黄妍:《试论朝鲜上古诗歌对〈诗经〉的接受》,《东疆学刊》,2008年第4期,第27页。

还从国子监中选拔优秀的人才，派到宋朝都城汴京留学深造。高丽光宗九年（958），光宗采纳中国后周人双冀的建议，实行科举制，科举考试的内容是儒家经典著作。

11世纪到12世纪，高丽同宋代的政治、经济、文化等方面的交流，无论是官方还是民间，都取得了很大的发展。高丽文宗三十一年（1077），高丽当权者在洪州苏大县设立了安兴亭，主要是为方便高丽与宋朝来往的使臣。文宗三十三年（1079），高丽朝廷把从宋朝求得的大藏经迎置于开国寺。高丽宣宗二年（1085），宣宗王之弟大觉国师释煦从宋朝归国后，向宣宗王交付了从宋朝带来的佛经和其他典籍一千多卷。释煦还翻印了从宋朝带来的四千余卷典籍，使宋朝的思想文化在高丽社会中广为传播。宣宗七年（1090），高丽从宋朝引进了《文苑英华集》，并加以刊行。高丽不仅有官办的学校，其民间私塾更是盛行于世。私塾对中国文化思想在高丽民间的广泛普及起到了重要的作用。私塾所学的主要典籍大都是中国的经史和文学作品。高丽文宗九年（1055），崔冲首创私学，教学内容亦为儒家经典著作"五经"、"三史"。与崔冲同一时代建立的著名私学还有11所，史称"十二公徒"。

高丽时期在历史时段上，大体和中国宋元时期相对应。高丽时期，诗人名家辈出，以郑知常、"海左七贤"（李仁老、林椿、吴世才、赵通、皇甫沆、咸淳、李湛等七人，因模仿魏晋"竹林七贤"而得名）、李奎报、李齐贤、李穑等为代表。此时的汉文诗人，大都崇尚杜甫、苏轼等诗人。李仁老《破闲集》说："自雅缺风亡，诗人皆推杜子美为独步。"崔滋《破闲集》曰："言诗不及杜，如言儒不及夫子。"徐居正《东人诗话》言："高丽文士专尚东坡。每及第榜出，则人曰：'三十三东坡出矣！'高、元间，宋使求诗，学士权适赠诗曰：'苏子文章海外闻，宋朝天子火其文。文章可使为灰烬，千古芳名不可焚。'宋使叹服。其尚东坡可知也。"这三段论述①，充分说明了高丽文士的学诗宗尚。

蔡镇楚教授曾对韩国汉文诗坛的发展情况有一段论述："汉字，汉文，汉诗，在韩国半岛风靡一千三百余年而不衰，孕育了百代韩国文学史，早

---

① 陈蒲清：《韩国古典文学与中国古典文学》，海南出版社，2001年，第29页。

造了千千万万卓有成就的韩国汉文学家,特别是声名赫赫的韩国'四大诗人':新罗的崔致远,高丽的李奎报、李齐贤,朝鲜的申纬。他们作为韩国汉文学史上的一代文宗,崔致远被韩国诗话誉为'东方文学之祖'(《小华诗评》);李奎报被誉为'韩国李太白',是'海左七贤'之一(《东人诗话》);李齐贤被誉为韩国的'汉诗宗',申纬被尊为韩国的'诗佛',与中国王维同列。这是中朝两国文化交流之硕果。"①

正是因为有众多诗人创作汉文诗,才会引起评论家的关注,下面试举几首高丽诗人的诗歌作品,透过诗家对这些作品的评论,更能理解韩国诗话是如何在高丽朝得以产生的。郑知常,高丽前期最有才华的诗人。他的诗歌,后世给予了极高的评价,影响了一代又一代韩国古代诗人。如他的《西都》诗:"紫阳春风细雨过,轻尘不动柳丝斜。绿窗朱户笙歌咽,尽是梨园弟子家。"②后世诗论家对此诗给予了很高的评价,如徐居正《东人诗话》评论此诗曰:"郑司谏《西都》诗:'紫阳春风细雨过,轻尘不动柳丝斜。绿窗朱户笙歌咽,尽是梨园弟子家。'西都繁华气象四句尽之,后之作者无能闯其藩篱。"③金渐《西京诗话》评曰:"《西都》浏亮宏丽,光景烂熳,可谓二十八字尽厨也。"④

李奎报,从9岁起即读书不辍:"余自九龄始知读书,至今手不释卷。自《诗》、《书》、《六经》、诸子百家、史笔之文,至于幽经僻典、梵书道家之说,虽不得穷源探奥、钩索深隐,亦莫不涉猎游泳、采菁摭华,以为骋词摘藻之具。"⑤《东国李相国集》载有诗歌约两千首。李奎报诗风多样,不拘一格,早年模仿陶渊明,崇尚自然、恬淡;豪放处酷似李白,遂有"东国李太白"之美誉;忧国忧民的诗歌,又颇具杜甫诗歌的神韵,风格沉郁顿挫。从《北山杂题》(其四)可以看出其诗风豪放的一面:"山人不浪出,古径苍苔没。应恐红尘人,欺我绿萝月。"⑥此诗表达的是作者超然

---

① 蔡镇楚:《石竹山房诗话论稿》,湖南文艺出版社,1995年,第107页。
② 赵季:《箕雅校注》,中华书局,第73页。
③ 赵季:《箕雅校注》,中华书局,第73页。
④ 赵季:《箕雅校注》,中华书局,第73页。
⑤ 赵季、赵成植:《诗话丛林笺注》,南开大学出版社,2006年,第29页。
⑥ 赵季:《箕雅校注》,中华书局,第6页。

物外的达观态度。崔滋《补闲集》对此诗评价很高，认为和李白的诗歌不相上下："文顺公《北山杂题》云：'山人不浪出，古径苍苔没。应恐红尘人，欺我绿萝月。'此诗置于李白集中，未知孰是。"①

高丽时期的文坛，汇集了一大批有着独特风格的诗人，他们创作出了许多蕴涵韩国民族精神的汉诗佳作，取得了较高的艺术成就，这些诗歌为诗话的产生提供了创作原料与理论土壤。正如蔡镇楚教授所言："朝鲜诗话，正是韩国千年汉诗繁荣发展的产物，是朝鲜先民吸收中国诗话这一独特的诗歌评论样式，经过移植，模仿而使之高丽化、朝鲜化的结果。"②

## 第二节　中国诗学对韩国古典诗学的影响

韩国从三国时期到李朝末期，经历了两千多年，汉文诗难以确切统计。除了个人诗集之外，历代诗歌总集也有不少传世，如《东文选》、《青丘风雅》、《箕雅》、《东诗选》、《昭代风谣》、《风谣续三选》、《大东名诗选》等。张志啸编著《大东诗选》（出版于1928年）是以很多诗集为蓝本整理选编的，收录了两千多位诗人的各体诗歌合计约五千五百多首。在中国也有很多诗集收录了韩国汉诗，如宋代的《小华集》是中国人编选的韩国汉诗的第一部专集，明代又有吴明济编选的《朝鲜诗选》，明代钱谦益的《列朝诗选》、清代朱彝尊的《明诗综》和沈德潜《明诗别裁集》、褚人获《坚瓠集》等都收录了一些韩国汉诗。

在中国文学史上，有很多诗人对韩国诗歌产生了深远的影响，中国学者的部分著作、学位论文、期刊论文都有较为详细的分析与论述。韩国诗人金时习非常喜欢屈原，并且深受屈原的影响，他写了很多关于屈原的作品，如《拟楚辞九歌》、《读楚辞》、《拟天问》、《楚屈原赞》、《拟离骚》、《拟吊湘累》、《汨罗渊赋》、《怀沙赋正义》、《感怀屈原》、《三谏臣屈原》等。③ 陶渊明对韩国诗人的影响更是巨大，据不完全统计，在徐居正选编

---

① 赵季：《箕雅校注》，中华书局，第7页。
② 蔡镇楚：《石竹山房诗话论稿》，湖南文艺出版社，1995年，第107页。
③ 参阅金宽雄、金东勋主编：《中朝古代诗歌比较研究》，黑龙江朝鲜民族出版社，2005年，第45页。

的《东文选》中，陶渊明的名字出现了十多次，《归去来兮辞》更是深深影响了韩国诗人。《东文选》中的韩国汉诗文，"归"字出现了78次，"去"字出现了35次，"隐"字出现了10次。其中化用典故和采用陶渊明诗歌意境的作品就更多了。李滉共有和陶诗22首，试看《和陶集移居韵》："我生五十年，今有半成宅。地僻人罕至，山深日易夕。亦知生事疏，犹胜劳形役。省力撤旧材，随意展敝席。无论固穷节，野性谐夙音。敬为道不同，千言难部析。独酌一杯酒，间咏陶韦诗。逍遥林漳中，旷然心乐之。古书诚有味，多病思沉思。疾角愤遗臭，羡善嗟后时。溪声日夜流，山色古今兹。何以慰吾心，圣言不我欺。"与陶渊明的《移居》二首（其一："怀此颇有年，今日从兹役。敝庐何必广，取足蔽床席。邻曲时时来，抗言谈在昔。奇文共欣赏，疑义相与析。"其二："春秋多佳日，登高赋新诗。过门更相呼，有酒斟酌之。农务各自归，闲暇辄相思。相思则披衣，言笑无厌时。此理将不胜，无为忽去兹。衣食当须纪，力耕不吾欺。"）意境是十分相似的。

　　韩国诗人十分崇拜杜甫，出现了《杜诗谚解》。这本书以元代高楚芳撰写的《纂注分类杜诗》为底本，是韩国最早的用本民族语言翻译、注释汉文诗集的作品。还有如李朝时期李植的《纂注杜诗泽风堂批解》，该书是韩国文人批解、注释杜诗的第一部个人著述，体现了三个显著的特点：第一，尊重中国历代注家的注解，将诸家的观点逐条加以比较，肯定了正确的解释。第二，在吸取千家注杜成果精华的基础上，提出许多有独创性的学术见解，指正了前人注杜中的某些不足和谬误。第三，引经据典，广征博引，用实证的方法考究杜诗原文，指正杜诗刊印中存在的误记和讹传，对杜诗的出版起到了积极的校勘作用。①

　　韩国出现了很多和杜诗韵的诗歌，如许筠《次杜诗》、李植《次老杜〈客从〉》、车天辂《八月十七日晨坐用老杜〈秦州杂诗〉韵十五首》。杜甫的《秋兴八首》是韩国诗人和韵较多的诗作，如金尚宪《次〈秋兴八首〉》、张维《次杜陵〈秋兴八首〉》、金昌翕《〈秋兴八首〉用杜韵》、丁若

---

① 参阅金宽雄、金东勋主编：《中朝古代诗歌比较研究》，黑龙江朝鲜民族出版社，2005年，第163—164页。

镛《〈秋兴八首〉次杜韵》等。丁若镛还效仿杜甫的"三吏"、"三别"创作了《龙山吏》、《波池吏》、《海南吏》。试看丁若镛《龙山吏》:"吏打龙山村,搜牛付官人。驱牛远远去,家家倚门看。勉塞官长怒,谁知细民苦。六月索稳米,毒痛甚征戍。德音竟不至,万民相枕死。穷生尽可哀,死者宁哥矣。妇寡无良人,翁老无儿孙。泫然望牛泣,泪落沾衣裙。村色剧疲衰,吏坐胡不归。瓶罂久已罄,何能有夕炊。坐今生理绝,四邻同呜咽。脯牛归朱门,才谓以甄别。"丁若镛的《龙山吏》较为严格地步杜甫《石壕吏》"暮投石壕村,有吏夜捉人。老翁逾墙走,老妇出门看。吏呼一何怒,妇啼一何苦!听妇前致词:三男邺城戍。一男附书至,二男新战死。存者且偷生,死者长已矣。室中更无人,唯有乳下孙。有孙母未去,出入无完裙。老妪力虽衰,请从吏夜归。急应河阳役,犹得备晨炊。夜久语声绝,如闻泣幽咽。天明登前途,独与老翁别"的原韵,并遵循了"伤时愤俗"的主题,但又有所不同——没有采取客观叙述方式,而是采用了主观描述。

中国诗学观点对韩国诗话的影响,是通过诗话著作东传被韩国所接受的。在阅读韩国诗话时可以发现,中国很多代表性的诗话著作大都传到了韩国。据韩国学者赵钟业先生对高丽四部诗话著作的统计,《破闲集》、《白云小说》、《补闲集》、《栎翁稗说》引用中国诗话著作共6部,如惠洪《冷斋诗话》、蔡絛《西清诗话》、宋代阮阅的诗话集《诗话总龟》等。曹伸《谀闻琐录》提到了众多中国诗话著作。曹伸,字叔奋,号适庵,韩国成宗时文臣,擅长文章与诗歌,也精通外国语,曾任译官前往明朝七次、日本三次。著有《适庵诗稿》、《百年录》等。其诗歌理论收录在《谀闻琐录》一书中,是书共三卷,成书于韩国中宗二十年(1525)。试看《谀闻琐录》的一段话:

> 中国文籍日滋月益,编录记载之多,无虑千百。如段成式《酉阳杂著》,张鹫《朝野佥载》、严有翼《艺苑雌黄》、沈括《笔谈》(《梦溪笔谈》)、欧公《诗话》(即《六一诗话》)、《归田录》、《后山诗话》、惠洪《冷斋诗话》、《蔡宽夫诗话》、《唐子西语录》、《吕氏童蒙训》、《陵阳室中语》、《王直方诗话》、《潘子直诗话》、蔡絛《西清诗话》、

范元呆《诗眼》、葛常之《韵语阳秋》、庄季洛《鸡肋篇》、赵兴畤《宾退录》、伍云《鸡村志》、《复斋漫录》、赵德麟《侯鲭录》、《桐江诗话》、《渔隐丛话》、《雪浪斋日记》、《石林诗话》、《遁斋闲览》、《高斋诗话》、《漫叟诗话》、《隐居诗话》、《古今诗话》、《沧浪诗评》、《容斋随笔》、《湘累杂记》、《青箱杂记》、《学林新编》、陶宗仪《辍耕录》、吾衍《闲居录》、瞿佑《剪灯新话》、李昌琪《剪灯余话》之类，嘉言善行，奇怪文雅，评论无遗，吾东方罕见。①

从中可以看出，中国诗学著作大量传到了韩国，而欧阳修《六一诗话》、叶梦得《石林诗话》、严羽《沧浪诗评》等都是颇具代表性的诗学著作，韩国诗话受到中国诗学论诗的影响，也就不足为奇了。

## 一、论诗体式、诗歌创作论的中国化趋向

诗话论诗，以欧阳修《六一诗话》为开山之作。该书以论事为主，旨在"以资闲谈"，风格自由、活泼，宋代刘攽《中山诗话》、清代王士禛《渔洋诗话》等秉承此一脉；亦有诗话，以论诗为主，重在"第作者之甲乙而溯厥师承"，风格较缜密、严肃，如宋代叶梦得《石林诗话》、明代谢榛《四溟诗话》等。

诗话论诗，不拘一格，条与条之间可能互不联系，内容亦长短不一，语句亦骈散结合，弹性十足。如刘攽《中山诗话》：

> 人多取佳句为句图，特小巧美丽可喜。皆指咏风景，影似百物者尔，不得见雄材远思之人也。梅圣俞爱严维诗曰："柳塘春水漫，花坞夕阳迟。"固善矣，细较之，夕阳迟则系花，春水漫何须柳也。工部诗曰："深山催短景，乔木易高风。"此可无瑕颣。又曰："萧条九州内，人少豺虎多。人少慎莫投，多虎信所过。饥有易子食，兽犹畏虞罗。"若此等句，其含蓄深远，殆不可模仿。②

---

① [韩]赵钟业：《修正增补韩国诗话丛编》（第1卷），太学社，1996年，第640—641页。
② 王大鹏、张宝坤、田树生等：《中国历代诗话选》，岳麓书社，1985年，第181页。

韩国诗话亦深受中国诗话论诗体式的影响。如鱼叔权，号也足堂，咸从人。中宗时学者，长于中国汉语，中宗二十年（1525）任吏文学官，曾三次出使明朝。以诗评、诗论著称。著有《稗官杂记》、《考事撮要》等。《稗官杂记》共六卷，约成书于仁祖元年（1544）。《稗官杂记》云：

  嘉靖丙申岁，余随远迎使退休堂苏相公留义州，公欲次聚胜亭"晖"字诗韵，呻吟良久曰："诸公多押落晖、夕晖、斜晖、暮晖、朝晖，重叠不工，今得一句，曰'澄江如练谢玄晖'，似不袭旧押，而难其对耳。"余对曰："山谷有'霜月掣金蛇'之句，若曰'霜月掣蛇黄太史'则似可以，而但山谷之局，未及'澄江净如练'之脍炙千古也。退之诗云'新月似磨镰'，以此对彼何如？"公曰："果矣。"遂吟曰："新月似镰韩吏部。"仍赋全篇，时适望后，嫌非新月，待后月出写以示人。因公递来，未悬于亭。①

以诗论诗是诗论批评的一种形式，唐代杜甫《戏为六绝句》首开以诗论诗之先河，这一诗歌评论体式自此登上了历史舞台。《戏为六绝句》既品评了诗人，更表明了自己的诗学主张，如："庾信文章老更成，凌云健笔意纵横。今人嗤点流传赋，不觉前贤畏后生。""王杨卢骆当时体，轻薄为文哂未休。尔曹身与名俱灭，不废江河万古流。"

继杜甫之后，出现了一批优秀的论诗诗，如宋代戴复古《论诗十绝》，主要立足于作诗态度与作诗方法，阐释诗学道理；金代元好问《论诗三十首》，侧重品评诗人诗作。再如清代赵翼《论诗五绝》、清代王士祯《戏仿元遗山论诗绝句》（共十二首），等等。韩国的诗论也采用了以诗论诗的形式，如金时习（1435—1493）《学诗》和《感兴诗》、洪良浩（1724—1802）《诗解》、申纬（1769—1845）《东人论诗绝句》（35首）、金正喜（1786—1856）《论诗》、李德懋（1741—1793）《论诗绝句》，等等。

韩国的论诗诗以李朝申纬《东人论诗绝句》最具代表性。申纬（1769

---

① 赵季、赵成植：《诗话丛林笺注》，南开大学出版社，2006年，第147页。

—1845),字汉叟,号紫霞、平山人。他曾师事清代理论家翁方纲,被称为诗、书、画三绝。韩国四大汉诗人之一。诗歌艺术成就较高,有人评曰:"申紫霞(纬)诗,神悟驰骋,万象纷呈,吾韩国五百年第一大家,乃变调之雄。"他的35首《东人论诗绝句》,从新罗崔致远开始,直到李朝李尚宪,上下七百年,涉猎诗人57家之多。如:"长啸牧翁倚风灯,绿波添泪郑知常。雄豪艳逸难上下,伟丈夫前窈窕娘。"① 这首诗写的是李穑、郑知常两位大诗人,选取李穑的名句"长啸倚风磴,山清江自流"与郑知常的名句"大同江水何时尽,别泪年年添绿波"。李、郑二人的这两句诗被诗家评价甚高,如鱼叔权《稗官杂记》:"牧隐'长啸倚风磴,山青江自流'之诗,可谓'李风磴',郑知常'大同江水何时尽,别泪年年添绿波'之诗,可谓'郑大同'。"② 申纬用"伟丈夫"、"窈窕女"来比喻二人"雄豪"、"艳逸"的诗歌风格,审美意味极具穿透力。

再如:"齐名陈李有谁知,片羽零金恰小诗。密叶翳花云漏日,一江春雨碧丝丝。"③ 这首诗评价的是陈澕、李奎报两位诗人。陈、李二人的诗作在当时是齐名诗坛的,李朝许筠在《惺叟诗话》中指出:"李文顺富丽横放,其《七夕雨》诗信绝唱也。其'轻衫小簟卧风棂,梦觉蹄莺三两声。密叶翳花春后在,薄云漏日雨中明'之作,读之爽然。又'官人闲捻横笛吹,蒲席凌风去似飞。天下月轮天下共,自疑私载一船归',亦尽高逸矣。同时陈翰林澕,与文顺公齐名,诗甚清邵。其'小梅零落柳欹垂,闲踏晴岚步步迟。渔店闭门人语少,一江春水碧丝丝',清劲可咏。"④

韩国诗话不仅在论诗体式上和中国诗话有着密切而直接的关联,在诗歌创作论上更是体现了鲜明的中国诗论情结。如郑斗卿《东溟诗说》论诗歌创作就体现了这一点。郑斗卿(1597—1673),字君平,号东溟。其诗论主学诗以《三百篇》为宗,律诗则以盛唐诸子为法,赵宋诸子虽然大家

---

① 转引自柳晟俊:《申纬之东人论诗绝句考》,《吕滩师专学报》(社会科学版),1995年第2期,第21页。
② 赵季、赵成植:《诗话丛林笺注》,南开大学出版社,2006年,第151页。
③ 转引自柳晟俊:《申纬之东人论诗绝句考》,《吕滩师专学报》(社会科学版),1995年第2期,第20页。
④ 赵季、赵成植:《诗话丛林笺注》,南开大学出版社,2006年,第284—285页。

颇多，但不是诗的正宗，所以不必学。《东溟诗说》云：

> 而至于作诗，先须立意。意存闲适，则以淡雅之言发之；意在哀伤，则以凄婉之言发之；意在怀古，则以感慨之言发之。一篇之中，必先得意；一意之中，必先得句；一句之中，必先得字。字欲活而句欲圆，意在新而理欲深，才欲纵而气欲不恣，言欲简而事不晦。①

郑斗卿着重探讨了诗歌创作的立意之法，并细化到意、句、字的关联。中国诗家也讲究立意，如元代周德清《中原音韵》："未造其语，先立其意；语意俱高为上。短章辞既简，意欲尽；长篇要腰腹饱满，首尾相救。造语必俊，用字必熟，太文则迂，不文则俗；文而不文，俗而不俗。要耸观，又耸听，格调高，音律好，衬字无，平仄稳。"② 明代黄子肃《诗法》："大凡作诗，先须立意。意者，一身之主也。如送人则言离别不忍相舍之意，寄赠则言相思不得相见之意；题咏花木之类，则用《离骚》花草之意。故诗如马，意如善驭者，折施操纵，先后徐疾，随意所之，无所不可，此意之妙也。"③

李朝申景浚《旅庵诗则》提出了六种诗歌创作方法。申景浚，生卒年不详，《旅庵诗则》共一卷，书中详论诗的各种体格声律，特别是声律，结合宫、商、角、徵、羽做精细解说。是书还论及诗法、修辞种种，书中多引李白之诗说明，颇具见地：

> 一曰地界必阔。地界必先阔占，然后上下诸句恢恢然有余裕，长而不窘，短而不孤。
>
> 二曰断结必简。夫言之则无余味，言之多则为支离。虽行文，其断语处不能简，则不足观，况于诗乎？东人之诗文，大抵多枝蔓多繁之患、尾重不挠之弊。

---

① 邝健行、陈永明、吴淑钿：《韩国诗话中论中国诗资料选粹》，中华书局，2002年，第128—129页。
② 贾文昭主编：《中国古代文论类编》，海峡文艺出版社，1988年，第545页。
③ 彭会资主编：《中国文论大辞典》，百花文艺出版社，1990年，第161页。

三曰铺叙有法。如细琐处亦或一一甚详繁，大处亦或轻轻尽扰，乱处有整齐意，忙处有闲暇意之类，是谓有法。

四曰转折有神。有变化之妙，而无力为之态。有鼓舞之乐，而无喧聒之声。有积叠之密，而无迫厄之嫌。有逢迎之稳，而无驱逐之意。是谓有神。

五曰语意无俗。语意一涉于俗，则欲巧而其巧可陋，欲奇而其奇可哂。诗家之所忌，莫大于俗；诗病之难疗，亦莫愈于俗。

六曰构结无痕。上下四方，磊落停留，无少罍罅，若不施斧斤锤而成者，然后可以谓之诗矣。绝句当先得后二句。①

这段话可谓集中了中国诗家论诗歌创作的众多宝贵经验，如元代杨载《诗法家数》曰："大抵诗之作法有八：曰起句要高远；曰结句要不著迹；曰承句要稳健；曰下字要有金石声；曰上下相生；曰首尾相应；曰转折要不著力；曰占地步。盖首两句先须阔占地步，然后六句若有本之泉，源源而来矣。地步一狭，譬犹无根之潦，可立而竭也。"② 清代方东树《昭昧詹言》："凡学诗之法：一曰创意艰苦，避凡俗浅近习熟迂腐常谈、凡人意中所有。二曰造言，其忌避亦同创意；及常人笔下皆同者，必别造一番言语，却又非以艰深文浅陋，大约皆刻意求与古人远。三曰选字，必避旧熟，亦不可僻。以谢、鲍为法，用字必典。用典又避熟典，须换生。又虚字不可随手轻用，须老而古法。四曰隶事避陈言，须如韩公翻新用。"③

申景濬的论述更可看出沈德潜《说诗晬语》关于诗歌创作论的影子：

起手贵突兀。王右丞"风劲角弓鸣"，杜工部"莽莽万重山"、"带甲满天地"，岑嘉州"送客飞鸟外"等篇，直疑高山坠石，不知其来，令人惊绝。

中联以虚实对，流水对为上。即因徵实一联，亦宜各换意境。略

---

① 邝健行、陈永明、吴淑钿：《韩国诗话中论中国诗资料选粹》，中华书局，2002年，第187页。
② 贾文昭主编：《中国古代文论类编》，海峡文艺出版社，1988年，第637页。
③ 里克：《历代诗论选释》，昆仑出版社，2006年，第100页。

无变换,古人所轻……

　　三四语多流走,亦竟有散行者,然必有不得不散之势乃佳。苟艰于属对,率尔放笔,是借散势以文其陋也……

　　三四贵匀称,承上陡峭而来,宜缓脉赴之;五六必耸然挺拔,别开一境。上既和平,至此必须振起也……

　　中二联不宜纯乎写景……

　　收束或放开一步,或宕出远神,或本位收住。张燕公"不作边城将,谁知恩遇深"?就夜饮收住也。王右丞"君问穷通理,渔歌入浦深"。从解带弹琴宕出远神也。杜工部"何当击凡鸟,毛血洒平芜"。就画鹰说到真鹰,放开一步也。就上文体势行之。①

## 二、批评对象、诗学观念的中国情结

韩国古典诗话的审美批评对象,主要分为批评本国诗人、批评中国诗人、兼论中韩诗人等几种类型。而对于中国诗人的批评,体现出了韩国诗家所特有的审美意识和审美心理,很多材料可与中国诗家论诗的观点、思想相互补充,构建完整的东方诗学批评体系。

高丽朝的四部诗话著作,几乎都涉及对中国诗人的批评。如李仁老对杜甫诗歌的批评:"自雅缺风亡,诗人皆推杜子美为独步。岂唯立语精硬,刮尽天地菁华而已,虽在一饭未尝忘君,毅然忠义之节,根于中而发于外,句句无非稷契口中流出,读之足以使懦夫有立志。玲珑其声,其质玉乎,盖是也。"② 李仁老的论述是比较符合诗论家们对杜甫为人、为诗、诗歌风格、诗史地位等的认识的。如宋代张戒《岁寒堂诗话》云:"观子美此篇(指杜甫《可叹》诗),古今诗人焉得不伏下风乎?忠义之气,爱君忧国之心,造次必于是,颠沛必于是;言之不足,嗟叹之;嗟叹之不足,

---

① 里克:《历代诗论选释》,昆仑出版社,2006年,第93—94页。
② 邝健行、陈永明、吴淑钿:《韩国诗话中论中国诗资料选粹》,中华书局,2002年,第4页。

故其词气能如此。"①

李朝许筠（1569—1618），字端甫，号鹤山、蛟山、惺所居士，其诗论观点主要体现在《惺叟诗话》、《鹤山樵谈》中。《鹤山樵谈》论明代诗人详尽精当，是域外研究中国明代诗人十分宝贵的资料。他在《鹤山樵谈》中历数明代十大诗人，简要地评论了其诗歌的特点，并对比了韩国诗坛与明代前后七子的诗歌风格：

> 明以文名者十大家，李崆峒献吉、王阳明伯安、唐荆州应德、王祭酒允宁、王按察慎中、董浔阳玢、第鹿门坤、李沧溟攀龙、王凤州世贞、江南明道昆。而崆峒专学西汉，王李则钩章刺句，欲轶先秦。南溟华健，董芳则平熟，王慎中则富赡，明人皆厌之，以为腐俗。余所见略同，伯安不专攻文，而以学发之，故未免驳杂。荆州则典实，然皆可大家。王元美辈，以明人文章比西汉，以献吉比太史公，于麟则比子云，自托于相如，其自夸太甚……明人以诗鸣者，何大复景明、李崆峒梦阳，人比之李杜，一时称能者，边华泉贡、徐博士祯卿、孙太白一元、王检讨九思。何、李之长篇、七律俱善。近古李于麟、王元美亦称二大家。而吴国伦、徐中行、张佳胤、王世懋、李世芳、谢榛、黎民表、张九一等，皆并驱争先。我国之金季温、金悦卿、朴仲说、李择之、金元冲、郑云卿、卢寡悔等制作，虽不及何、李、王、李，而岂有愧于吴徐以下人耶？然不能与七子周旋中原，是可恨也！②

李朝诗论家李晬光论述了众多中国诗人。李晬光（1563—1628），字润卿，号芝峰，李朝哲学家、实学派先驱人物之一。其著作《芝峰类说》是一部百科全书式的文献巨作，内容涉猎天文、地理、生物、历法、医学、政治、经济、历史、语言、文学、宗教、哲学等方面，是研究韩国古

---

① 常振国、降云：《历代诗话论作家》（上编），湖南人民出版社，1984 年，第 230 页。
② 成均馆大学大东文化研究院编：《许筠全集·鹤山樵谈》，成均馆大学出版部，1981 年，第 357—358 页。

代政治、经济、文化的重要文献。其诗论集中体现在《芝峰类说·文章部》中,诗论核心是"尊唐黜宋"。书中诗论新见颇多,如论述韩国诗与中国诗的关系,可以分为两种情况:一是把韩国诗与中国诗做对比;一是为韩国诗探索中国诗的渊源。

在李晬光的诗论中,论述到的中国诗人包括建安时期的三曹(曹操、曹丕、曹植),魏晋的陶渊明,唐代沈佺期、宋之问、"初唐四杰"(陈子昂、王勃、骆宾王、杨炯)、孟浩然、李峤、韦应物、张籍、刘禹锡、岑参、韩愈、柳宗元、李白、杜甫、白居易、杜牧、李商隐、温庭筠等,宋代的苏轼、王安石、杨万里、韩驹、陈师道等,元代萨天锡、陈刚中等,明代边贡、王世贞、杨慎等,论述对象人数之多,涉及面之广,可谓空前。下面试举两例,以便管中窥豹:

> 李商隐曰:"青雀西飞竟未回,君王长在集灵台。侍臣最有相如渴,不赐金茎露一杯。"(指《汉宫诗》)罗大经《鹤林玉露》以为青雀不回,神仙无可致之理,而武帝不悟,犹徘徊台上,庶几见之。此言然矣。又以为相如正苦消渴,何不以一杯赐之,而验其真妄乎?余谓此言非是。盖言武帝惑于长生之说,侍臣有相如之渴,而惜一杯金露,不肯赐之;诗意恐之如此。①

李晬光的这段论述是基于罗大经《鹤林玉露》对李商隐《汉宫诗》的评论,罗大经的论述原文如下:"唐李商隐《汉宫诗》云:'青雀西飞竟未回,君王犹在集灵台。侍臣最有相如渴,不赐金茎露一杯。'讥武帝求仙也。言青雀杳然不回,神仙无可致之理必矣。而君王未悟,犹徘徊台上,庶几见之,且胡不以一物验其真妄乎?金盘盛露,和以玉屑,服之可以长生,此方士之说也。今侍臣相如,正苦消渴,何不以一杯赐之,若服之而愈,则方士之说,犹可信也,不然,则其妄明矣。二十八字之间,委蛇曲折,含不尽之意。"②

---

① 邝健行、陈永明、吴淑钿:《韩国诗话中论中国诗资料选粹》,中华书局,2002年,第84页。
② 罗大经:《鹤林玉露》,中华书局,2005年,第30页。

再如李晬光对诗法的论述，也例举中国诗人作为佐证的对象："诗家所谓正格，乃第二字侧入，如'天上秋期近'之类是也。所谓偏格，如'四更山吐月'之类是也。唐人多用正格；杜诗用偏格亦十无二三。然古人于诗盖出于自然，非有心于偏正也。诗有假借格，如孟浩然诗：'庖人具鸡黍，稚子摘杨梅。'以'鸡'对'杨'。杜子美诗：'枸杞因吾有，鸡栖奈尔何。'以'枸'对'鸡'。张子容诗：'樽开柏叶酒，灯落九枝花。'以'柏'对'九'，佳矣。"①

韩国诗家论诗对象的中国化，不仅仅体现在专论中国诗人上，在论述韩国诗人时，往往与中国诗人做对比论述，增加了诗论的形象性与可读性。如李朝初期诗论家徐居正（1420－1492），字刚仲，号四佳亭，谥号文忠。诗人、诗论家。他组织编著了《东文选》，收录了从新罗时代到李朝肃宗时期的优秀文学作品，共154卷，是韩国珍贵的文学典籍；并有《四佳亭集》、《新选东国舆地胜览》、《东国通鉴》等作品传世。徐居正对比论述了宋代苏轼、黄庭坚与韩国崔恒三人的咏物诗："古之诗人，托物取况，语多精切。如东坡《咏海棠》云：'朱唇得酒晕生脸，翠袖卷纱红映肉。'以妇人譬花也。山谷《咏荼蘼》云：'露湿何郎试汤饼，日烘荀令炷炉香。'以丈夫譬花也。崔文靖恒《咏黑豆》云：'白眼似嫌憎俗意，漆身还有报仇心。'以文人烈士譬黑豆，用事奇特，殆不让二老。"②

金得臣记述了一次诗友会，涉及中韩诗人取别号的趣事，中韩诗家思想上的交流，中国情结浓郁：

> 东崖金建中尝携余游其汉江亭榭，时晚洲洪元九与久堂朴仲久并辔而来，至酒酣泛舟，仍与赋诗。仲久谓余曰："昔谢逸《蝴蝶》诗曰：'狂随柳絮有时见，舞入梨花何处寻'，人呼为'谢蝴蝶'。赵嘏《秋夕》诗曰：'残星数点雁横塞，长笛一声人倚楼'，时称'赵倚楼'。郑谷《鹧鸪》诗曰：'雨昏青草湖旁过，花落黄陵庙里啼'，人谓'郑鹧鸪'。子之'吟病老僧秋闭殿，觅诗孤客夜登楼'之句，可

---

① 邝健行、陈永明、吴淑钿：《韩国诗话中论中国诗资料选粹》，中华书局，2002年，第56页。

② [韩]赵钟业：《修正增补韩国诗话丛编》（第1卷），太学社，1996年，第500页。

号'金老僧'。"又谓元九曰:"子之'似惜落花春鸟语,解分长日午鸡鸣'之句,亦可称'洪午鸡'。"建中顾左右曰:"仲久可谓知诗善评,子公貌类老僧,宜得其号。元九昼亦执鸡,实符此名。"子公即余之字,而余头童鬓脱,故以僧戏之。且俗语以狎婢为"种鸡执",元九素有此癖,故云。遂相与鼓掌而笑。①

李朝鱼叔权《稗官杂记》也有一段相似的记录:"谢学士《蝴蝶》诗曰'狂随柳絮有时见,舞入梨花何处寻',人呼为'谢蝴蝶'。赵嘏《秋夕》诗云'残星数点雁横塞,长笛一声人倚楼',杜紫薇目之为'赵倚楼'。郑谷《鹧鸪》诗'雨昏青草湖旁过,花落黄陵庙里啼。游子乍闻征袖湿,佳人才唱翠眉低',人谓之'郑鹧鸪'。鲍当《孤雁》诗'天寒稻粱少,万里孤难进。不惜充君厨,为带边城信',时号'鲍孤雁'。余窃谓,牧隐'长啸倚风磴,山青江自流'之诗,可谓'李风磴',郑知常'大同江水何时尽,别泪年年添绿波'之诗,可谓'郑大同',崔斯立'眼穿落日长程晚,多少行人近却非'之诗,可谓'崔眼穿',申企斋'江路火明闻犬吠,小童来报主人归'之诗,可谓'申江路'也。"②

中国诗家喜好探讨各体诗歌的压卷之作,如沈德潜《说诗晬语》:"李沧溟推王昌龄'秦时明月'为压卷,王凤洲推王翰'葡萄美酒'为压卷,本朝王阮亭则云:'必求压卷,王维之'渭城',李白之'白帝',王昌龄之'奉帚平明',王之涣'黄河远上',其庶几乎!而终唐之世,亦无出四章之右者矣。沧溟、凤洲主气,阮亭主神,各自有见。愚谓:李益之'回乐峰前',柳宗元之'破额山前',刘禹锡之'山园故国',杜牧之'烟笼寒水',郑谷之'扬子江头',气象稍殊,亦堪接武。"③

韩国诗家也喜欢探讨这一问题,亦体现出了鲜明的中国情结,如南龙翼对韩国诗歌压卷之作的论述:"前朝各体中压卷之作,五言律则牧隐

---

① 邝健行、陈永明、吴淑钿:《韩国诗话中论中国诗资料选粹》,中华书局,2002年,第336页。
② 邝健行、陈永明、吴淑钿:《韩国诗话中论中国诗资料选粹》,中华书局,2002年,第151页。
③ 申骏:《中国历代诗话词话选粹》(下),光明日报出版社,1999年,第109页。

'昨过永明寺'，七言绝则郑知常'雨歇长堤草色多'，已有定论。而七言律、五言绝未有所属，无已则陈烨之'小雨朝来卷细毛'，李文顺之'山僧贪月色'乎？'细雨僧缝衲，寒江客棹舟'，'寒云秋落渚，独鸟暮归辽'，'风生万古穴，江撼五更楼'之句，较诸'竹虚同客性，松老等僧年'，'鹤立松丫暝，云生石窦凉'，'窗衔半规月，人在一涯天'之句，亦何如？此则似可相颉颃。"①

南龙翼对韩国诗家各体压卷之作的批评语气是商讨式的，但观点是鲜明的。南龙翼对已有定论的五言律诗、七言绝句的压卷之作，没有过多阐释，但是对七言律诗、五言绝句则有自己的一番见解。这种论述是建立在对中国各体压卷之作分析的基础上的，他说："唐诗各体中压卷之作，古人各有所主。而以余之妄见论之，五言绝则王右丞'人闲桂花落'、七言绝则王之涣'黄河远上白云间'、五言律则杜隰城'独有宦游人'、七言律则刘随州'建牙吹角不闻喧'等作，似当全篇之完备警绝者。"② 南龙翼对于中国诗体压卷之作的论述，和中国诗家有所不同之处，最为典型的是对七言律诗的看法，宋代严羽推崇崔颢的《黄鹤楼》，《沧浪诗话·诗评》曰："唐人七言律诗，当以崔颢《黄鹤楼》为第一。"③ 南龙翼批评中国诗和韩国诗的各体压卷之作，是以一句或两句代全章，在中韩诗学批评史上独树一帜。

韩国诗论涉猎中国的诗学观点甚多，如李瀷（1681—1763），字子新，号星湖。著作有《星湖先生全集》，共70卷36册，包括一千多首诗歌，还有序、记、跋、书、说、辞、赋、论、乐府等文体。另有《星湖僿说》30卷，包括天地门3卷、万物门3卷、人事门11卷、经史门10卷、诗文门3卷。其中诗文门3卷具有诗话性和诗学理论价值，包含诗论、诗评、诗创作等丰富的诗话内容，在继承前人诗学观的基础上，提出了很多独创性的见解，并注重诗文内容的考证，是李朝时期很有影响力的诗话集。《星湖僿说》云："'诗可以兴、可以观、可以怨、可以群'，此言何谓也？行

---

① 赵季、赵成植：《诗话丛林笺注》，南开大学出版社，2006年，第347页。
② 邝健行、陈永明、吴淑钿：《韩国诗话中论中国诗资料选粹》，中华书局，2002年，第144页。
③ 郭绍虞：《沧浪诗话校释》，人民文学出版社，1961年，第181页。

莫切于悦乐，故教莫盛于鼓舞。乐歌者，诗之求言也。乐以动之，其有不感者乎？观之为言，观乎民风，即所谓先王观是也。民之情，顺则喜、逆则怒，必发于歌吟。察而阵之，人风之向背、政治之得失，于斯可见矣。"① 李瀷引用的话，出自《论语·阳货》："子曰：小子何莫学夫诗？诗可以兴，可以观，可以群，可以怨。迩之事父，远之事君，多识于鸟兽草木之名。"② 这是孔子关于诗歌社会功用的精辟论述，对后世影响深远，得到了诗家们的高度赞誉，如清代王夫之说："兴、观、群、怨，诗尽于是矣。"③ 意思是孔子的这一观点，把诗歌的所有功用都道尽了。

对中国诗歌的学习，也体现了韩国诗家的中国情结。如李植（1584—1647），字汝固，号泽堂。李植精通古文，与李延龙、申钦、张维合称为"汉文四大家"。其诗论《学诗准的》成书于仁祖二十五年（1647），所谓"准的"，即以《三百篇》为宗，而唯杜甫是尚。《学诗准的》云："余儿时无师友，先读杜诗，次及黄、陈、《瀛奎律髓》诸作。习作数千首，路脉已差，然后欲学《选》诗、《唐音》，而菁华已耗，不能学。又不敢舍杜陵而学唐，故持疑未决。四十以后，得胡元瑞《诗薮》，然后方知学诗不必专门。先学古诗、唐诗，归宿于杜，乃是《三百篇》、《楚辞》正脉，故始为定论。"④

再如李植对学习各体诗歌的建议，更体现出鲜明的中国情结：

> 五言古诗，无出汉魏名家。然其近于性情者，《古诗十九首》外，曹（三曹）、阮（籍）、郭（璞）、左（太冲）、二陆（机、云）、三谢（灵运、惠连、眺），词理圆畅者五六十首，可以抄读……
> 李白古诗飘逸难学。杜诗变体，性情词义，古今为最。记行及

---

① 任范松、金东勋主编：《朝鲜古典诗话研究》，延边大学出版社，1995年，第268页。
② 赵则诚、张连第、毕万忱：《中国古代文学理论辞典》，吉林文史出版社，1985年，第368—369页。
③ 赵则诚、张连第、毕万忱：《中国古代文学理论辞典》，吉林文史出版社，1985年，第369页。
④ 邝健行、陈永明、吴淑钿：《韩国诗话中论中国诗资料选粹》，中华书局，2002年，第127页。

《吏》、《别》等作，分明可爱者，不可不熟读摹袭，以为准的……

然唐以下律诗，百家浩瀚，必须精选熟读，又必多作习作，可以谐适音韵，名世擅场可期也。初唐则沈、宋之流若干篇，可以抄览。盛唐则王、孟，青莲近于古诗，不可学也。高（适）、岑（参）、李（颀）、崔（颢）若干篇可观。所当专精诗法者，无过于杜，为先熟读吟讽。然其横逸难晦之作，不可学，专取其精细高迈者以为准的……

绝句则律诗类也。五言绝则无出右丞（王维），同时名作近于右丞者，略取之。七言绝则初唐不可学，李白以下皆可取，晚唐绝句亦佳，并抄诵数百首以为准的。七言歌行最难学……李白歌行，雄放驰骋，必须健笔博才，可以追蹑。然初学之士学之，易于韦、柳诸作，以其词语平近故也。必不得已，故学李、杜，参以苏黄诸作，以为准的。

排律虽当以杜诗为主，然其无次第，不可学。学短篇绝妙者，且不易学，须参以韩、柳律，以为准的。①

申景浚《旅庵诗则》"思无邪"条，阐释了自己对"思无邪"的理解："此三字，诗之大要也，故于末特书，使知有所准的焉。所谓'思无邪'，则是敬已。记曰：'毋不敬。'盖敬之已至，其言达，其气和，其诗自然合体度。叶音律而可以兴，可以群，可以怨。迩之事父，远之事君，为自关于世教矣。可不敬乎？今之为诗者，气习傲慢，威仪疏放，自以诗人固如斯。噫！诗所以养性情，而反放性情为耶？"② 这段论述，不仅阐释了对"思无邪"的看法，更消融了很多中国传统诗学理论观点。"思无邪"是孔子提出的评价诗歌的审美标准，《论语·为政》："《诗三百》，一言以蔽之，曰：思无邪。"③ 申景浚还引述了孔子提出的诗歌为礼教政治服务的文学观点，孔子《论语·阳货》："小子何莫学夫诗？诗可以兴，可以观，可以

---

① [韩]赵钟业编：《修正增补韩国诗话丛编》，太学社，1996年，第33—34页。
② 邝健行、陈永明、吴淑钿：《韩国诗话中论中国诗资料选粹》，中华书局，2002年，第189页。
③ 赵则诚、张连第、毕万忱：《中国古代文学理论辞典》，吉林文史出版社，1985年，第367页。

群，可以怨。迩之事父，远之事君，多识于鸟兽草木之名。"①

李朝诗家朴汉永则通过对中国诗家诗论观点的品评，体现了其浓郁的中国情结。《石林随笔》云："南宋严沧浪诗话，有论诗如禅，而只以三唐为准。谓盛唐诗如大乘禅，中晚已下如小乘禅，及宋也无论焉。言或成理，而乃开高棅撰《唐诗品汇》之先河者也，然未达诗家超古今之本领。惟唐无宋之见，实攸担板汉者非与？且其唐诗如禅学之话，亦似影响，而不见□地之所悟，终不免隔靴搔痒者矣。"②

严羽是宋代著名的诗论家，他在《沧浪诗话》中"以禅喻诗"，"论诗如论禅：汉、魏、晋与盛唐之诗，则第一义也。大历以还之诗，则小乘禅也，已落第二义矣。晚唐之诗，则声闻辟支果也"。"大抵禅道惟在妙悟，诗道亦在妙悟。"③ 强调妙悟，推崇盛唐诗歌。朴汉永这段话是对其诗论的解读，是辩证的剖析，既有肯定，又有批判。朴汉永还举了具体诗歌来证明自己的观点：

> 王右丞之"人闲桂花落，夜静春山空。月出惊山鸟，时鸣春涧中"，孟襄阳之"挂席几千里，名山都未逢。泊舟浔阳郭，始见香炉峰。东林不可见，日暮但闻钟"，韦苏州之"欲持一瓢酒，远慰风雨夕。落叶满空山，何处寻行迹"，柳柳州之"渔翁夜停西崖宿，晓汲清湘燃楚竹。烟消日出无人见，欸乃一声山水绿"等，天籁诗成，不谋诸禅，而允合临济门庭之四照用等法也。④

上面的论述，正契合邝健行先生的认识，他说："韩国历代不少学者学养丰硕，诗学湛深，谈论诗歌问题时，往往能提出独特而可取的见解。这些见解或者中国学者从来未提及；或者即使提及，也在韩人之后，可能

---

① 赵则诚、张连第、毕万忱：《中国古代文学理论辞典》，吉林文史出版社，1985年，第369页。
② 邝健行、陈永明、吴淑钿：《韩国诗话中论中国诗资料选粹》，中华书局，2002年，第345页。
③ 王大鹏、张宝坤、田树生等：《中国历代诗话选》，岳麓书社，1985年，第808页。
④ 邝健行、陈永明、吴淑钿：《韩国诗话中论中国诗资料选粹》，中华书局，2002年，第345—346页。

又不如韩人的清晰完整。"①

## 第三节　韩国古典诗学的发展历程

　　韩国诗话产生于高丽朝中期（13世纪初），在李朝得到繁荣。高丽朝共有四部诗话著作，分别是李仁老《破闲集》、李奎报《白云小说》、崔滋《补闲集》、李齐贤《栎翁稗说》。这四部诗话和欧阳修《六一诗话》的论诗性质是大体相似的，"均采取'闲谈'随笔体式，以'记事'为主，寓诗论于闲谈述事之中。虽无'诗话'之名，却存诗话之实"②。如李仁老在《破闲集》中对"破"、"闲"二字的阐释，就说出了自己这部诗话的性质："吾所谓'闲'者，盖功成名遂，悬车绿野，心无外慕者，又遁迹山林，饥食困眠者，然后其闲可得而全矣。然寓目于此，则闲之全可得而破也。若夫汩尘劳役名宦，附炎借热，东骛西驰者，一朝有失，则外貌似闲而中心汹汹，此亦闲为病者也。然寓目于此，则闲之病亦可得而医也。若然，则不犹愈于博弈之贤乎？"③

　　韩国诗话随着时代的发展，无论从形式上，还是内容上，都发生了很大的变化。论诗形式从以论事为主转变为以论诗为主。"早期韩国诗话多半以论事为主，注重于诗人诗句、诗坛轶事、传闻的掇拾，而不重在诗论。而进入近世以后，逐渐摆脱稗说文学的影响，诗话的重心就由记事为主转向谈诗论诗为主，开始注重于诗歌评论。"④

　　早期诗话如李奎报《白云小说》论诗就以事为主，如他记载了自己参加诗友会的一段轶事，涉及高丽文坛颇具盛名的"海左七贤"：

　　　　先辈有以文名世者七人，自以为一时豪俊，遂相与为七贤，盖慕

---

① 邝健行、陈永明、吴淑钿：《韩国诗话中论中国诗资料选粹》（前言），中华书局，2002年，第10页。
② 任范松、金东勋主编：《朝鲜古典诗话研究》，延边大学出版社，1995年，第2页。
③ ［韩］太学社选编：《韩国诗话选》，太学社，1983年，第77—78页。
④ 任范松、金东勋主编：《朝鲜古典诗话研究》，延边大学出版社，1995年，第10页。

晋之七贤也。每相会饮酒赋诗，旁若无人，世多讥之。时余年方十九，吴世才德全许为忘年友，每携诣其会。其后德全游东都，余复诣其余，李清卿目余曰："子之德全，东游不返，子可补耶？"余立应曰："七贤岂朝廷官爵而补其缺耶？未闻嵇阮之后有承乏者。"阖坐皆大笑。又使之赋诗，占"春"、"人"二字，余立成口号曰："荣参竹下会，快倒瓮中春。未识七贤内，谁为钻核人。"一座颇有愠色，即傲然大醉而出。余少狂如此，世人皆目以为狂客也。

这段话中的"七贤"，指高丽中期的"海左七贤"，即李仁老、林椿、吴世才、皇甫沆、咸淳、李湛之、赵通。"晋之七贤"即"竹林七贤"，指阮籍、嵇康、山涛、刘伶、阮咸、向秀、王戎等七人，此称呼出自《世说新语》："陈留阮籍、谯国嵇康、河内山涛三人，年皆相比，康年少亚之。预此契者，沛国刘伶、陈留阮咸、河内向秀、琅邪王戎。七人常集于竹林之下，肆意酣畅，故世谓'竹林七贤'。"

近世诗话从徐居正《东人诗话》发其端，逐渐转变为以论诗为主。如徐居正在论诗时继承并发展了中国诗学创作论："古人作诗，无一句无来处。李政丞混《浮碧楼》诗：'永明寺中僧不见，永明寺前江自流。山空孤塔立庭际，人断小舟横渡头。长天去鸟欲何向？大野东风吹不休。往事微茫问无处，淡烟斜月使人愁。'一句、二句本李白'凤凰台上凤凰游，凤去台空江自流'，四句本韦苏州'野渡无人舟自横'，五、六句本陈后山'度鸟欲何向，奔云亦自闲'，七、八句又本李白'总为浮云蔽白日，长安不见使人愁'，句句皆有来处，妆点自妙，格律自然森严。"①"无一句无来处"语见宋黄庭坚《答洪驹父书》："自作语最难，老杜作诗，退之作文，无一字无来处，盖后人读书少，故谓韩杜自作此语耳。"② 黄庭坚认为杜甫、韩愈写诗作文取得成功的重要的一条经验就是落笔用字都有来历，而不"自作语"。徐居正不仅承传了黄庭坚的诗学理论，更有所发展，他通过韩国诗人的具体诗歌做了解释说明，使论述充满了张力。

① [韩]太学社选编：《韩国诗话选》，太学社，1983年，第199—200页。
② 陈良运主编：《中国历代诗学论著选》，百花洲文艺出版社，1995年，第381页。

韩国古典诗话随时代的发展，诗学宗尚亦有较大演变。"自新罗之高丽之初，韩国诗坛崇尚唐诗，推崇李白、杜甫、韩愈和柳宗元。到高丽中、末叶则转而宗宋，崇尚苏轼、欧阳修、梅圣俞之诗，尤其是尚东坡之学声势浩荡，直至李朝初期，饮誉甚久。到了近世，与明代七子'诗必盛唐'相呼应，崔庆昌、白光勋等又转而宗唐，由尊崇东坡而回复到宗尚杜甫。"①

如李仁老《破闲集》对杜甫、苏轼、黄庭坚等的论述，就充分体现了高丽诗家的诗学宗尚："琢句之法，唯少陵独尽其妙。""及至苏黄，则使事益精，逸气横出，琢句之妙，可与少陵并驾。""近者苏黄崛起，虽追尚其法，而造语益工，了无斧凿之痕，可谓青于蓝矣。"②

韩国近世诗话，如李晬光、许筠等人高举尊唐的大旗，赵钟业先生指出李晬光论诗的特点时说："芝峰之诗话一言以蔽之：强调唐诗。是以'逼唐'、'唐调'、'盛唐韵'、'近唐'、'非唐'等语往往有之。"③试看李晬光《芝峰类说》尊唐观的部分诗话材料：

> 李纯仁《送人》诗曰："一尊今夕会，何处最相思。古驿逢明月，江南有子规。"河应临诗曰："草草西郊别，临分一把杯。青山人不见，斜日独归来。"此二作俱佳，而李犹近唐。④

> 郑士龙诗曰："塞草茫茫塞日沈，离家均恼去留心。向来制泪吾差熟，今日当筵自不禁。"盖用义山诗"三年已制思乡泪，更入东风恐不禁"之意。此诗非不佳，而乍看便知非唐矣。古人谓"唐有别调"者信矣。⑤

> 李达，洪洲人，副正李秀蓄州妓所生者，其诗脍炙。《田家诗》曰："田家少妇无夜食，雨中刈麦林中归。生薪带湿烟不起，入门儿

---

① 任范松、金东勋主编：《朝鲜古典诗话研究》，延边大学出版社，1995年，第9页。
② 邝健行、陈永明、吴淑钿：《韩国诗话中论中国诗资料选粹》，中华书局，2002年，第3—4页。
③ [韩]赵钟业：《中韩日诗话比较研究》，台湾学海出版社，1984年，第254页。
④ 赵季、赵成植：《诗话丛林笺注》，南开大学出版社，2006年，第238页。
⑤ 赵季、赵成植：《诗话丛林笺注》，南开大学出版社，2006年，第245页。

女啼牵衣。"《寒食词》曰:"白犬前行黄犬随,野田草际冢累累。老翁祭罢田间道,日暮醉归扶小儿。"逼唐可喜。①

权应仁《矗石楼题咏》曰:"漏云微月照平波,宿鹭低飞下岸沙。江阁卷帘人倚柱,渡头鸣橹夜闻多。"一时林塘诸公亟称赏,而以谓逼唐云。今观意格全不类唐。②

特别值得指出的是徐居正《东人诗话》,这是韩国第一部以"诗话"命名的著作,"从韩国诗话的历史来看,《东人诗话》推动了诗话创作的繁荣,促进了诗学的兴盛,它是韩国诗话自觉和成熟的标志"③。著名诗话研究专家蔡镇楚先生对《东人诗话》的理论体系有一段精辟的论述,他说:"徐居正的《东人诗话》,凡143则,大致按时间顺序编排论诗条目,无须起、承、转、合,随手述录,与宋人初期诗话一脉相承。"④ 韩国历代诗论家对徐居正《东人诗话》给予了高度评价,如李朝金守温:"其记闻之博,识见之高,真所谓在堂上而辨曲直,诗道之集大成者也。"⑤ 李朝姜希孟《东人诗话序》:"今观世编,上自新罗文昌,下逮本朝诸儒,俯仰数百载,搜剔靡遗,摘精会粹;参以论议,敷阐幽赜,如淬古剑光彩益增,不徒取之文辞之美,隐然以世教为本。"⑥ 李朝崔淑精《东人诗话后序》:"文简旨远,言畅意赅,自有诗话以来,未有如此之精切者也。"⑦ 等等。

据不完全统计,韩国李朝共有一百多部诗话著作传世,其中以"诗话"命名的著作有四十多部,如《东人诗话》(徐居正)、《清江诗话》(李济臣)、《松窝诗话》(李墍)、《惺叟诗话》(许筠)、《霁湖诗话》(梁庆遇)、《百家诗话抄》(李珏)、《壶口诗话》(南龙翼)、《诗话丛林》(洪万宗)、《岩叟诗话》(撰者未详)、《屯庵诗话》(申昉)、《东人诗话》(撰者

---

① 赵季、赵成植:《诗话丛林笺注》,南开大学出版社,2006年,第246页。
② 赵季、赵成植:《诗话丛林笺注》,南开大学出版社,2006年,第246页。
③ 马金科:《试论〈东人诗话〉在韩国诗话史上的意义》,《东北亚论坛》,2001年第2期,第94页。
④ 蔡镇楚:《比较诗话学》,北京图书出版社,2006年,第272页。
⑤ [韩]太学社选编:《韩国诗话选》,太学社,1983年,第191页。
⑥ [韩]太学社选编:《韩国诗话选》,太学社,1983年,第189页。
⑦ 转引自蔡镇楚:《比较诗话学》,北京图书出版社,2006年,第339页。

未详)、《东国诗话汇成》(洪重寅)、《龟磵诗话》(南羲采)、《诗话类聚》(撰者未详)、《诸家诗话随录》(撰者未详)、《海东诸家诗话》(撰者未详)、《海东诗话》(撰者未详)、《东国诗话》(撰者未详)、《诗话抄成》(晚窝)、《秋斋诗话》(赵秀三)、《杨梅诗话》(撰者未详)、《研经斋诗话》(成海应)、《绿帆诗话》(朴泳浦)、《青邱诗话拾遗稿》(徐湄)、《宁斋诗话》(李建昌)、《海东诗话》(金某,未详)、《天喜堂诗话》(申采浩)、《东诗话》(河谦镇)、《榕灯诗话》(郑万朝)、《西京诗话》(金渐)、《训蒙诗话》(权鲁郁)、《彝叙诗话》(赵汉复)、《云窗诗话》(金璨)、《别川诗话》(未详)、《桐隐诗话》(未详)、《青楼诗话》(未详)、《西涯诗话》(未详)、《东游诗话》(权存孝)、《诗话》(未详)、《玉溜山庄诗话》(李家源)等。① 其中如徐居正《东人诗话》、李济臣《清江诗话》、南龙翼《壶口诗话》等都是在韩国诗学史上举足轻重的著作,为韩国古典美学史提供了丰富的理论素材。

未以"诗话"命名,实则包含诗话内容的专著有六十多部,如《慵斋丛话》(成伣)、《笔苑杂记》(徐居正)、《秋江冷话》(南孝温)、《师友名行录》(南孝温)、《谀闻琐录》(曹伸)、《龙泉谈寂记》(金安老)、《思斋摭言》(金正国)、《稗官杂记》(鱼叔权)、《诗法源流体意声三字注解》(尹春年)、《松江漫录》(权应仁)、《海东野言》(许篈)、《鹤山樵谈》(许筠)、《月汀漫笔》(尹根寿)、《遣闲杂录》(沈守庆)、《艮翁疣墨》(李墍)、《五山说林》(车天辂)、《闻韶漫录》(尹国馨)、《涪溪记闻》(金时让)、《芝峰类说》(李晬光)、《山中独言》(申钦)、《於于野谈》(柳梦寅)、《效颦杂记》(高尚颜)、《晴窗软谈》(申钦)、《溪谷漫笔》(张维)、《畸翁漫笔》(郑弘溟)、《学诗准的》(李植)、《诗文清话》(撰者未详)、《终南丛志》(金得臣)、《菊堂排语》(撰者未详)、《旬五志》(洪万宗)、《壶谷诗评》(南龙翼)、《西浦漫笔》(金万重)、《水村漫录》(任埅)、《玄湖琐谈》(任璟)、《囚海录》(金春泽)、《农岩杂识》(金昌协)、《旅庵诗则》(申景浚)、《星湖僿说》(李瀷)、《清脾录》(李德懋)、《旸葩谈苑》

---

① 参阅任范松、金东勋主编:《朝鲜古典诗话研究》,延边大学出版社,1995年;[韩]赵钟业:《中韩日诗话比较研究》,台湾学海出版社,1984年。

（任廉）、《诗家点灯》（李圭景）等。① 这些诗话蕴含鲜明诗论观点的著作众多，如车天辂《五山说林》、李晬光《芝峰类说》、申钦《山中独言》、柳梦寅《於于野谈》、李植《学诗准的》等，对韩国古典美学史的贡献是巨大的。

在这些诗话著作中，有著者自己的诗话，如徐居正《东人诗话》、车天辂《五山说林》；有的并不是著者的个人诗话专著，而是对众多诗话的汇编，如洪万宗《诗话丛林》、撰者未详的《海东诸家诗话》、洪重寅《东国诗话汇成》等。有的仅存书目，但没有内容，如《别川诗话》、《青楼诗话》等。

韩国诗话的命名方式亦复杂多样，大致有以下几种形式：（一）以著者字号命书。如《清江诗话》（作者李济臣，号清江），《鹤山樵谈》（作者许筠，号鹤山），《芝峰类说》（作者李晬光，号芝峰）。（二）以地名命书。如《小华诗评》、《海东野言》（韩国又称为"小华"、"海东"），《西京诗话》（西京是韩国的一个地区）。（三）以论诗宗旨名书。如《诗则》、《论诗准的》等。（四）以笔体名书。如《破闲集》、《白云小说》、《效颦杂记》、《农岩杂识》等。

---

① 参阅任范松、金东勋主编：《朝鲜古典诗话研究》，延边大学出版社，1995年；
〔韩〕赵钟业：《中韩日诗话比较研究》，台湾学海出版社，1984年。

# 第二章　韩国古典诗学的意象批评

诗家于诗话论诗，并不是平铺直叙就诗论诗，而是根据论诗的实际需要，采用各种批评方法，以便阅读之人可以清楚地明晓自己阐述的观点及核心所在。意象批评即是诗家重点采用的批评方法。

在古代诗歌批评方法中，意象批评是被广泛采用的形式之一。关于意象批评，有很多不同的称谓，如被称为"比喻的品题"①，或者"象征的批评"②，或者"意象化的喻示"（"意象式的喻示"）③，或者"形象批评"④，或者"象喻式批评"⑤，等等。也作"象喻批评"，此种提法在中国学界比较普遍。张伯伟先生提出了"意象批评"的概念，他说："'意象批评'法，就是指以具体的意象，表达抽象的理念，以揭示作者的风格所在。其思维方式上的特点是直观，其外在表现上的特点则是意象。"⑥ 本文采用张伯伟先生的提法。

## 第一节　意象批评概说

邱美琼、胡建次对意象批评内涵的论述具有典型性："意象批评是我国古代文学批评的传统形式之一，它是指运用喻象的形式，对所品赏与论评对象的审美意味、风格特征、艺术技巧、成就高下等进行形象化评说的

---

① 罗根泽：《中国文学批评史》，上海古籍出版社，1984 年，第 238 页。
② 郭绍虞：《中国文学批评史》，上海古籍出版社，1979 年，第 152 页。
③ 叶嘉莹：《钟嵘诗品评诗之理论标准及其实践》，《中国古典诗歌评论集》，中国社会科学出版社，1980 年，第 18 页。
④ 廖栋梁：《六朝诗评中的形象批评》，《文学评论》第八辑，黎明文化事业公司，第 19—100 页。
⑤ 张永昊、贾岸：《中国古代象喻式批评的演变轨迹及其功能》，《文史哲》，1995 年第 4 期，第 81—86 页。
⑥ 张伯伟：《禅与诗学》，浙江人民出版社，1992 年，第 97 页。

批评方法。"① 贺天忠、吴红光对意象批评的特点做了阐发："意象批评不仅是中国古代最早的文学批评，而且是中国古代文论占据主导性地位的文学批评，其理论形态与作品实际紧密结合，在鉴赏的基础上剔抉出作品中的意蕴，总结文艺创作的经验和规律，理性认识往往被生气勃勃的意象所包容，不同于西方文论的重理论性批评而形成了具有本民族特色的文学批评传统。"② 简单来说，意象批评，即评论家运用大量的比喻，构成一个个意象群，以比较直观的形象来表现诗歌的审美特征、艺术风格、创作手法等。

钟嵘《诗品》是较早采用意象批评的文论著作，如评论谢灵运："然名章迥句，处处间起；丽典新声，络绎奔会。譬犹青松之拔灌木，白玉之映尘沙，未足贬其高洁也。"③ 评论潘岳、陆机："潘诗烂若舒锦，无处不佳；陆文如披沙拣金，往往见宝。"④ 魏晋以后，诗歌的意象批评法被承传下来，在诗学著作中广泛采用。如宋代张戒《岁寒堂诗话》用意象批评法论韩愈的诗歌："退之诗，大抵才气有余，故能擒能纵，颠倒崛奇，无施不可。放之则如长江大河，澜翻汹涌，滚滚不穷。收之则藏形匿影，乍出乍没，姿态横生，变怪百出，可喜可愕，可畏可服也。"

宋代蔡絛《蔡百衲诗评》评议了李白、杜甫、王维、韦应物、柳宗元、韩愈、刘禹锡、白居易、杜牧、欧阳修、王安石、苏轼、黄庭坚等唐宋十四名家诗风，各以一二句评语点出，不是只论其好处，而是辩证地进行分析，亦指出其不足：

> 柳子厚诗雄深简淡，迥拔流俗，至味自高，直揖陶、谢；然似入武库，但觉森严。王摩诘诗浑厚一段，覆盖古今；但如久隐山林之人，徒成旷淡。杜少陵诗自与造化同流，孰可拟议；至若君子高处廊

---

① 邱美琼、胡建次：《宋代诗学对批评方法的运用》，《广西大学学报》（哲学社会科学版），2008年第1期，第82页。
② 贺天忠、吴红光：《〈文心雕龙〉的意象批评论》，《湖北大学学报》（哲学社会科学版），2003年第2期，第59页。
③ 陈良运主编：《中国历代诗学论著选》，百花洲文艺出版社，1995年，第172页。
④ 陈良运主编：《中国历代诗学论著选》，百花洲文艺出版社，1995年，第171页。

庙，动成法言，恨终欠风韵。黄太史诗妙脱蹊径，言谋鬼神，唯胸中无一点尘，故能吐出世间语；所恨务高，一似参曹洞下禅，尚堕在玄妙窟里。东坡公诗，天才宏放，宜与日月争光，凡古人所不到处，发明殆尽，万斛泉源，未为过也；然颇恨似方朔极谏，时杂滑稽，故罕逢蕴藉。韦苏州诗如浑金璞玉，不假雕琢成妍，唐人有不能到；至其过处，大似村寺高僧，奈时有野态。刘梦得诗典则既高，滋味亦厚；但正若巧匠矜能，不见少拙。白乐天诗，自擅天然，贵在近俗；恨为苏小虽美，终带风尘。李太白诗，逸态凌云，照映千载；然时作齐梁间人体段，略不近浑厚。韩退之诗，山立霆碎，自成一法；然譬之樊侯冠佩，微露粗疏与。柳柳州诗若捕龙蛇、搏虎豹，急与之角而力不敢暇，非轻荡也。薛许昌诗天分有限，不逮诸公远矣；至合人意处，正若刍荛悦口，咀嚼自佳。王介甫诗虽乏风骨，一番清新，方似学语小儿，酷令人爱。欧阳公诗温丽深稳，自是学者所宗；然似三馆画手，未免多与古人传神。杜牧之诗风调高华，片言不俗；有类新及第少年，略无少退藏处，固难求一唱而三叹也。①

宋代敖陶孙《敖器之诗评》对魏晋曹操、曹植、鲍照、谢灵运、陶渊明，唐代王维、韦应物、孟浩然、杜牧、白居易、元稹、刘禹锡、李白、韩愈、李贺、孟郊、张籍、柳宗元、李商隐，宋代苏轼、欧阳修、王安石、黄庭坚、梅尧臣、陈后山、韩子苍、吕居仁等29位诗人的论述也运用了意象批评：

　　魏武帝诗如幽燕老将，气韵沈雄。曹子建如三河少年，风流自赏。鲍明远如饥鹰独出，奇矫无前。谢康乐如东海扬帆，风日流丽。陶彭泽如绛云在霄，舒卷自如。王右丞如秋水芙蓉，倚风自笑。韦苏州如园客独茧，暗合音徽。孟浩然如洞庭始波，木叶微脱。杜牧之如铜丸走坂，骏马注坡。白乐天如山东父老课农桑，言言皆实。元微之

---

① 王大鹏、张宝坤、田树生等：《中国历代诗话选》，岳麓书社，1985年，第356—357页。

如李龟年说天宝遗事，貌悴而神不伤。刘梦得如镂冰雕琼，流光自照。李太白如刘安鸡犬，响彻白云，核其归存，恍无定处。韩退之如囊沙背水，唯韩信独能。李长吉如武帝食露盘，无补多欲。孟东野如埋泉断剑，卧壑寒松。张籍如优工行乡饮，酬献秩如，时有恢气。柳子厚如高秋独眺，晚霁孤吹。李义山如百宝流苏，千丝铁网，绮密瑰妍，要非适用。本朝苏东坡如屈注天潢，倒流沧海，变眩百怪，终归雄浑。欧公如四瑚六琏，止可施之宗庙。荆公如邓艾缒兵入蜀，要以险绝为功。山谷如陶弘景祇诏入宫，析理谈玄，而松风之梦故在。梅圣俞如山河放溜，瞬息无声。秦少游如时女步春，终伤婉弱。后山如九皋独唳，深林孤芳，冲寂自妍，不求识赏。韩子苍如梨园按乐，排比得伦。吕居仁如散圣安禅，自能奇逸。①

王世贞《艺苑卮言》历数明代诗文大家，亦以意象批评出之：

  高季迪如射雕胡儿，伉健急利，往往命中；又如燕姬靓妆，巧笑便辟。刘伯温如刘宋好武诸王，事力既称，服艺华整，见王谢衣冠子弟，不免低眉。袁可潜如师手鸣琴，流利有情，高山尚远。刘子高如雨中素馨，虽复嫣然，不作寒梅老树风骨。杨孟载如西湖柳枝，绰约近人，情至之语，风雅扫地。汪朝宗如胡琴羌管，虽非太常乐，琅琅有致。徐幼文张来仪如乡士女，有质有情，而乏体度。孙伯融如新就衔马，步骤未熟，时见轻快。孙仲衍如豪富儿入少年场，轻脱自好。浦长源林子羽如小乘法中作论师，生天而可，成佛甚遥。解大绅如河朔大侠，髵髯戟张，与之周旋，酒肉伧父。杨东里如流水平桥，粗成小致。曾子启如封节度兵东征，鲜华杂沓，精骑殊少。……宗子相如渥洼神驹，日可千里，未免啮决之累；又如华山道士，语语烟霞，非人间事。梁公实如绿野山池，繁雅习适；又如汉司隶衣冠，令人惊美，但非全盛仪物。吴峻伯如子阳在蜀，亦具威仪；又如初地人见声

---

① 王大鹏、张宝坤、田树生等：《中国历代诗话选》，岳麓书社，1985年，第784—785页。

闻则入，大乘则远。冯汝行如幽州马行客，虽见伉侹，殊乏都雅。冯汝言如晋人评会稽王，有远体而无远神。张茂参如荒伧度江，揖让简略，故是中原门第。卢少楩如翩翩浊世佳公子，轻俊自肆。朱子价如高坐道人，衩衣蹑屐，忽发胡语。陈鸣野如子玉兵，过三百乘则败。彭孔嘉如光禄宴使饾饤详整，而中多宿物。徐汝思如初调鹰见击鹜，故难获鲜。黄淳父如北里名姬作酒纠，才色既自可观，时出俊语，为客所赏。谢茂秦如太官旧庖，为小邑设宴，虽事馔非奇，而饾饤不苟。魏顺甫如黄梅坐人，谈上乘纵未透汗，不失门宗。①

明代胡应麟《诗薮》（外编卷五）以树木做喻论诗：

诗之筋骨，犹木之根干也；肌肉，犹枝叶也；色泽神韵，犹花蕊也。筋骨立于中，肌肉荣于外，色泽神韵充溢其间，而后诗之美善备。犹木之根干苍然，枝叶蔚然，花蕊烂然，而后木之生意完。斯义也，盛唐诸子庶几近之。宋人专用意而废词，若枯卉槁梧，虽根干屈盘，而绝无畅茂之象。元人专务华而离实，若落花坠蕊，虽红紫嫣熳，而大都衰谢之风。②

钱泳《履园谭诗》以意象论诗歌的发展脉络及各时期诗歌的特点："诗之为道，如草木之花，逢时而开……溯所由来，萌芽于《三百篇》，生枝布叶于汉、魏，结蕊含香于六朝，而盛开于有唐一代，至宋、元则花谢香消，残红委地矣。间亦有一枝两枝晚发之花，率精神薄弱，叶影离披，无复盛时光景。若明之前、后七子，则又为刮绒通草诸花，欲夺天工，颇由人力。迨本朝而枝条再荣，群花竞放；开到高、仁两朝，其花尤盛，实能发泄陶、谢、鲍、庾、王、孟、韦、柳、李、杜、韩、白诸家之英华，而自出机杼者；然而亦断无有竟作陶、谢、鲍、庾、王、孟、韦、柳、

---

① 蔡镇楚、刘畅：《论意象批评》，《邵阳学院学报》（社会科学版），2007年第5期，第93—94页。
② 陈良运主编：《中国历代诗学论著选》，百花洲文艺出版社，1995年，第727页。

李、杜、韩、白诸家之集读者。"①

## 第二节　意象批评在高丽朝诗学的运用

"韩国文学发展到高丽时期（公元 10 世纪－13 世纪），文学理论开始发达起来，各类诗评、论诗、说文的文字接踵出现，形成了文坛一大景观。"② 高丽诗学是中国诗学的衍生物，其诗学观念深受中国诗学的影响，论诗方法也承传了中国诗学的批评方式。高丽诗学主要代表著作有四部：李仁老《破闲集》、李奎报《白云小说》、崔滋《补闲集》、李齐贤《栎翁稗说》。李仁老（1152—1220），字眉叟，号双明斋。《破闲集》共 3 卷，是现存最早的韩国诗学之作，全书评论最突出的特点是注重将韩国诗人诗作与中国诗人诗作进行比较，有助于中韩诗史的比较研究。李奎报（1168—1241），字春卿，号白云居士，韩国诗坛最为出名的诗人之一。其诗论主要体现在《白云小说》中。崔滋（1188—1260），字树德，号东山叟，谥文清。《补闲集》共 3 卷，是高丽朝最富有影响力的诗学之作。其《自序》曰："李学士仁老略辑成篇，命曰《破闲》，晋阳公以其书未广，命予续补。"道出了崔滋创作此书的宗旨，所以此书论诗方式与李仁老《破闲集》很相似。李齐贤（1287—1367），字仲思，号益斋、栎翁，谥号文忠。《栎翁稗说》存诗话 38 则，多有新见。李齐贤创作的词，在韩国文学史上具有举足轻重的地位。李仁老《破闲集》、李奎报《白云小说》、崔滋《补闲集》、李齐贤《栎翁稗说》四部著作从批评对象来看，主要分为批评中国诗、批评韩国诗、兼论中韩诗三类，而意象批评成为高丽诗学论诗的重要方法，反映了古代韩国人的诗学观念、审美趣向等。

### 一、以意象批评论诗歌风格

在中韩古代诗歌的艺术星空中，有成千上万个灿若明星的诗人，有无数优美的诗篇传世。不同的诗人，有着不同的风格。诚如明代胡应麟《诗

---

① 申骏：《中国历代诗话词话选粹》，光明日报出版社，1999 年，第 233 页。
② 陈丕：《中朝文论关系比较》，《中外文化与文论》，2009 年第 1 期，第 170 页。

薮》所言:"古诗浩繁,作者至众。虽风格体裁,人以代异,支流原委,谱系具存。"① 中国古代文论很早就开始注意研究诗歌风格,如曹丕《典论·论文》、刘勰《文心雕龙》、钟嵘《诗品》等。唐代司空图《二十四诗品》则是以诗话形式专门研究诗歌风格的著作。韩国高丽朝诗学也十分重视对诗歌风格的论述,并大量采用意象批评法,使要阐释的道理更加形象化。

如李奎报《白云小说》以意象批评论述陶渊明、梅尧臣诗歌的艺术风格。他说:"陶潜诗恬然和静,如清庙之瑟,朱弦疏越,一唱三叹。""(梅尧臣诗)外若荏弱,中含骨鲠,真诗中之精隽也。"② 陶渊明诗歌的题材和内容贴近日常生活,不假雕琢,不尚辞藻,形成了平淡之中见神奇、朴素之中见绮丽的艺术风格。朱熹说:"渊明诗平淡,出于自然。"(《朱子语类》)苏轼评论陶渊明的诗曰:"质而实绮,癯而实腴。"(《与苏辙书》)"外枯而中膏,似淡而实美。"(《评韩柳诗》)元好问论述陶渊明的诗说:"一语天然万古新,豪华落尽见真淳。"(《论诗绝句三十首》)对陶渊明诗歌的平淡风格,高丽文人十分崇尚,李仁老说:"潜作诗尚不藻饰,自有天然奇趣,似枯而实腴,似疏而实密。"③ 李奎报不仅以诗论的形式探讨了陶渊明的诗歌风格,更在自己创作的诗歌中也表达了对陶渊明平淡诗歌风格的赞叹,其《读陶潜诗》写道:"我爱陶渊明,吐语淡而粹"、"平和出天然,久嚼知醇味"。

梅尧臣的诗歌以风格平淡、意境含蓄为基本艺术特征。他善于以朴素自然的语言,描画清切新颖的景物形象,诗歌充满雄奇、瘦硬之美。欧阳修在《梅圣俞墓志铭》中评其诗说:"其初喜为清丽、闲肆、平淡,久则涵演深远,间亦琢刻以出怪巧,然气完力余,益老以劲。"欧阳修《六一诗话》赞誉梅诗"老劲"、"瘦骨"、"古硬"、"语更遒",清代沈德潜《说诗

---

① 张葆全主编:《中国古代诗话词话辞典》,广西师范大学出版社,1992年,第204页。
② 邝健行、陈永明、吴淑钿:《韩国诗话中论中国诗资料选粹》,中华书局,2002年,第5—6页。
③ 任范松、金东勋主编:《朝鲜古典诗话研究》,延边大学出版社,1995年,第40页。

晬语》指出梅诗"蹈厉发扬",王礼堂《冬夜读梅圣俞诗》评价梅诗曰:"高峭带平淡,瘦硬兼酸涩。"这些评论和李奎报的论述虽然在文字表达上有些差异,但是基本意思是相同的,充分说明了李奎报的审美眼光是相当准确的。

李奎报对白居易的诗歌风格给予了关注,他说:"白公诗,读不滞口,其词平淡、和易,意若对面谆谆相告者。虽不见当时事,想亲观之也,是亦家一体也。"① 这则诗话,以意象批评的方式,说明了白居易诗歌最基本的艺术特点——平易近人,犹若和人面对面交谈。清代赵翼《瓯北诗话》对白居易诗歌风格的认识与李奎报十分相似:"元、白尚坦易,务言人所共欲言。""坦易者,多触景生情,因事起意,眼前景,口头语,自能沁人心脾,耐人咀嚼。"②

李齐贤以意象批评论宋代王安石的诗歌风格,他认为王安石的诗歌风格,就如明珠落到玉盘,音韵感十足,婉转含情,评论的语言极富美感:

> 荆公诗,童蒙辈所习《宋贤集》中十一许首,皆妙绝,如:"日西阶影转梧桐,帘卷青山篝半空,南涧夕阳烟自起,西山漠漠有无中。""东江木落水分洪,睡鸭残庐掩雾中。归去北人多忆此,每家图画上屏风。""水光山气碧浮浮,落日将还又小留。从此定应长入梦,梦中还与故人游。""金炉香尽漏声残,剪剪轻风阵阵寒。春色恼人眠不得,月移花影上阑干。""落帆江口月黄昏,小店无灯欲闭门。半出岸沙枫欲死,系身唯有去年痕。""我与丹青两幻身,世间流转会成尘。但知此物非他物,莫问今人犹昔人。""垂阳一径紫苔封,人语萧萧院落中。唯有杏花如唤客,倚墙斜阳数枝红。""溪水清涟树老苍,行穿溪水踏春阳。溪深树密无人处,只有幽花渡水香。"一字一句如明珠走盘,婉转可爱。③

---

① 转引自刘彦明:《李奎报散文研究》,中央民族大学,2005年博士学位论文,第92页。
② 马亚中、杨年丰批注:《瓯北诗话》,凤凰出版社,2009年,第29页。
③ 邝健行、陈永明、吴淑钿:《韩国诗话中论中国诗资料选粹》,中华书局,2002年,第15页。

崔滋《补闲集》对韩国诗人的诗歌风格进行了意象批评:"俞文安公升旦,语劲意淳,用事精简。金贞肃公仁镜,凡使字必欲清新,故每出一篇,动惊时俗。李文顺公李奎报,气壮辞雄,创意新奇。李学士仁老,言皆格胜,使事如神,虽有蹑古人睚眦处,酝炼之巧青于蓝也。李承制公老,辞语遒丽,尤长于演诰对偶之文。金翰林克已,属辞清旷,言多益富。金谏议君妥,辞旨和裕。吴先生世材、安处士淳之,富赡浑厚。李史馆允甫、林先生椿,简古精隽。陈补阙澕,清雄华靡,变态百出,此皆一时宗匠也。"①崔滋论述的这些诗人,在韩国诗坛上都是名骚一时的巨匠。崔滋以极其简练的语言归纳了他们各自的艺术风格,语言凝练,文字优美,具有很强的表现力。

崔滋还把诗歌风格分为三个等级,也运用了意象批评:"若诗则新奇绝妙,逸越含蓄,险怪俊迈,豪壮富贵,雄深古雅上也;精隽遒紧,爽害清峭,飘逸劲直,宏瞻和裕,炳焕激切,平淡高邈,优闲夷旷,清婉巧丽次之;生拙野疏,蹇泚寒枯,浅俗芜杂,衰弱淫靡病也。"②这段话,语句优美整饬,条理清晰,层次分明,使人不仅有直观的印象,更能得到美的享受。

崔滋转述了陈澕对李奎报、李由之诗歌的意象批评,并表达了自己的观点:"陈补阙澕评诗,以文顺公《杜门》云:'初如荡荡怀春女,渐作寥寥结夏僧。'如牙齿间置蜜,渐而有味;李由之《和耆老相国》诗:'睡倚乍容青玉案,醉扶聊遣绛纱裙。'如咀冰嚼雪,令人心地爽然无累。置蜜之辞,未若咀冰之语。仆于此评未服。彼咀冰之语,虽新进辈月炼日琢,则万有一得;置蜜之辞,深得杜门之意,非老手固不可导。"③

---

① [韩]太学社选编:《韩国诗话选》,太学社,1983年,第117页。
② 任范松、金东勋主编:《朝鲜古典诗话研究》,延边大学出版社,1995年,第69页。
③ 李岩、徐健顺:《朝鲜文学通史》(上册),社会科学文献出版社,2010年,第516页。

## 二、以意象批评论诗歌创作

创作活动是全部文学活动的中心环节,有创作活动,才会有作品产生。创作论是文学理论的重点部分。中韩古典诗话采用意象批评论述创作活动的诗家、著者众多。如清代朱庭珍《筱园诗话》以意象批评论诗歌创作,他说:"诗家之用笔,须如庖丁之用刀,官止神行,以无厚入有间,循其天然之节,于骨肉理凑肯綮处,锐入横出,则批郤导窾,游刃恢恢有余,无不迎锋而解矣。"① 朱庭珍认为作诗应该学习庖丁解牛,做到游刃有余。昌春荣《葚原诗说》亦以意象批评论诗歌创作:

> 作诗必须立意,意者,一身之主也。如送人,则言离别不忍相舍之意;寄赠,则言相思不得见之意;题咏花木之类,则用《离骚》芳草之意。故诗如马,意如善驭者,折旋操纵,先后急徐,随意所之,无所不可,此意之妙也。又如将之用兵,或攻或战,或屯或守,或出奇以取胜,或不战以收功,虽百万之众,多多益善,而敌人莫能窥其神,此意之妙也。②

高丽诗家李奎报以意象批评探讨创作活动:"凡效古人之体者,必先习读其书,然后效而能至也。否则剽掠犹难,譬之盗者,先窥谋富之家,习熟其门户墙篱,然后善入其宅,夺人所有,为己之有,而使人所不知也。不尔,乃夫探囊胠箧,必见捕捉矣。"③ 这则诗话,李奎报认为在创作之前,应该先熟悉古人的作品,并拿入户偷窃这一妇孺皆懂的事做比喻,使抽象的道理浅显化、形象化。"探囊胠箧",比喻偷窃行为,语出《庄子·胠箧》:"将为胠箧探囊发匮之盗而为守备,则必摄缄縢、固扃镄,此世俗之所谓智也。"李奎报描述自己的创作心态时也运用了意象批评,他说:"万景自媚,殊无人世间一点尘思,飘然若蜕骨传羽翰,飞出六合之外,而举首一望,若将以手招群仙也。"在这段话中,李奎报把创作心态描绘

---

① 赵永纪编:《古代诗话精要》,天津古籍出版社,1989 年,第 367 页。
② 赵永纪编:《古代诗话精要》,天津古籍出版社,1989 年,第 380 页。
③ 赵季、赵成植:《诗话丛林笺注》,南开大学出版社,2006 年,第 33—34 页。

得虚幻柔美,令人慨叹。

李仁老《破闲集》以意象论作诗技巧:

> 琢句之法,唯少陵独尽其妙。如"日月笼中鸟,乾坤水上萍"、"十暑岷山葛,三霜楚户砧"之类是已。且人之才如器皿,方圆不可以该备,而天下奇观异赏可以悦心目者甚多。苟能才不逮意,则譬如驽蹄临燕越,千里之途,鞭策虽勤,不可以致远。是以古之人虽有逸才,不敢妄下手,必加炼琢之工,然后足以垂光虹霓,辉映千古。①

李仁老这段话,语言形象生动,道理浅显易懂,寓深奥的作诗之法于明白晓畅的比喻之中。在他看来,诗歌创作,"炼琢之工"非常重要。一个诗人,要想写出名篇佳句,就要勤于锤炼,然后才能名垂青史。正如明代李东阳《麓堂诗话》所言:"文章如精金美玉,经百炼历万选而后见。"② 杜甫之所以能够成为"诗圣",在很大程度上是靠其出色的"琢句之法"。

历代诗家对杜甫的炼字多有品评,如宋代孙奕《履斋诗学》说:"诗人嘲弄万象,每句必须炼字,子美工巧尤多。如《春日江村》诗云:'过懒从衣结,频游任履穿。'……《漫兴》云:'糁径杨花铺白毡,点溪荷叶叠青钱。'皆炼得句首字好也。《北风》云:'爽携卑湿地,声拔洞庭湖。'……皆炼得第二字好也。《复愁》云:'野鹊翻窥草,村船逆上溪。'……皆炼得句腰字好也。《写怀》云:'无贵贱不悲,无富贫亦足。'……皆炼得句尾字好也。至于'绿垂风折笋,红绽雨肥梅'……皆炼得五言全句好也。'无边落木萧萧下,不尽长江滚滚来。'……皆炼得七言全句好也。"③ 孙奕把杜诗炼字分为炼首字、炼第二字、炼第三字、炼尾字,炼五言诗、炼七言诗等几种情况,论述得十分详尽。

宋代大诗人苏轼、黄庭坚承传了杜甫的锤炼之功,并把它发挥到了极致,李仁老对此有一番见解:"诗家作诗多使事,谓之点鬼簿;李商隐用

---

① 邝健行、陈永明、吴淑钿:《韩国诗话中论中国诗资料选粹》,中华书局,2002年,第3页。
② 申骏:《中国历代诗话词话选粹》(上),光明日报出版社,1999年,第206页。
③ 赵永纪编:《古代诗话精要》,天津古籍出版社,1989年,第447—448页。

事险僻,号西昆体;此文章一病也。近者苏、黄崛起,虽追尚其法,而造语益工,了无斧凿之痕,可谓青于蓝矣。如东坡'见说骑鲸游汗漫,忆曾扪虱话悲辛'、'永夜思家在何处,残年知尔远来情',句法如造化生成,读之者莫知用何事。"① 高丽诗学对以苏、黄为代表的江西诗派很是推崇,尤其是江西诗派的用事之法。李仁老的这则诗话充分说明了这一点,具有重要的研究价值。

李奎报提出韩国古典诗论史上最为著名的诗歌创作理论——"九不宜体",亦运用了意象批评法:"诗有九不宜体,是余之所深思而自得之者耳。一篇内多用古人之名,是载鬼盈车体也。攘取古人之意,善盗犹不可,盗亦不善,是拙盗易擒体也。押强韵无根据,是挽弓不胜体也。不揆其才,押韵过差,是饮酒过量体也。好用险字,使人易惑,是设坑导盲体也。语未顺而勉引用之,是强人从己体也。多用常语,是村父会谈体也。好犯丘坷,是凌犯尊贵体也。词荒不删,是良莠满田体也。能免此不宜体格,而后可与言诗矣。"② 如果运用普通的语言来阐释诗歌创作所不能采用的九种体制,可能让人产生费解,不能明白"九不宜体"的深刻内涵,而采用意象批评法,就显得清晰明了了。

## 第三节  意象批评在李朝诗学的体现

高丽诗家无论是以意象批评论中国诗,还是论韩国诗,都对韩国后世诗学批评方式产生了深远的影响,具有转折的特殊意义。换言之,韩国后世诗学的意象批评,基本上是高丽时期意象批评方法的发展与深化。

李朝初期徐居正以意象批评阐释了对诗歌创作中蹈袭之病的认识,他认为蹈袭就犹如屋子下面再造一个屋子一样:"诗忌蹈袭,古人曰:'文章当出机杼,成一家风骨,何能共人生活耶?'唐宋人多出此病。近代洪中令子藩诗:'愧将林下转经手,遮却斜阳向帝京。'韩复斋宗愈诗:'却将

---

① 邝健行、陈永明、吴淑钿:《韩国诗话中论中国诗资料选粹》,中华书局,2002年,第4页。
② 邝健行、陈永明、吴淑钿:《韩国诗话中论中国诗资料选粹》,中华书局,2002年,第6页。

殷鼎调羹手，还把鱼竿下晚啥。'阳村权文忠公诗：'却将润色丝纶手，能倒山林卖酒杯。'李陶隐诗：'如何钓竿手，策马向京都。'皆不免相袭之病。杜牧诗：'惆怅江湖钓竿手，却遮西日向长安。'后人祖其语，致此屋下架屋也。"①

李朝英祖时期李瀷《星湖僿说》以意象批评论述了诗歌"自做"这一创作活动，他说："古人之诗，如荒郡野人，冠是自做，带是自做，衣履是自做，物器是自做，真心见而工拙可别也。今人之诗，如京邑之士，冠是借物，带是借物，衣履是借物，器物是借物，虽都可雅可观，皆非己有。"②李瀷对于古人、今人之诗是否是"自做"之作，以事为譬，选择了通俗易懂的事物做参照，很好地起到了形象诠释的作用。

李朝郑斗卿《东溟诗说》以意象批评提出了作诗的原则和方法："弄意，则如乘风御云。促节，则如鞭霆行雨。放之，则如囊沙初决，巨浪排空。收之，则如柝声一击，万骑敛蹄。"③

李朝金正喜《杂识》提出了学诗的对象问题，也运用了意象批评："古今之法，至陶靖节（陶渊明）为一结穴。唐之王右丞（王维）、杜工部（杜甫）各为一结穴。王如天衣无缝，如天女撒花，曼多曼少，非世间凡卉所可比拟。杜如土石瓦砖，自地筑起五凤楼，材称剂其轻重以成之。一是神理，一是实景。"④"结穴"指诗人的艺术风格。

## 一、以意象批评论诗歌

徐居正以意象批评论述了李奎报、李穑等韩国诗人的诗歌风格："李相国长篇，豪健峻壮，凌厉振踔，如以赤手搏虎豹拿龙蛇，可怪可愕。""牧隐长篇，变化阖辟，纵横古今，如江汉滔滔波澜自阔，奇怪毕呈。"⑤

---

① 金宽雄、金东勋主编：《中朝古代诗歌比较研究》，黑龙江朝鲜民族出版社，第340页。
② 任范松、金东勋主编：《朝鲜古典诗话研究》，延边大学出版社，1995年，第270页。
③ 邝健行、陈永明、吴淑钿：《韩国诗话中论中国诗资料选粹》，中华书局，2002年，第129页。
④ 李岩、徐健顺：《韩国文学通史》，社会科学文献出版社，2010年，第1423页。
⑤ ［韩］太学社选编：《韩国诗话选》，太学社，1983年，第249页。

徐居正通过一系列比喻性的语言，拓宽了评论的深度与广度。韩国肃宗时期南龙翼对唐诗诗体进行了意象批评，他说："诗家各体，至唐大备，譬如芳春草木百花盛开，灿烂炫耀，使人悦眼而迷心，此后代所以莫及焉。"① 南龙翼以草木百花盛开比喻唐诗诗体齐备，精辟形象。

郑斗卿《东溟诗说》以意象批评，对清切、温润、雄健、高古、森严、华丽等六种诗风进行了形象阐释："心与境会，境与天会，宫商自谐，华实兼备。清切者如灵山石磬，温润者如蓝田美玉，雄健者如风樯阵马，高古者如黄钟大吕，森严者如旌旗剑戟，华丽者如锦绣花卉。"②

韩国肃宗时期李宜显《陶谷杂著》以意象批评对明代诗文大家予以关注："明诗虽众体迭出，要其格律无甚迥绝。称大家者有四：信阳温雅美好，有姑射仙人之姿，而气短神弱，无耸健之格。北地沉鸷雄拔，有山西老将之风，而心粗材驳。太仓极富博，而有患多之病。历下极轩爽，而有使气之累。"③ 李宜显对明代代表性诗人的特点予以了切中肯綮、客观公允的评论。

李圭景《诗家点灯》"孟郊刻苦诗生寒"条："古人论诗人李、杜数公，如金鸥劈海，香象渡河，下视郊、岛辈，真虫吟草间。然玉川之怪，长吉之诡，元轻白俗，岛瘦郊寒，宇宙间自欠此体不得。"④ 李圭景援引他人对李白、杜甫、孟郊、贾岛等人的意象批评，认为即使是孟郊、贾岛等人不及李白、杜甫，但是诗歌这个世界却不能缺少李贺、元稹、白居易、孟郊、贾岛等人，只有充满多样风格的诗歌世界，才是最精彩的。李圭景还拿孟郊的诗歌做了进一步说明："（孟郊诗）'寒者愿为蛾，烧死彼华膏'；'冷露滴梦破，峭风梳骨寒'；'少年如饿死，瞥见不复明'；'棘枝风哭酸，桐叶过颜高'；'老虫干铁鸣，惊兽孤玉跑'；'南山塞天地，日月石

---

① 邝健行、陈永明、吴淑钿：《韩国诗话中论中国诗资料选粹》，中华书局，2002年，第141页。
② 邝健行、陈永明、吴淑钿：《韩国诗话中论中国诗资料选粹》，中华书局，2002年，第129页。
③ 邝健行、陈永明、吴淑钿：《韩国诗话中论中国诗资料选粹》，中华书局，2002年，第195—196页。
④ 邝健行、陈永明、吴淑钿：《韩国诗话中论中国诗资料选粹》，中华书局，2002年，第301页。

上生'；'波澜冻为刀，剌割凫与鹭'；'冻血莫作花，作花发孀啼'；'尖雪入鱼心，鱼心明湫湫'；'千山不隐响，一叶动亦闻'；'鱼龙波五色，金碧树千丛'；'倚诗为活计，终古多无肥'。"①

李圭景《诗家点灯》转引了金人瑞《贯华堂诗话》的诗论观点，认为金人瑞的观点可以作为学诗者学习的对象——作诗者亦可悟入："（金人瑞曰）七言律诗八七五十六字，便是五十六座星辰。一座一座，皆自家职掌；一座一座，又有大家联络。岂可乎其中间忽然孛一妖星，非但无职掌，乃至无其着落？唐律诗来易看者也。有诗七八五十六字，字字皆有原……遍身鳞鳞出。而有诗七八五十六字，只得一字二字是其原。故如龙鳞爪万变，却只为一珠。"②

李瀷对文章的风格、词藻运用上的变化等也采用了意象批评："推之于文章词藻，其安重如山，活动如水，细密如丝，擢秀如花，变状如云，诘屈如藤，缥缈如仙，恍惚如鬼，明如日月，高如星辰，深如坎窖，坚如金铁，壮健如骏马驰骋，从容如闺女绰约，阔远如沧海无穷，繁缛如修竹业生；有巧有拙，有全则有偏，盖莫不悉备也。"③

李瀷还以意象批评论述了屈原、李白、杜甫诗歌的艺术风格：

屈原之作《离骚》，其志洁，故其称物也芳，兰蕙菌苏揭车杜蘅之属，烂然于齿颊之间，其芬馥便觉袭人；所以为清迥孤绝，能泻注胸臆之十怨九思也。惟李白得其意，就万汇间取其清明华彩馨香奇高陶铸为诗料，一见可知为胸裏水镜、世外金骨也。苟非其物，虽原、白异才，亦何缘做此口气乎？凡诗之能事多在五字，试举数联："五峰转月色，百里行松声。""川光净麦陇，日色明桑枝。""琴清月当户，人寂风入室。""清霜入晓鬓，白露生衣巾。""云山海上出，人物

---

① 邝健行、陈永明、吴淑钿：《韩国诗话中论中国诗资料选粹》，中华书局，2002年，第301页。
② 邝健行、陈永明、吴淑钿：《韩国诗话中论中国诗资料选粹》，中华书局，2002年，第290页。
③ 邝健行、陈永明、吴淑钿：《韩国诗话中论中国诗资料选粹》，中华书局，2002年，第209页。

镜中行。""山将落日去，水与清空宜。""独立天地间，清风洒兰雪。""一为沧波客，十见红渠秋。""山青灭远树，水绿无寒烟。""塔影标海月，楼势出江烟。""寒螿爱碧血，鸣凤楼青梧。""长留一片月，挂在东溪松。""秋波落泗水，海色明徂徕。""水舂云母碓，风扫石楠花。""梧桐落金井，一叶飞银床。"不可尽录。比如玉壶明珠交辉几席，祥鸾瑞凤，腾蓊轩阶，反安容一点尘飞到门屏耶？其《禅房怀岑伦》一篇，最多警切，每讽诵，令人有凌空步虚意境耳。至于杜甫，却是诗句句气力，字字精神，如冲车拐马，方隅钩连。①

　　李瀷对韩愈诗歌的整体风格也进行了意象批评，"李杜韩"条说："（韩愈）笔力往往有冗卑下乘之语，然细详之，非退之之不及，乃故为此延绵气脉，以待激昂奋发。比如山势逶迤，峻必有低，过峡则徒崦，天秀自露。不然，只剑脊鳝走，不与化工相肖也。如是看，方得退之圈套。"②李瀷对韩愈奇崛的诗歌风格，笔势奔腾、气象瑰丽的语言特点把握得相当准确。韩诗犹如龙归大海，虎踞平岗，肆意驰骋，其无边无际的想象力，把奇怪雄豪的事物，涂上一层浓烈、使人眩晕的色彩。韩愈为了使诗歌"延绵气脉"、"激昂奋发"，往往采用"冗卑下乘之语"，就像山的走势，有高有低，有平有险，有峡有谷，跌宕起伏，这样做可以使诗歌的语言、境界纵横捭阖，戛戛独立。李瀷把采用"冗卑下乘之语"的风格创作，比喻为"退之圈套"，把意象批评发挥到了极致。李瀷对韩愈个别诗歌也运用了意象批评："读其诗（指韩愈《南山》诗），如丝竹曲拍，进退应节，表裹纤末，无不毕具。诗家之妙，至斯极矣。盖露尽一生傲物性，五十个'或'字中，人之情状备矣。"③《南山》诗写了南山的地理位置，四周环境，四季景色的变化，登山的所见所闻所感，又连用五十一个"或"字和

---

① 邝健行、陈永明、吴淑钿：《韩国诗话中论中国诗资料选粹》，中华书局，2002年，第224—225页。
② 邝健行、陈永明、吴淑钿：《韩国诗话中论中国诗资料选粹》，中华书局，2002年，第224—225页。
③ 邝健行、陈永明、吴淑钿：《韩国诗话中论中国诗资料选粹》，中华书局，2002年，第208—209页。

十四句叠句来描写山形，极尽铺张扬厉之能事。

## 二、以意象批评论诗人

韩国肃宗时期诗论家任璟《玄湖琐谈》转录了李朝诗人金锡胄的诗论，金锡胄在论述新罗、高丽、李朝时期的著名诗人时就采用了意象批评：

息庵金相公锡胄尝取东方诗人自罗丽至我朝各有品题，其评曰："文冒侯崔致远，千仞绝壁，万里洪涛。乐浪侯金富轼，虎啸阴谷，龙藏暗壑。知制诰郑知常，百宝流苏，千丝铁网。双明斋李仁老，云屏洗雨，水镜涵头。白云居士李奎报，金鹅劈天，神龙舞海。知公州陈澕，花开瑞雪，彩绚祥云。益斋李齐贤，烟雨吐吞，虹霓变幻。牧隐李穑，屈注天潢，倒连沧海。圃隐郑梦周，跃鳞清流，飞翼天衢。陶隐李崇仁，千乘雷动，万骑云屯。"又曰："四佳徐居正，峨嵋积雪，阆风蒸霞。真逸斋成侃，鹤飞青田，凤巢丹穴。占毕斋金宗直，明月拨云，芙蓉出水。梅月堂金时习，银树霜披，珠台月泻。忘斋李胄，瑞芝祥兰，和风甘雨。把翠轩朴誾，金汤古险，山海雄关。容斋李荇，夜游金谷，春宴玉楼。讷斋朴祥，炉峰转雾，石濑鸣湍。湖阴郑士龙，飞湍走壁，晴雷喷阁。企斋申光汉，鱼游明镜，花妆层崖。"又曰："思庵朴淳，画栱栖烟，文轩架壑。石川林亿龄，山城骤雨，风枝鸣蝉。锦湖林亨秀，幽壑清湍，断崖层台。苏斋卢守慎，悬崖峭壁，老木苍藤。霁峰高敬命，吟风吹露，跻汉腾霞。芝川黄廷彧，快鹘搏风，健儿射雕。简易崔岦，快阁跨汉，老木向春。孤竹崔庆昌，金阙晓钟，玉阶仙仗。玉峰白光勋，寒蝉乍鸣，疏林早秋。荪谷李达，秋水芙蓉，倚风自笑。"又曰："月沙李廷龟，云卷苍梧，月桂扶桑。芝峰李睟光，积李缟夜，崇桃绚昼。体素斋李春英，林梢霜月，峡口秋云。石洲权韠，奇峰云兴，断壑霞蔚。东岳李安讷，霞阁横波，虹桥卧壑。五山车天辂，快鹏横海，众马腾空。九畹李春元，青骢白马，玉勒珠碔。竹阴赵希逸，络云笼月，疏星洇露。泽堂李植，百尺峭岩，十围枯松。东溟郑斗卿，长风扇海，洪涛接天。"①

这段诗话，纵论了新罗、高丽、李朝著名诗人崔致远、金富轼、郑知常、李仁老、李奎报、陈澕、李齐贤、李穑、郑梦周、李崇仁、徐居正、成伣、金宗直、金时习、李胄、轩朴訚、李荇、朴祥、郑士龙、申光汉、朴淳、林亿龄、林亨秀、卢守慎、高敬命、黄廷彧、崔岦、崔庆昌、白光勋、李达、李廷龟、李晬光、李春英、权韠、李安讷、车天辂、李春元、赵希逸、李植、郑斗卿共四十家，规模之庞大，语句之整饬，形象之鲜明，论述之严谨，在韩国诗话史上独树一帜，由此也可见金锡胄驾驭汉语能力之娴熟。

韩国正祖李祘《日得录》对中国诗人也采用了意象批评，他的批评对象包括唐代诗人、宋代诗人、明代诗人。如他对唐代诗人的意象批评：

　　王勃命辞赡缛，属对精切。杨炯思如悬河，酌之不竭。卢照邻之悲壮顿挫，骆宾王之尤工五言，此其并驱方驾于子安、盈川也。陈子昂承徐、庾骈俪靡曼之余，制颓波而归雅正。李峤富于才思，文章为一时之取法。沈佺期、宋之问约句准篇，如锦绣成文；"比肩"之语，可见时人之推宗。杜审言其自语曰："吾文章合得屈宋作衙官。"世讥矜诞，而即其自负，则盖如此。张说、苏颋，燕、许大手笔，能鸣国家之盛。张九龄风度酝藉，人谓仙鹤下人间，而诗亦如其为人。王维秀辞雅调，意新理惬，诗中有画。孟浩然伫兴而作，超然独妙，气象清远，采秀内映。李白上薄曹、刘，下凌沈、鲍，纵逸跌宕，若无法度而从容于法度之中，飘飘凌云，信乎其为谪仙人。杜甫浑浩汪茫，千汇万状，兼古今而有之。又以忠君忧国、伤时念乱为本旨，读其诗，可以知其世；谓之诗史，不亦宜乎？若其词气风调之光焰万丈，具有古人之定论。贾至素推馆阁之哲臣。高适以气质自高。岑参清切孤秀，多出佳境。李颀沈郁抑扬，神情俱诣。储光羲淡而远，幽而雅，洵为王、孟流亚。王昌龄缜密而思清。钱起理致瞻远。刘长吉五

---

① 赵季、赵成植：《诗话丛林笺注》，南开大学出版社，2006年，第404—405页。

言长城,几呼宋玉之老兵。常建通衢野径,终归大道。韦应物闲淡简远,居然陶潜之遗韵。韩翃骋驾气势,汪洋大肆,如金鹍掣海,铁骢跑垆。柳宗元下笔刱思,与古为俟,精裁密致,灿若珠贝。刘禹锡锋颖森然,若剑花星芒。张籍长于乐府,忒多警隽。卢仝之险,李贺之诡,俱诗家之变,取之者乃以备众体也。白居易叙情铺事,直写胸臆,委曲浓畅,可许以达观旷韵。元稹平易明白,与香山好对唱酬之乎。杜牧清励豪迈,词辄可讽。温庭筠艳丽清拔,尤擅神敏。李商隐造意幽深,托情微婉。许浑偶有精妍。王建缀词绮艳。唐诗之环观,可无外于此。若郊、岛之寒瘦,往往令人幽悄不乐。皮、陆之僻俚,晚季风气,如醇酒之磬,醨糟不足啜。①

  这段诗话涉及唐代初期、中期、晚期等各个阶段的代表性诗人,如"初唐四杰"王勃、杨炯、卢照邻、骆宾王,更有陈子昂、李峤、"沈宋"(沈佺期、宋之问)、杜审言、张说、苏颋、张九龄、"王孟"(王维、孟浩然)、"李杜"(李白、杜甫)、贾至、"高岑"(高适、岑参)、李颀、储光羲、王昌龄、钱起、刘长卿、常建、韦应物、韩翃、柳宗元、刘禹锡、张籍、卢仝、李贺、"元白"(白居易、元稹)、杜牧、"温李"(温庭筠、李商隐)、许浑、王建等近四十家,每家均以形象、简单语句评之,所述观点符合诗人本身,很有说服力。如对杜甫的评价:"杜甫浑浩汪茫,千汇万状,兼古今而有之。又以忠君忧国、伤时念乱为本旨,读其诗,可以知其世;谓之诗史,不亦宜乎?若其词气风调之光焰万丈,具有古人之定论",就十分符合杜甫的为人为诗。杜甫的诗歌充满忠君忧国、感时伤事的思想内涵,杜甫以忧国忧民的儒家情怀借助如椽的诗笔真实地反映了那个时代的历史情况,被人尊为"诗史",李祘的评论正与之相契合。再如对白居易、元稹的论说:"白居易叙情铺事,直写胸臆,委曲浓畅,可许以达观旷韵。元稹平易明白,与香山好对唱酬之乎?"也和历代诗家对白居易、元稹的认识是相似的,如清代赵翼《瓯北诗话》:"元、白尚坦易,

---

① 邝健行、陈永明、吴淑钿:《韩国诗话中论中国诗资料选粹》,中华书局,2002年,第268—269页。

务言人所共欲言。"① 何谓"坦易"呢？赵翼认为："坦易者，多触景生情，因事起意，眼前景，口头语，自能沁人心脾，耐人咀嚼。"②

李祘对宋代代表诗人也采用了意象批评：

> 林逋平淡邃美，趣向博远，主静正而不露刺讽。韩琦意思深长，有锻炼所不及，吟弄之间，亦见其识度。苏舜钦轩昂不羁，出于性情；超迈横绝，别有机杼。欧阳修以气格为主，而不作排骂之句，一归之于敷愉，略与其文相似。梅尧臣涵演闲远，气完力徐，老而益劲。王安石得深婉不迫之趣，精严简核，能步骤老杜。邵尧夫玩心高明，穷诣理奥，有如繇象之辞，非深于《易》者不能读。苏轼气象洪阔，铺叙宛转，深得子美之法；然而用事太多，不免失之丰缛；即其才学之所溢也。黄庭坚会萃百家句律之长，究极历代体制之变，自成一家，为江西诗派之宗祖。但本领为禅学，不能脱苏门习气，是为沈盲之病。陈师道法严而力劲，学赡而用变，非冥搜旁引，莫窥其用心处。秦观以声韵胜，追琢而鸿渟，体格高古。陈与义体物寓兴，清邃纡徐，高举横厉，上下陶、谢、韦、柳之间。范成大缛而不酿，缩而不窘，清新俊伟，当推南渡之秀。陆游记闻足以贯通，力量足以驱使，才思足以发越，气魄足以凌暴；若游学者杜甫而能得其心者矣。又其忠爱之诚见乎辞者，真可谓每饭不忘，故其诗浩瀚融贯，自有神合，此其所以为大家也。孔夫子删诗三百，列于六经。夫子之文章，此之谓可得闻者。而朱夫子之中和条贯，浑涵万有，金声而玉振之者，即亦后六经之三百篇也。此皆和顺之英华，天纵之余事，有不可以篇章声格论其兴观之旨也。杨万里超悟自得，逼绝境界。③

李祘对宋代诗人如数家珍，这段诗话包含了宋代最著名的诗人，有林逋、韩琦、苏舜钦、欧阳修、梅尧臣、王安石、邵尧夫、苏轼、黄庭坚、

---

① 马亚中、杨年丰批注：《瓯北诗话》，凤凰出版社，2009年，第29页。
② 马亚中、杨年丰批注：《瓯北诗话》，凤凰出版社，2009年，第29页。
③ 邝健行、陈永明、吴淑钿：《韩国诗话中论中国诗资料选粹》，中华书局，2002年，第270—271页。

陈师道、秦观、陈与义、范成大、陆游等十四家,李祘对每家的认识都是很有见地的。如对黄庭坚的评论就与历代评论是一致的:"黄庭坚会萃百家句律之长,究极历代体制之变,自成一家,为江西诗派之宗祖。但本领为禅学,不能脱苏门习气,是为沈盲之病。"李祘认为黄庭坚是江西诗派的开山鼻祖,是符合实际的。如严羽《沧浪诗话》的论述:"国初之诗,尚沿袭唐人。王黄洲学白乐天,杨文公、刘中山学李商隐,盛文肃学韦苏州,欧阳公学韩退之古诗,梅尧臣学唐人平淡处。至东陂、山谷始自出己意以为诗,唐人之风变矣。山谷(黄庭坚自号山谷道人)用工尤为深刻,其后法席盛行,海内称为江西诗派。"刘克庄《江西诗派小序》指出:"豫章(黄庭坚又被称为黄豫章)稍后出,会萃百家句律之长,穷极历代体制之变,搜猎奇书,穿穴异闻,作为古律,自成一家,虽只字半句不轻出,遂为本朝诗家宗祖。"①

李祘对明代最具代表性的诗人也采用了意象批评:

明诗取十三人。如徐、袁之尖新巧靡,钟、谭之牛鬼蛇神,固所显拙而痛排。若其长短互并,疵誉相参,揭竿操矛而呼者,不啻如堵。其进其麾,滥竽之可戒,先于遗珠之可惜。或有丑齐而异遇者,固非偶为抑扬,聊欲举一而概十耳。刘基声容华壮,如河朔少年,充悦忼健。高启矩矱全唐,风骨秀颖,才具赡足。宋濂严整要切,能亚于其文。陈献章殊有风韵,冲淡而能兼丽脱。李东阳如陂塘秋潦,渺沵澹沲;而澈见底里,高步一时。为何、李倡。王守仁博学通达,诗亦秀发,如披云对月,清辉自流。李梦阳才气雄高,风骨遒利,鏖白战而拥赤帜,力追古法,能成雄霸之功。何景明清藻秀润,丰容雅泽,不作怒张之态。杨慎朗爽可喜,秾婉有余。李攀龙如苍崖古壁,周鼎商彝,奇气自不可掩。王世贞著作繁富,才敏而气俊,能使一世之人,流汗走僵。吴国伦雅炼流逸,情景相副。张居正华赡老炼,足

---

① 刘德重:《宋代诗话与江西诗派》,《上海大学学报》(社会科学版),1996年第6期,第16页。

称词馆之能手。①

　　这段诗话，对明代诗人进行了论析，涉及明代最具代表性的诗人，如刘基、高启、宋濂、陈献章、李东阳、王守仁、李梦阳、何景明、杨慎、李攀龙、王世贞、吴国伦、张居正等十三家。其中，刘基、高启、宋濂被称为明初诗文三大家；李梦阳、何景明是明代"前七子"的代表，李攀龙、王世贞是明代"后七子"的典型。可以说，李祘对明代诗坛是相当熟悉的。

　　这几段话，涉及中国三个朝代几十位代表诗人，语句凝练，生动传神，气势磅礴，在韩国古典诗话史上举足轻重。

---

① 邝健行、陈永明、吴淑钿：《韩国诗话中论中国诗资料选粹》，中华书局，2002年，第271页。

# 第三章　韩国古典诗学的比较批评

比较批评是古代文学批评的一种传统形式，它与意象批评、摘句批评等一起组构出古代文学批评方法的多维空间，从内在决定和影响着古代文学批评的表达方式及面貌生成。邱美琼、胡建次把比较批评的概念归纳为："比较批评是我国古代文学批评的传统形式之一，它是指运用对比或类比的手法，对所品赏与论评对象的审美意味、风格特征、创作技巧、成就高下等进行比照、辨析的批评方法。"①赖立行则指出了比较在文学审美批评活动中的重要作用："从认知活动的角度来说，任何事物的本质特征和功能价值都是在比较中显现相互来的。文学批评作为一种审美认识活动，在对作品进行感知、阐释、评价的每一环节，比较都起着十分重要的作用。"比较批评，简单来说，即对两个或两个以上的批评对象进行审美品析，以显出各自的优劣短长。②

## 第一节　比较批评概说

在文论著作中较早运用比较批评的是曹丕《典论·论文》，该文对建安七子诗歌的审美特征进行了对比论述："王粲长于辞赋，徐干时有齐气，然粲之匹也。如粲之《初征》、《登楼》、《槐赋》、《征思》，干之《玄猿》、《漏卮》、《圆扇》、《橘赋》，虽张、蔡不过也。然于他文，未能称是。琳、瑀之章表书记，今之隽也。应玚和而不壮，刘桢壮而不密。孔融体气高妙，有过人者，然不能持论，理不胜辞，以至乎杂以嘲戏。及其所善，

---

① 邱美琼、胡建次：《宋代诗学对批评方法的运用》，《广西大学学报》（哲学社会科学版），2008年第1期，第83页。
② 赖力行：《中国古代文学批评学》，华中师范大学出版社，1991年，第152页。

扬、班俦也。"① 其后比较批评被历代文论承传下来，运用此方法的著作比比皆是。如钟嵘《诗品》评左思曰："文典以怨，颇为精切，得讽喻之致。虽野于陆机，而深于潘岳。"② 宋代张戒《岁寒堂诗话》是宋代使用比较批评较为出色的诗话著作，其比较的内容涉及诗歌的审美意蕴、诗歌风格、诗歌技法等方面，如他对阮籍、陶渊明、曹植、杜甫等人诗歌审美意蕴的论述："阮嗣宗诗，专以意胜；陶渊明诗，专以味胜；曹子建诗，专以韵胜；杜子美诗，专以气胜；然意可学也，味亦可学也，若夫韵有高下，气有强弱，则不可强矣。此韩退之之文，曹子建、杜子美之诗，后世所以莫能及也。"③ 再如对杜甫、李白、韩愈诗歌风格特点的论述："杜子美、李太白、韩退之三人，才力俱不可及，而就其中退之喜崛奇之态，太白多天仙之词，退之犹可学，太白不可及也。至于杜子美，则又不然，气吞曹、刘，固无与为敌。"④

宋代王安石比较批评李白、杜甫、韩愈三人的风格倾向说："'清水出芙蓉，天然去雕饰'，此李白所得也。'饫看翡翠兰苕上，未掣鲸鱼碧海中'，此老杜所得也。'横空盘硬语，妥帖力排奡'，此韩愈所得也。"⑤ 王安石分别以三句有代表性的诗句，揭示出李、杜、韩三人不同的审美趣味，其中关于韩愈的两句诗十分形象地体现出韩愈对奇崛诗风的向往与追求。通过对比的方式探讨诗人诗作的问题，显得直观、形象，能清楚地说出关键之所在。清代赵翼《瓯北诗话》对中唐代表诗人韩愈、孟郊、元稹、白居易的诗风给予了比较论述，韩孟奇警的诗风与元白坦易的诗风通过对比，非常鲜明地呈现在人们的眼前："中唐诗以韩、孟、元、白为是，韩、孟尚奇警，务言人所不敢言；元、白尚坦易，务言人所共欲言。试平心论之，诗本性情，当以性情为主。奇警者，犹第在词句间争难斗险，使人荡心骇目，不敢逼视，而意味或少焉。坦易者，多触景生情，因事起

---

① 郭绍虞主编：《中国历代文论选》（第1册），上海古籍出版社，1979年，第158页。
② 陈良运主编：《中国历代诗学论著选》，百花洲文艺出版社，1995年，第171页。
③ 陈良运主编：《中国历代诗学论著选》，百花洲文艺出版社，1995年，第421页。
④ 陈良运主编：《中国历代诗学论著选》，百花洲文艺出版社，1995年，第423页。
⑤ 吴光兴：《李杜独尊与八世纪诗歌的价值重估》，《文学遗产》，1994年第3期，第32页。

意,眼前景,口头语,自能沁人心脾,耐人咀嚼。此元、白较胜于韩、孟。世徒以轻俗訾之,此不知诗者也。"①

比较批评在韩国古典诗话中也得到了很好的运用,如高丽朝诗论家崔滋《补闲集》以对比的形式给诗文划分了两个等级,他说:"若诗则新奇绝妙、逸越含蓄、险怪俊迈、豪壮富贵、雄深古雅,上也;精隽遒紧、爽豁清峭、飘逸劲直、宏瞻和裕、炳焕高邈、优闲夷旷、清婉巧丽次之。"② 李齐贤《栎翁稗说》比较诗文大家林椿、崔滋二人的诗作:"林西河椿《闻莺》诗云:'田家椹熟麦将稠,绿树初闻黄栗留。似识洛阳花下客,殷勤百啭未能休。'崔文清公滋《夜直闻采直峰鹤唳》诗云:'云扫长空月正明,松栖宿鹤不胜清。满山猿鸟知音少,独刷疏翎半夜鸣。'二诗俱是不遇感伤之作,然文清气节慷慨,非林之比。"③ 李朝文人徐居正《东人诗话》对梅尧臣、苏轼的诗歌做对比批评,他说:"梅圣俞苏子美齐名一时,二家诗格不同。苏之笔力豪俊,以超迈横绝为奇。梅则研精覃思,以深远闲淡为高致,各臻所长,虽擅论者,未易甲乙。"④ 李朝诗家姜沆《睡隐诗话》通过对比阐释了评文、注诗的"三难",直白易懂:"作诗非难,注诗为难;作文非难,评文为难。评文有三病:可言而不言,谓之呐口。可止而不止,谓之添足。面貌形容,有目者俱见;而吾复为之点额,谓之赘疣。外皮相而得神情者,自古为难矣。注诗有三难:世之相后,地之相距,当时事迹后人难悉,故得其事为难。"⑤

金昌协对整个韩国文学与中国文学进行宏观比较,他指出,在情理、风神、典则等方面,韩国的诗文落后于中国:"我东之文,其不及中国文者有三:肤率而不能切深也,理俗而不能雅丽也,穴靡而不能简整也。以故,其情理未晰,风神未畅,而典则无可观若是者,岂尽其才之罪,亦其

---

① 马亚中、杨年丰批注:《瓯北诗话》,凤凰出版社,2009年,第29页。
② 任范松、金东勋主编:《朝鲜古典诗话研究》,延边大学出版社,1995年,第69页。
③ 赵季、赵成植:《诗话丛林笺注》,南开大学出版社,2006年,第52页。
④ [韩] 太学社选编:《韩国诗话选》,太学社,1983年,第206页。
⑤ 邝健行、陈永明、吴淑钿:《韩国诗话中论中国诗资料选粹》,中华书局,2002年,第95页。

所蓄者薄，所因习者近而功力不深至耳。"① 他客观地反映韩国诗文的弱点，推进了韩国古典诗学的发展。南公辙《金陵集》对中韩诗作比较后认为："本朝文章，其离于中国者，有三：曰肤率而不精也，曰浅近而不深也，曰陋俗而不雅也。不精则无法，不深则无气，不雅则无趣，无法无气无趣而文道失矣。"② 无论是文字表达，还是理论观点，都和金昌协的观点是一脉相承的，其受金昌协的影响可见一斑。

## 第二节 比较批评视野下的中韩作家作品论

韩国古典诗学比较批评所涉及、所论述的中韩作家作品，数量不可谓不多，如果都放在一起"一锅煮"的话，会弄得不伦不类、不清不楚。所以笔者在本节选择较能代表韩国诗话比较批评方法的典型诗家与诗话材料进行分析，拟从诗学范畴比较批评、中韩作家作品比较批评给予重点论述，而李瀷、李晬光、南龙翼等人是运用比较批评法的集大成者，所以本节以三位诗家的诗话材料为论述的重点，并辅以其他诗家的诗话材料，以期做到重点突出，层次分明。

### 一、诗学范畴的比较批评

"所谓'诗学（文学理论）范畴'，就是文学创造主体、文学批评主体对文学的本质、特性以及文学内在关系的概括与反映。"③ 韩国古典诗话蕴涵着丰富的诗学范畴，学者对其中的很多范畴已有所论述，如温兆海教授对高丽诗学范畴"味"的探究④，韩国学者琴知雅对韩国诗学"神韵"范

---

① 任范松、金东勋主编：《朝鲜古典诗话研究》，延边大学出版社，1995年，第263—264页。
② 任范松、金东勋主编：《朝鲜古典诗话研究》，延边大学出版社，1995年，第264页。
③ 张振亭、金海救：《高丽诗学范畴初探》，《延边大学学报》（社会科学版），2007年第5期，第65页。
④ 温兆海：《"味"审美范畴在高丽诗学前期之考察》，《东疆学刊》，2004年第3期，第51—56页。

畴做了分析与梳理①，邹志远教授探讨了诗家李晬光的审美文论范畴，包括"性情"论、"风骨"论、"气象"论、"自然"论②，等等。

本小节将重点对李瀷诗学批评中的"风神"、"气骨"这两个范畴进行分析，这不仅仅是因为对它们的分析符合本节的论述宗旨，即比较批评，更为重要的是，这说明了韩国诗家对中国古典诗学范畴不是简单的借鉴、模仿，而是有所创新，有所突破，这在韩国诗学批评史上具有重大的学术价值，所以值得给予特别的关注。

李瀷对李白、杜甫和韩愈的诗歌做了对比分析，引出了两个重要的诗学命题——"风神"、"气骨"：

> 韩退之一生慕效李、杜，然比诸李风神不足，比诸杜气骨不足。李诗："回飙吹散五峰雪，往往飞花落洞庭。"韩则曰："动风吹破落天外，飞雨白日洒洛阳。"效不得也。杜诗："悲台萧瑟石笼丛，哀壑权桠浩呼汹。"韩则曰："山狂谷根相吐吞，风怒不休何轩轩。"效不得也。宜乎其诗曰："李杜文章在，光焰万丈长。不知群儿愚，那用故谤伤。蚍蜉撼大树，可笑不自量。"③ 此实际也。王安石云"韩胜于李"，欧阳修云"韩胜于杜"，彼不知韩矣，却能识李杜乎？

李瀷在这里所说的"风神"和"气骨"，是综合了文气、风骨和传神三个文论范畴合而衍发出"风神"、"气骨"，这是对古代文论范畴的一种创新。

文气理论最早见于曹丕的《典论·论文》："文以气为主，气之清浊有体，不可力强而致。譬诸音乐，曲度虽均，节奏同检，至于引气不齐，巧拙有素，虽在父兄，不能以移子弟。"④ 曹丕阐释了作家的气质、才性、思

---

① 琴知雅：《韩国诗学上的"神韵"》，《暨南学报》（哲学社会科学版），2002年第1期。第75—84页。
② 邹志远：《李晬光文学批评研究》，延边大学出版社，2007年，第73—116页。
③ 邝健行、陈永明、吴淑钿：《韩国诗话中论中国诗资料选粹》，中华书局，2002年，第228页。
④ 郭绍虞主编：《中国历代文论选》（第1册），上海古籍出版社，1979年，第158—159页。

维修养、创作个性和作品风格的关系，强调文章风格的不同缘于气之不同。

刘勰继承并发展了曹丕的"文气说"，《文心雕龙·风骨》篇说："缀虑裁篇，务盈守气。刚健既实，辉光乃新。"① 刘勰肯定了先天气质、才性对创作有决定作用，但同时又认为后天的学习对创作也有很大的帮助，他说"学业在勤"、"习亦凝真"、"素气资养"（均见《文心雕龙·体性》篇)，这是对曹丕"文气说"的发展。

"风骨"本是汉魏以来品评人物的概念，如晋安帝称王羲之"风骨清举"，晋末桓玄谓刘裕"风骨不恒，盖人杰也"，等等。刘勰则把它移用于文学上，《风骨》篇论风骨的主要语句如下：

> 是以惆怅抒情，必始乎风；沈吟铺辞，莫先于骨。故辞之待骨，如体之树骸；情之含风，犹形之包气。结言端直，则文骨成焉；意气骏爽，则文风清焉。
>
> 练于骨者，析辞必精；深乎风者，述情必显。捶字坚而难移，结响凝而不滞，此风骨之力也。
>
> 若瘠义肥辞，繁杂失统，则无骨之征也；思不环周，索莫乏气，则无风之验也。昔潘勖锡魏，思摹经典，群才韬笔，乃其骨髓峻也；相如赋仙，气号凌云，蔚为辞宗，迺其风力遒也。②

传神，又被称为入神，即严羽所说的最高境界和标准。《沧浪诗话》："诗之极致有一，曰入神。诗而入神，至矣，尽矣。"③ 陶明浚《诗说杂记》曰："入神二字之义，心通其道，口不能言。己所专有，他人不得袭取。所谓能与人规矩，不能使人巧。巧者其极为入神。今在诗言志，诗之妙处，人各不同。善学古人者，得其精英而遗其糟粕，得其精神而略其形

---

① 郭绍虞主编：《中国历代文论选》（第1册)，上海古籍出版社，1979年，第252页。
② 郭绍虞主编：《中国历代文论选》（第1册)，上海古籍出版社，1979年，第252页。
③ 彭会资主编：《中国文论大辞典》，百花文艺出版社，1990年，第22—23页。

似。古人有古人之妙处，我亦有我之妙处，同工异曲，异地皆然，如风行水上，自成其文，真能诗者，不假雕琢，俯拾即是，取之于心，注之于手，滔滔汨汨落笔纵横，从此道达性灵，歌咏情志，涵畅乎理致，斧藻于群言，又何滞碍之有乎？此之谓入神。"① 要求艺术形象表现出事物的精神、独特个性，艺术家在创作中抓住对象具有审美价值的个性特征，给予概括、提炼，描写出对象生动而鲜明的神态情状，传达出对象内在的精神气质。

"传神"最初应用于艺术领域，始于六朝人物画，为晋代著名画家顾恺之首创，《世说新语·巧艺》记顾恺之论"点睛"曰："四体妍蚩本无关于妙处，传神写照，正在阿堵中。"② 宋代邓椿《画记》："曲尽其态，而所以能曲尽者，止一法耳。一者何也？曰：传神而已矣。"③ 明代唐志契《绘事微言·山水写趣》："昔人谓画人物是传神，画花鸟是写生，画山水是留影。"④ 关于绘画的传神论又被文学艺术所吸取，并广泛用于创作、欣赏和批评中，孙联奎《诗品臆说》："至曰'巧笑倩兮，美目盼兮'，则传神写照，正在阿堵……千载而下，犹如亲其笑貌。此可谓离形得似者矣。"⑤ 清代王夫之《姜斋诗话》曰："'庭燎有辉'，乡晨之景，莫妙于此。晨色渐明，赤光杂烟而叇叇，但以'有辉'二字写之。唐人《除夕》诗'殿庭银烛上熏天'之句，写除夕之景，与此仿佛，而简至不逮远矣。'花迎剑佩'四字，差为晓色朦胧传神；而又云'星初落'，则痕迹露尽。益叹《三百篇》之不可及也！"⑥

高丽时期的李齐贤在批评杜甫诗歌时曾用"传神"一词，《栎翁稗说》曰："杜少陵有'地偏江动蜀，天远地浮秦'之句。予曾游秦、蜀。蜀地西高东卑，江水出岷山，经成都南，东走三峡，波光山影，荡摇上下。秦仲千里，地平如掌，由长安城南以望，三面绿树童童，其下野色接天，若

---

① 彭会资主编：《中国文论大辞典》，百花文艺出版社，1990年，第22页。
② 王世德主编：《美学辞典》，知识出版社，1986年，第244页。
③ 彭会资主编：《中国文论大辞典》，百花文艺出版社，1990年，第22页。
④ 彭会资主编：《中国文论大辞典》，百花文艺出版社，1990年，第22页。
⑤ 王世德主编：《美学辞典》，知识出版社，1986年，第245页。
⑥ 彭会资主编：《中国文论大辞典》，百花文艺出版社，1990年，第22页。

浮在巨浸然。方知此句少陵为秦、蜀传神，而妙在正在阿堵中也。"①

李瀷综合了文气说、风骨论、传神论这三个古典美学范畴，拆分并重新组和衍生出"风神"、"气骨"，以这两个范畴来概括三个范畴的含义，言简意赅，是对古代文论范畴的创新，并把它作为评价李白、杜甫、韩愈诗歌的一个尺度。"风骨"和"传神"结合推演出"风神"，"文气"和"风骨"结合推演出"气骨"，其重点还是在"风骨"处，对文学作品内容和形式提出了要求，即要求一部文学作品应该具有感人至深的思想内容和简约而不简单的言辞，从而使作品刚劲有力、清俊健爽。

## 二、中韩作家作品的比较批评

韩国古典诗学比较批评的内容，按朝代划分的话，可以分为对唐代诗歌的比较批评、对宋代诗歌的比较批评、对明代诗歌的比较批评、对韩国诗歌的比较批评等几个方面，而运用比较批评最为典型的诗家是李晬光和南龙翼，本节则以此二人为论述的重点，其他诗家的论述为辅。

（一）对唐代诗歌的比较批评

对于不同诗人的诗体，李晬光进行了比较批评，显出了该诗人的擅长及不擅长之处："李白之七言律，杜甫之绝句，故人言非其所长；至如孟浩然，盛唐之高手，而五言律、绝外，七言律不满数首，亦不甚警绝，长篇则全无所传；王昌龄之于七言绝句，亦独至者。各体不能皆好矣。"② 在众多诗体中，每位诗人的成就并不均衡，如孟浩然的五言律诗、王昌龄的七绝都非常优秀，而在其他诗体上则相对逊色。

李晬光在韩国诗学理论史上，是最为关注唐诗诗体代表作的诗论家，如他对唐代七言律诗代表作的论证："明人以杜审言'毗陵震泽九州通'、沈佺期'卢家少妇玉金堂'二诗为七言律之首。以余臆见，则沈佺期诗'东郊暂转迎春仗，上怨初非行庆杯。风射蛟冰千片断，气动鱼钥九关开。林中觅草总生蕙，殿里争花并是梅。歌吹衔恩归路晚，楼乌半下凤城来'尤似佳矣。严沧浪云：'唐人七言律，当以崔颢《黄鹤楼》为第一。'而

---

① 邝健行、陈永明、吴淑钿：《韩国诗话中论中国诗资料选粹》，中华书局，2002年，第14页。
② ［韩］李晬光：《芝峰类说》（卷九），首尔乙酉文化社，1994年，第620—622页。

《唐诗品汇》云:'崔颢律非雅纯。'岂不难哉!"①他还关注唐代绝句的冠首之作:"权辨言:唐人七言绝句,以许浑'劳歌一曲解行舟'为第一。五言绝句,以宋之问'卧病人事绝'为第一。余谓权生似不知唐者。夫许丁卯在晚唐非高手也,之问此诗本五言律,而《唐音》截做绝句,恐气格不全。按李沧溟、王弇州皆以王昌龄'秦时明月汉时关'为第一,必有所见耳。"②李睟光对唐诗诗体律诗、绝句的代表作十分关注,尽管由于视角的不同,导致看待同一问题会得出不同的结论,但无疑拓宽了我们研究的视野,具有很高的学术价值。

李睟光对不同的作家作品进行了比较批评,批评对象包括二人、三人、四人不等,这种方法较为具体、客观、公允。如对孟浩然、杜甫诗歌的比较批评:"孟浩然诗曰:'江清月近人。'杜子美云:'江月近人只数尺。'罗大经以为浩然浑涵,子美精工。余谓子美此句大不如浩然。"③李睟光不赞同罗大经的观点,他认为杜甫的诗句不如孟浩然。

李睟光对岑参、王维、杜甫、贾至的同题之作《早朝大明宫》诗进行了比较批评,他说:"《早朝大明宫》诗,古人以岑参为第一,王维为第二,杜甫为第三,贾至为第四。余谓四诗俱绝佳,未易优劣。若言其微瑕,则岑参'莺啭皇州春色阑',似妥。而连用'曙'、'晓'二字,且'花迎剑佩'一联好矣,而'星初落'三字似不亲矣。王维诗叠使衣色字,且'翠云裘'、'冕旒'、'衮龙'等语似叠矣。杜甫诗'五夜漏声催小箭',既曰'五夜',则似不当言'晓'。且'剑佩声随玉迟步'一联似松矣。大抵四诗皆用凤池,所谓和也,杜作乃用凤毛以结之,最妙。余仅论至此,不敢直言,故著六'似'字以俟知者。"④这段话,不仅从宏观处指出四首诗都堪称优秀之作,没有优劣好坏之分;又从细微处分析了岑参、王维、

---

① 蔡镇楚编:《域外诗话珍品丛书》(第9册),北京图书馆出版社,2006年,第29页。
② 邝健行、陈永明、吴淑钿:《韩国诗话中论中国诗资料选粹》,中华书局,2002年,第60页。
③ 邝健行、陈永明、吴淑钿:《韩国诗话中论中国诗资料选粹》,中华书局,2002年,第58页。
④ 邝健行、陈永明、吴淑钿:《韩国诗话中论中国诗资料选粹》,中华书局,2002年,第60页。

杜甫的诗歌在个别诗句上的不足，但是李晬光本着实事求是的原则，没有妄下结论，而是用了六个"似"字来阐释自己的观点，可见大家的风范。

李晬光善于把三个著名诗人诗作放在一起进行对比批评，如他对比论述了李白、杜甫、韩愈三人："杜甫《北征》诗，李白'天上白玉京'诗，韩愈《南山》诗，古今长篇中最为杰作。而反复详咏，则李诗气力不及《北征》，雄浑不及《南山》，乃知尺有所短耳。"[①] 李晬光认为韩愈《南山》诗是古今长篇中最为杰出的作品之一，通过和李白《经乱离后天恩流夜郎忆旧游书怀赠江夏韦太守良宰》（"天上白玉京"是此诗的首句）诗的比较，李晬光认为"雄浑"是《南山》诗胜过李白诗的主要原因，而雄浑正是韩愈诗歌最为鲜明的艺术特色。

李晬光对杜甫、李白、王安石使用同一字的诗句进行了比较批评，对前人的评论提出质疑并得出自己的判断："杜诗'红入桃花嫩，青归柳叶新'、李白'寒雪梅中尽，春风柳上归'、王荆公诗'绿搅寒芜出，红争煖树归'；此三诗皆有'归'字，而古人以荆公诗为妙甚。余谓不然，老杜巧而费力，荆公欲巧而尤穿凿，李白为近自然。"[②]

南龙翼对中国唐代诗人诗作的比较批评，几乎涵盖唐代最具代表性的诗人诗作，在中韩古典唐诗研究史上独树一帜。相关诗话材料如下：

> 沈（佺期）、宋（之问）优劣，虽定于昆明选制之日；如"卢家少妇郁金堂"之七律、"月明三峡晓，潮满九江春"之五律，宋无可敌者。
>
> 杜照城（审言）五律中"云霞出海曙，梅柳渡江春。淑气催黄鸟，晴光转绿苹"之句，沈、宋全篇中亦无可对者。惟王洛阳（湾）"潮平两岸阔，风正一帆悬。海日生残夜，江春入旧年"两句可敌，宜其自尊也。
>
> 高（适）岑（参）齐名。而七言律，高胜；五言古，岑胜。

---

① 邝健行、陈永明、吴淑钿：《韩国诗话中论中国诗资料选粹》，中华书局，2002年，第59页。
② 蔡镇楚编：《域外诗话珍品丛书》（第9册），北京图书馆出版社，2006年，第34页。

钱（起）、刘（长卿）齐名，而随州之七言律，如"玉辇西游久未还"、"三年谪宦此楼迟"、"孤城上与白云齐"、"新年草色远萋萋"诸作，考功必不敢望。中唐独步，当归于刘。

李司马（端）"秦地故人成远梦，楚天凉雨在孤舟。诸溪近海潮皆应，独树边淮叶尽流"一律，当压郎（士元）、韩（翃）、卢（纶）、耿（湋）诸人。

贾浪仙（岛）、孟贞曜（郊）皆工于穷，而贾胜。

李商隐、杜樊川齐名，未易优劣。风调豪畅，杜固胜之；而至若用意之奇巧，下语之清新，无出李右。虽启穿凿之弊径，其才不可当，似当为晚唐独步。

温（飞卿）、李（长吉）遗响诸篇，玲珑恍惚，不可摸捉，而李尤神怪。至如温之"香灯伴残梦"一绝，鬼亦所未道。①

这八则关于唐代诗人诗作的诗话材料，都是十分精彩的，我们从中选取比较有代表性的材料做简要的分析，以期管中窥豹。中国文学史上，沈佺期、宋之问在唐诗发展史上的地位是被古代文人、当代学者所一致认可的。如元稹："唐兴，官学大振，历世之文，能者互出。而又沈、宋之流，研练精切，稳顺声势，谓之为律诗。"② 皎然："沈、宋为有唐律之龟鉴，情多兴远，语丽为多，真射雕手。"对于沈、宋二人诗歌的优劣问题，也一直是诗家争论的焦点，如明代胡应麟曰："沈七律高华胜宋，宋五言排律精硕过沈。""沈、宋本自并驱，然沈视宋稍偏枯，宋视沈较缜密。沈制作亦不如宋之繁富。"可见南龙翼对沈、宋的认识是较为精当的。

温庭筠与李贺是晚唐诗人的代表，他们的诗歌充满幻想，深细新巧，险僻幽奇，色彩冷艳，但李贺的诗歌形象更加鲜明。杜牧赞美李贺的诗歌说："贺，唐皇诸孙，字长吉。元和中，韩吏部亦颇道其歌诗。云烟绵联，不足为其态也；水之迢迢，不足为其情也；春之盎盎，不足为其和也；秋

---

① 邝健行、陈永明、吴淑钿：《韩国诗话中论中国诗资料选粹》，中华书局，2002年，第142—144页。
② 陈良运主编：《中国历代诗学论著选》，百花洲文艺出版社，1995年，第302—303页。

之明洁,不足为其格也;风樯阵马,不足为其勇也;瓦棺篆鼎,不足为其古也;时花美女,不足为其色也……"这段话可以作为南龙翼评述李贺的有力补充。

(二) 对宋代诗歌的比较批评

南龙翼是韩国众多诗家运用比较批评方法论宋诗较为突出的一位,他对宋代诗歌的比较批评颇多新见:

> 宋名家中,王半山精而刻,梅都官妙而枯,苏东坡大而饫,黄山谷奇而狭,陈后山练而苦,张宛丘(耒)妍而弱,韩子苍(致尧)致而艰,杨诚斋(廷秀)理而质,陆放翁(游)豪而俳,最优者陈简斋(兴义)乎?然大家则无出坡翁之右。
>
> 半山之"江月转空为百画,岭云分暝与黄昏"、东坡之"天外黑风吹海立,浙东飞雨过江来"、都官之"野凫眠岸有闲意,老树看花无丑枝"、山谷之"落木千山天远大,澄江一道月分明"、后山之"人事自生今日意,寒花只作去年香"、简斋之"客子光阴诗卷里,杏花消息雨声中"、放翁之"雨声已断时闻滴,云气将归别起峰"之句,可谓清新警拔,居然自是宋诗。如国初杨徽之"浮花水入瞿塘峡,带雨云归越嶲州"、石曼卿之"乐意相关禽带语,生香不断树交花"之句,可杂于中唐。①

南龙翼历数宋代代表诗人王安石、梅尧臣、苏轼、黄庭坚、陈师道、张耒、韩致尧、杨万里、陆游等的诗歌风格,均以"A而B"的形式出之,语句整饬凝练,概括性极强,卓然高标。在南龙翼看来,虽然宋代诗人各有各的特点,但是都无法和苏轼相比,"无出坡翁之右"。

南龙翼认为王安石、苏轼、梅尧臣、陈师道、陈与义、陆游等人的诗句,清新警拔,突显了宋代的诗歌风格特点,"居然自是宋诗";而宋朝初期杨徽之、石延年(字曼卿)的诗歌具有中唐诗歌的艺术风格,"可杂于

---

① 邝健行、陈永明、吴淑钿:《韩国诗话中论中国诗资料选粹》,中华书局,2002年,第145页。

中唐"。

金昌协对宋代诗人也进行了比较批评:"宋诗如山谷、后山,最为一时所宗尚。然黄之横拗生硬,陈之瘦劲严苦,既乖温之旨,又乏逸宕之致;于唐固远,而于杜亦不善学。空同所识不色香流动者,诚确论也。简斋虽气稍诎,而得少陵之音节;放翁虽格稍卑,而极诗人之风致。与其学山谷、后山,毋宁取简斋、放翁,以其去诗道犹近尔。"①

(三)对明代诗歌的比较批评

韩国理论家许筠比较论述了明代的代表诗人,为我们的域外明诗研究提供了宝贵的材料,他说:"明人以诗鸣者:何大复景明、李崆峒梦阳,人比之李、杜。一时称能者:边华泉贡、徐博士祯卿、孙太白一元、王检讨九思。何、李之长篇、七律俱善。近古李于鳞、王元美亦称二大家,而吴国伦、徐中行、张佳胤、王世懋、李世芳、谢榛、黎民表、张九一等,皆并驱争先。我国之金季愠、金悦卿、朴仲说、李择之、金元冲、郑云卿、卢寡梅等制作,虽不及何、李、王、李,而岂有愧于吴、徐以下人耶?"②

南龙翼对明代诗歌的批评具有典型性,相关诗话材料如下:

明诗格不及于唐,情不及宋,惟以音响自高,观者多病焉,而其前高太史(启)、杨按察、林员外(鸿)、袁海叟(凯)、汪右丞(广洋)、浦长海(源)、庄定山(昶),亦多警句矣。

明诗如郭子章"家在淮南青桂老,门临湖水白苹深"、高太史《咏梅》"雪满山中高士卧,月明林下美人来"、林员外"堤柳欲眠莺唤起,宫花乍落鸟衔来"、袁海叟《白燕》"月明汉水初无影,雪满梁园尚未归"、浦长海"云边路遥巴山色,树里河流汉水声"、汪右丞"松下鹤眠无客别,洞中龙出有云从"、陈汝言"佳人捣练秋如水,壮士吹笳月满城"、李空同"日临河岳云俱色,春入楼台树自花"、何大

---

① 邝健行、陈永明、吴淑钿:《韩国诗话中论中国诗资料选粹》,中华书局,2002年,第157页。

② 任范松、金东勋主编:《朝鲜古典诗话研究》,延边大学出版社,1995年,第197页。

复"孤城落雁动寒水,万树鸣蝉带夕阳"、边华泉《文山祠》"花外子规燕市月,柳边精卫浙江潮"、李西涯"丰城夜气闻龙起,彭蠡秋风送雁来"、王阳明"月绕旌旗千嶂静,风传铃铎九溪寒"、徐迪功"徘徊桂树凉风发,仰视明河秋夜长"、李沧溟"海气控吴还似马,陈云含越总如龙"、王弇州"门如赵璧常完月,岭似并刀欲剪云"、"千骑月回清啸响,一樽天豁大荒愁"、吴川楼"春色渐随行旅尽,夕阳偏向逐臣多"、宗方城"樽前明月双鸿暮,江上梅花一骑寒"等句,足以跨宋涉唐,而然亦自有明调。

何大复(景明)与空同齐名,欲以风调埒之,而气力大不及焉。其后王浚川(廷相)、边华泉(贡)、徐迪功(祯卿)、王阳明(守仁)、唐荆州(慎之)、杨升庵(慎)诸公,相继而起,至李沧溟(攀龙)、王弇州(世贞)而大振焉。从而游者,如吴川楼(国纶)、宗方城(臣)、王麟州(世懋)、徐龙湾(中行)、梁兰汀(有誉)等,亦皆高蹈。概论之,则空同、弇州如杜,大复、沧溟如李。论其集大成,则不可不归于王;而若其才之卓越,则沧溟为最。①

明代形成了众多的诗歌创作流派,如"前七子"、"后七子"、公安派等。"前七子"以李梦阳、何景明为核心,包括康海、王九思、边贡、王廷相、徐祯卿等人。"后七子"以李攀龙、王世贞为首,包括谢榛、宗臣、梁有誉、徐中行、吴国伦等人。公安派以"三袁"为核心人物,即袁宗道、袁宏道、袁中道兄弟三人,因他们是湖广公安(今属湖北)人,所以称为公安派。南龙翼综论了明代最具代表性的诗人,层次分明。南龙翼认为,何景明、李空同在诗歌史上齐名,但何景明在气力上不如李空同,后继者李攀龙、王世贞使明代诗歌得到了发展,李空同、王世贞如"诗圣"杜甫,何景明、李攀龙如"诗仙"李白。在众多诗人中,王世贞是集大成者,而李攀龙才华卓越。

金昌协对唐代、明代诗歌进行整体观照,以唐诗为准则,显示出了诗

---

① 邝健行、陈永明、吴淑钿:《韩国诗话中论中国诗资料选粹》,中华书局,2002年,第145页。

学大家的风范:"明人称诗,动言汉魏盛唐,汉魏固远矣,其所谓唐者,亦非唐也。余尝谓唐诗之难,不难于奇俊爽朗,而难于从容闲雅;不难于高华秀丽,而难于温厚渊澹;不难于铿锵响亮,而难于和平悠远。明人之学唐也,只学其奇俊爽朗,而不得其从容闲雅;只学其高华秀丽,而不得其温厚渊澹;只学其铿锵响亮,而不学其和平悠远,所以便成千里也。"①明诗只学习了唐诗的音韵、声调等形式的东西,而没有学习到唐诗的性情兴寄,所以和唐诗有很大的差距。唐诗主性情兴寄——学习唐诗,以唐诗为法评诗——学习唐诗,这是一套明确、系统的诗歌理论,层层递进,一层深过一层。

(四)对韩国诗歌的比较批评

金万重《西浦漫笔》探讨了李朝诗人的学诗趣尚问题,以对比的形式分为学东坡者,专攻黄、陈者,学唐者,兼顾唐宋者等几类,这一论述是符合韩国诗坛学诗趣尚发展规律的:"本朝诗体,不啻四五变。国初承胜国之绪,纯学东坡,以迄于宣靖,惟容斋(李荇)称大成焉。中间参以豫章,则翠轩之才,实三百年一人。又变而专攻黄、陈,则湖(郑士龙)、苏(卢守慎)、芝(黄廷彧)鼎足雄峙。又变而反正于唐,则崔(庆昌)、白(光勋)、李(达)其粹然者也。夫学眉山而失之,往往见陈,不满人意。江西之弊,尤拗拙可厌。崔、白之于唐,五律七绝,仅窥晚季藩篱,沾沾一脔,不足以果腹,其可及人乎?权汝章以布衣之雄,起而矫之,采掇唐、宋,融洽雅俗,磨砻冶冶,号称尽美。东岳和之,加以富有;泽堂(李植)嗣兴,理致尤密,遂使残膏剩馥,沾丐至今,可谓盛矣。而末充之弊,全废古学,空疏鄙谷,比前扫地,而诗道百闪之穷,未有甚于此时也。若学明一派,滥觞于月汀、玄轩诸公,近代李子时其成家者,盖东诗横出之枝也。"②

许筠通过对比指出:"申骆峰诗清绝有雅趣,《中秋泊长滩》曰:'孤舟一泊荻花湾,两道澄江四面山。人世岂无今夜月,百年难向此中看。'

---

① 邝健行、陈永明、吴淑钿:《韩国诗话中论中国诗资料选粹》,中华书局,2002年,第156页。
② 张伯伟:《韩国古代诗学总说》,郑判龙主编:《韩国诗话研究》,延边大学出版社,1997年,第53—54页。

《船上望三角》曰：'孤舟一出广陵津，十五年来未死身。我自有情如识面，青山能记旧时人。'《过金公硕旧居》曰：'同时逐客几人村，立马东风独断魂。烟雨介山寒食路，不堪闻笛夕阳村。'《三月三日寄朴大丘》曰：'三三九九年年会，旧约有存事独违。芳草踏青今日是，清樽浮白故人非。风前燕语闻初嫩，雨后花枝看亦稀。茅洞丈人多不俗，可能无意典春衣？'篇篇可诵。虽雄奇不逮湖老，而清邕过之。"①

申钦比较了韩国诗歌大家后，认为最为著名的应该是"三唐诗人"崔庆昌、白光勋、李达，他列举了这几位诗人的诗歌加以印证：

  冲庵、忘轩之后，崔庆昌、白光勋、李达数人最著。冲庵诗所传诵人口者固多，如"南江残梦昼厌厌，愁逐年芳日日添。莺燕不来春又暮，杏花微雨下重帘"、"西风木落锦江秋，烟雾苹洲一望愁。日暮酒醒人去远，不堪离思满江楼"，尤为脍炙者也，置之唐人集中辨之不易。忘轩诗曰："通州天下胜，楼观出云霄。市积金陵货，江通扬子潮。饥鸦秋落渚，独鸟暮归辽。鞍马身千里，登临故国遥"，亦可谓亚于冲庵矣。崔之诗"去岁维舟萧寺岸，折花临水送行人。山僧不管伤离别，闭户无端又一春"，白之诗"红藕一池落花多，乱蝉千树雨归村"，李之诗曰"病客孤舟明月在，老僧深院落花多"之语，一脔可知其味。②

李晬光不仅对韩国文坛的创作状态给予宏观的论证，更对前朝诗人的诗风如数家珍："前朝人诗，若李奎报之雄瞻，郑知常、陈澕之婉丽，李仁老、李齐贤之精致，李穑之冲粹，郑梦周之豪迈，李崇仁之蕴藉，可谓秀出者。而其中，李奎报最大手，李齐贤近唐，李穑于诗文俱佳，而李奎报之文亦自豪健。"③ 这段话中的李奎报、郑知常、陈澕、李仁老、李齐贤、李穑、郑梦周、李崇仁等人，都是韩国文坛最为著名的诗人，李晬光运用

---

① 赵季、赵成植：《诗话丛林笺注》，南开大学出版社，2006年，第290页。
② 赵季、赵成植：《诗话丛林笺注》，南开大学出版社，2006年，第221页。
③ 蔡镇楚编：《域外诗话珍品丛书》（第9册），北京图书馆出版社，2006年，第79—80页。

比较批评，对他们的诗歌风格给予了凝炼传神的论述。

李晬光用比较之法批评了陈澕、郑道传、李齐贤三人的诗歌："陈澕诗曰：'还笑游人心大燥，一来欲上最高峰。'郑道传诗曰：'望欲远时愁更远，登高莫上最高峰。'观此两诗，陈作太迫，无余味，其不能远到宜矣。道传似知足者，而贪进不止，卒以自祸，亦不足道也。李齐贤《登鹄岭》诗曰：'莫怪后来当面过，徐行终亦到山头。'可见其远大气象矣。"① 李晬光认为陈澕的诗过于拘谨，没有体现出诗歌深层次的韵味；郑道传的诗过于铺张扬厉，缺少温柔敦厚之致，所以"不足道"。李齐贤的诗在韩国诗歌史上评价甚高，如韩国学者金荣泽评李齐贤说："李益斋之诗，工妙清俊，万象俱备，为韩国三千之大家，是以正宗而雄也。"观点与李晬光有异曲同工之妙，为后世的诗论家提供了可资借鉴之处。

李晬光通过对李奎报、李齐贤、李穑三人诗歌的比较批评，指出佳句与不妥之句，体现了诗家的独特的审美意识："前朝李奎报、李齐贤、李穑，我朝金时习，最号名家。其警联则李奎报《呈李给事》诗曰：'仙鳌壮力扶山起，金虎雄精叱电蚯。'《题寺院》曰：'满院松篁僧富贵，一江烟月寺风流。'《题浦村》曰：'湖青巧印当心月，浦阔贪吞入口潮。'《临陂郡》诗曰：'客舍新除垂柳路，人家半掩映花扉。'《文几障》诗曰：'三呼万岁神山涌，一熟千年海果来。'《妙崖寺》诗曰：'幽涧水汀猿掬饮，阴崖草滑鹿来踏。'《德渊院》诗曰：'竹虚同客性，松老等僧牟。'李齐贤《记行》诗曰：'雨催寒犊归渔店，波送轻鸥近客舟。'又'穷秋雨锁青神树，落日云横白帝城'。又'碧云暮陌鱼凫水，红树秋连鸟鼠山'。又'蜃分窗间日，鸟声砌下潮'。又'野平山隐地，村远树浮空'。李穑《早春》诗曰：'寒声入榻风敲竹，翠影当窗日转梧。'《山中》诗曰：'风清竹院逢僧话，草软阳坡共鹿眠。'《天寿节》诗曰：'蚁行当槛树，莺语近窗枝。又行犹雨意，叶树亦花新。'金时习《山居》诗曰：'风曳洞云归远壑，雁拖寒月下遥岑'。又'流莺趁蝶斜穿槛，游蚁拖虫倒上阶'。又'妻拖野菜和根白，儿摘山梨带叶黄'。又'鸟归庭有迹，花落树无声'。又'花是山

---

① 蔡镇楚编：《域外诗话珍品丛书》（第9册），北京图书馆出版社，2006年，第455页。

中历，风为青稞宝'。此其最佳者也。但李穑诗'翠影当窗日转梧'，为早春则未稳。"① 这则论述，不仅对高丽三大诗人的诗歌给予了比较批评，更为我们留下了宝贵的诗歌资料，为后世诗学者提供了可资参考的素材。

南龙翼对韩国历代的著名诗人诗作给予的比较批评，涉及"三唐诗人"崔庆昌、白光勋、金冲庵、郑知常、申企庵、崔斯立、权石洲、李东岳等诗人，对比鲜明而形象。

崔（崔庆昌）、白（白光勋）优劣，简易序已定。谓崔曰"炯然南国之孤照"，谓白曰"吟作秋虫到白头"，意可知矣。绝句崔果优，而七律无可传者，至若"红藕一池风满院，乱蝉千树雨归村"一联，则崔让于白矣。②

金冲庵之"江南残梦昼厌厌，愁逐年光日日添。双燕来时春欲暮，杏花微雨下重帘"，可敌郑知常之"桃花红雨鸟喃喃，绕屋青山间翠岚。一顶乌沙慵不整，醉眠花坞梦江南"。申企斋之"沙村日暮扣柴扉，夕露瀼瀼欲湿衣。江路火明闻犬吠，小童来报主人归"，可敌崔斯立之"天寿门前柳絮飞，一壶来待故人归。眼穿落日长亭晚，多少行人近却非"。③

石洲、东岳文章齐名，难可优劣。七言律权固多让李矣，至若五言律古、七言绝古，李亦不可当。李常自评曰："若以三国人材论之，吾其为司马氏乎！"盖言词家正统有归也。且赠权诗曰："吾友永嘉子，今时诸葛侯。"则必以孔明归石洲也。石洲诗如"忠州石"、"天何苍苍"、"君不见"等七古《古意》诸篇，五古及五律中奇妙者，皆李所不及。东岳七律中"六月龙湾积雨晴"、"春深宫柳绿胜苔"、"一日兢魂抵十春"等百余篇，非但权所不及，亦可以压一世而集大成矣。五律"万里琉球国"最奇。④

---

① 蔡镇楚编：《域外诗话珍品丛书》（第9册），北京图书馆出版社，2006年，第322—324页。
② 赵季、赵成植：《诗话丛林笺注》，南开大学出版社，2006年，第349页。
③ 赵季、赵成植：《诗话丛林笺注》，南开大学出版社，2006年，第347—348页。
④ 赵季、赵成植：《诗话丛林笺注》，南开大学出版社，2006年，第350—351页。

许筠评石洲诗曰:"汝章之诗如绝代佳人,不施铅朱,以過云声唱羽调、界面调于烛下,曲未终而起去。"盖指诗语自然可爱,久而愈不忘也。车沧州评东岳诗曰:"子敏之诗如衡岳无云,洞庭不波。"盖谓诗格雄拔巨丽,而差小奇巧造化之意也。权之"空山木落雨萧萧",李之"江头谁唱美人词"皆为郑松江而作,而俱是绝响,世不敢轻重。盖权之首句,有如雍门琴声,忽然惊耳,使人无不零涕。李之末句,有如赤壁箫音,不绝如缕,犹含无限意思。虽难优劣,然格调则权胜。①

我们简要分析一下第三则诗话材料,南龙翼通过转述许筠评权鞸(石洲)和车沧州评李安讷(号东岳)的话语,运用典故论诗,对比分析了权、李二人的诗歌。在这段话中,"雍门琴声"典出汉代刘向《说苑·善说》:"雍门子周以琴见乎孟尝君";"赤壁箫音,不绝如缕"语本苏轼《前赤壁赋》:"客有吹洞箫者,倚歌而和之。其声呜呜然,如怨如慕,如泣如诉,余音袅袅,不绝如缕。"这种论述简练传神,语言含蓄蕴藉,在诗论史上并不多见。

## 第三节 "李杜优劣论"的域外观照

中国是诗歌的王国,大诗人李白、杜甫是这一王国的骄子,令后人高山仰止。李白被誉为"诗仙",杜甫被尊称为"诗圣",他们代表了唐代浪漫主义与现实主义诗歌的最高成就。这自然会引起诗论家对"诗仙"、"诗圣"到底谁技高一筹的兴趣,"李杜优劣论"成为一种文学现象。

李杜优劣之争肇于中唐,魏泰对此有着清醒的认识,他在《临汉隐居诗话》中说:"元稹作'李杜优劣论',先杜而后李。韩退之不以为然,诗曰:'李杜文章在,光焰万丈长。不知群儿愚,何用故谤伤?蚍蜉撼大树,可笑不自量。'为微之发也。"②道出了"李杜优劣论"产生的文化语境,

---

① 赵季、赵成植:《诗话丛林笺注》,南开大学出版社,2006年,第350页。
② 蔡镇楚:《石竹山房诗话论稿》,湖南文艺出版社,1995年,第161页。

即由中唐诗人元稹率先亮出了李杜到底谁优秀谁低劣这一论题。元稹《唐校工部员外郎杜君墓系铭并序》在盛赞杜甫"上薄风骚,下该沈宋,言夺苏李,气吞曹刘,掩颜谢之孤高,杂徐庾之流丽,尽得古今之体势,而兼人人之所独专"之后,认为李白"诚亦差肩于子美":

  至于子美,盖所谓上薄风、骚,下该沈、宋,言夺苏、李,气吞曹、刘,掩颜、谢之孤高,杂徐、庾之流丽,尽得古今之体势,而兼人之所独专矣。使仲尼锻其旨要,尚不知贵其多乎哉。苟为能所不能,无可不可,则诗人以来,未有如子美者!
  时山东人李白,亦以奇文取称;时人谓之李、杜。予观其壮浪纵恣,摆去拘束,模写物象,及乐府歌诗,诚亦差肩于子美矣。①

《旧唐书·杜甫传》对这则故事有所记载:"天宝末,诗人甫与李白齐名,而白自负文格放达,讥甫龌龊,有饭颗山头之嘲诮。元和中,词人元稹论李、杜之优劣,自后属文者,以稹论为是。"文中所提"稹论"即为元稹在《唐校工部员外郎杜君墓系铭并序》中对李白、杜甫的论断。《新唐书·杜甫传》在盛赞杜甫时,也引用了元稹对杜甫的评价:"至甫,浑涵汪茫,千汇万状,兼古今而有之……故元稹谓:'诗人以来,未有如子美者。'"可见,元稹的论断对后世影响之大。

韩愈对元稹进行了反驳,认为李杜无优劣之分,中国诗话史上一场旷日持久、热烈非常的李杜之争由此拉开了帷幕。后世很多诗家都看到了这一点,如周紫芝《竹坡诗话》:"元微之作李杜优劣论,谓:'太白不能窥杜甫之藩篱,况堂奥乎?'唐人未尝有此论,而稹始为之,至退之曰:'李杜文章在,光焰万丈长,不知群儿愚,那用故谤伤。'则不复为优劣矣。"宋代严羽《沧浪诗话》对"诗仙"李白、"诗圣"杜甫诗歌的风格特征以比较的形式加以阐释:"李、杜二公,正不当优劣。太白有一二妙处,子美不能道;子美有一二妙处,太白不能作。子美不能为太白之飘逸,太白不能为子美之沉郁。太白《梦游天姥吟》、《远别离》等,子美不能道;子

---

① 陈良运主编:《中国历代诗学论著选》,百花洲文艺出版社,1995年,第303页。

美《北征》、《兵车行》、《垂老别》等，太白不能作。论诗以李、杜为准，挟天子以令诸侯也。少陵诗法如孙吴，太白诗法如李广。"①

胡应麟《诗薮》从"才"、"体"的角度探讨了李白、杜甫的特点："唐人才超一代者，李也；体兼一代者，杜也。李如星悬日揭，照耀太虚；杜若地负海涵，包罗万汇。李惟超出一代，故高华莫并，色相难求；杜惟兼总一代，故利钝杂陈，巨细咸畜。李才高气逸而调雄，杜体大思精而格浑。超出唐人而不离唐人者，李也；不尽唐调而兼得唐调者，杜也。"②

明代许学夷《诗源辩体》以诗体为切入点分析李白与杜甫："五言古、七言歌行，太白语多豪放，子美语多沈着。太白五言古，如'酒后竞风采，三杯弄宝刀。杀人如剪草，剧孟同游遨。'……歌行，如'马上相逢揖马鞭，客中相见客中怜。欲邀击筑悲歌饮，正值倾家无酒钱'……等句，语皆豪放。子美五言古，如'中天悬明月，令严夜寂寥。悲笳数声动，壮士惨不骄'……歌行，如'去年江南讨狂贼，临江把臂难再得。别时孤云今不飞，时独看云泪横臆'……等句，语皆沈着。"③

"李杜优劣论"在韩国古典诗学中也得到了诗家的关注，代表性的诗学材料有以下几则：

> 论者必以李、杜并称大家数，而余尝断之，以为杜甫之忧爱君国，扶持义理，可以为经，可以为史，可以为有关于世教处，则李白固当逊其矫矫之牛耳矣。至于冲淡坦正，能近邈古之风味者，则惟李白有之，杜甫卒未免为后世之体。此正范氏所谓陈子昂、李太白、韦应物之诗犹正者多而变者少，杜子美、韩退之以来，正变相半者也。亦疏斋所谓清庙茅屋谓之古，朱门大厦谓之华屋则可，谓之古则不可；大羹玄酒谓之古，八珍谓之美味则可，谓之古则不可者也。（申

---

① 常振国、降云：《历代诗话论作家》（上编），湖南人民出版社，1984年。第191页。
② 胡应麟撰：《诗薮》，上海古籍出版社，1979年，第70页。
③ 申骏：《中国历代诗话词话选粹》，光明日报出版社，1999年，第268—269页。

景浚《旅菴诗则》)①

李杜优劣，自古未定。元微之始尊杜，而韩昌黎两尊之。自宋以后，无不尊杜。敖陶孙《诗评》以杜为周公制礼，不敢定义；此言是矣。而以李比刘安鸡犬，无乃太轻且虚欤？或以杜赠李诗"重以细论文"之"细"字，谓之轻视而故下云，何其迂曲之甚欤？杨诚斋仙翁，雅士之论，《史记》、《汉书》之比，其尊李太显矣。紫阳以圣归之于李，则微意亦可知，而至明弇州有两尊之评，而少有右杜之意。（南龙翼《壶谷诗评》）②

李杜齐名，而唐以来文人之左右袒者，杜居七八。白乐天、元微之、王介甫及江西一派并尊杜。欧阳永叔、朱晦庵、杨用修右李。韩退之、苏子瞻并尊者也。（金万重《西浦漫笔》）③

申景浚的论述是一分为二的，他认为李白、杜甫各有优势、劣势。杜甫诗中所体现的忧国爱民、扶持正义等内容，可以作为经典传诵，可以作为历史明鉴，可以作为世教示人，给予杜甫的诗史地位是相当之高的。而在这一点上，李白是和杜甫不能相提并论的。李白诗歌蕴含的冲淡、拟古之风格，杜甫也是难学一二的。在申景浚看来，陈子昂、李白、韦应物的诗歌都是正史之音，诗歌是到了杜甫、韩愈之时，体制、内容等才有所变化，有所发展，这是符合中国古典诗歌发展轨迹的。申景浚接着用了比喻的手法来进一步阐释自己的观点，显得雅俗共赏，非常精彩。

南龙翼先抛出了李杜优劣这一论题，并准确地指出李杜优劣之争始于元稹的尊杜，而韩愈的并尊李杜为这场论争帷幕的拉开起到了推波助澜的作用。南龙翼对南宋著名诗人兼诗论家敖陶孙、诗人杨万里（号诚斋）对李杜的评论持以否定态度，对王世贞（号弇州山人）对李杜的评论未置褒

---

① 邝健行、陈永明、吴淑钿：《韩国诗话中论中国诗资料选粹》，中华书局，2002年，第183页。
② 邝健行、陈永明、吴淑钿：《韩国诗话中论中国诗资料选粹》，中华书局，2002年，第142页。
③ 邝健行、陈永明、吴淑钿：《韩国诗话中论中国诗资料选粹》，中华书局，2002年，第149页。

贬，其评论态度是十分严谨务实的。

金万重（1637—1692），字重叔，号西浦，韩国著名作家，其代表作长篇小说《许氏南征记》、《九云梦》在韩国文学史上影响深远，文学史地位突出。金万重的诗歌理论集中体现在《西浦漫笔》中，该书成于韩国肃宗十八年（1692），当值清朝康熙三十一年。金万重具体指出了"李杜优劣论"各派的代表人物，尊杜者，有元稹（字微之）、王安石（字介甫）及江西诗派；尊李者，有欧阳修（字永叔）、朱熹（号晦庵）、杨慎（字用修）；李杜并尊者，有韩愈（字退之）、苏轼（字子瞻）。

申景浚、南龙翼和金万重的几则诗话，解读了从唐至清的诗歌理论中李杜优劣论争存在的几种情况，分析是十分准确的。"李杜优劣论"在中国文学史上可以大致归纳为三种观点：其一，扬杜抑李。如肇"李杜优劣"论争之端的元稹，再如白居易，他在《与元九书》中对元稹随声附和，认为杜诗"贯穿古今，视缕格律，尽工尽善，又过于李"。其二，扬李抑杜。如李阳冰《草堂集》对李白的评价："不读非圣之书，耻为郑卫之作，故其言多似天仙之辞。凡所著述，言多讽兴。自三代以来，《风》《骚》之后，驰驱屈宋，鞭挞扬马，千载独步，唯公一人。故王公趋风，列岳结轨，群贤翕习，如鸟归凤。卢黄门云：'陈拾遗横制颓波，天下质文翕然一变。'至今朝诗体，尚有梁陈宫掖之风，至公大变，扫地并尽。今古文集遏而不行，唯公文章，横被六合，可谓力敌造化欤！"对李白评价如此之高，杜甫自然排在李白之下。其三，李杜并尊，不加优劣。持此种论调者最多。唐代韩愈提出李杜并尊说，宋代张戒、严羽等随其后。张戒《岁寒堂诗话》曰："退之于李、杜但极口推尊，而未尝优劣，此乃公论也。"严羽《沧浪诗话》："李杜二公，正不当优劣。太白有一二妙处，子美不能道；子美有一二妙处，太白不能作。"① "子美不能为太白之飘逸，太白不能为子美之沉郁。太白《梦游天姥吟留别》等，子美不能道；子美《北征》、《兵车行》、《垂老别》等，太白不能作。"② 这和南龙翼、金万重的观点是相契合的，证明了南龙翼、金万重两人审美眼光是相当犀利的。

---

① 郭绍虞：《沧浪诗话校释》，人民文学出版社，1961年，第153页。
② 郭绍虞：《沧浪诗话校释》，人民文学出版社，1961年，第155页。

南龙翼、金万重并没有仅仅停留在对中国文学史上"李杜优劣论"的简单解读，而是对此阐发了自己的见解：

> 弇州评李、杜曰："五言古、七言歌行，太白以气为主，以自然为宗，以俊逸高畅为贵；子美以意为主，以独造为宗，以奇逸沈雄为贵。味之使人飘扬欲仙者，太白也；使人慷慨激烈嘘唏欲绝者，子美也。五言律，七言歌行，子美神矣，七言律圣矣。五七言绝，太白神矣，七言歌行圣矣，五言次之。太白之七言律，子美之七言绝，皆变体，不足法也。"此诚不易之定论，而余犹有释然者，李、杜之五言古，如古风纪行可以相埒。而如杜之，李固不可敌；《北征》、《赴奉先》二长篇，又胜于《忆旧游》、《王屋山人》；则五言杜实优矣，而不论于神圣之中，至若七言歌行，李之《远别离》、《蜀道难》、《天姥吟》、《忆秦娥》诸篇，杜亦无可敌，岂有神圣之别欤？（南龙翼《壶谷诗评》）①

南龙翼消融了王世贞关于李杜优劣的评论，王世贞《艺苑卮言》曰："李、杜光焰千古，人人知之。沧浪并极推尊，而不能致辩。元微之独重子美，宋人以为谈柄。近时杨用修为李左袒，轻俊之士往往传耳，要其所得，俱影响之间。五言古、选体及七言歌行，太白以气为主，以自然为宗，以俊逸高畅为贵；子美以意为主，以独造为宗，以奇拔沉雄为贵。其歌行之妙，吟咏使人飘飘欲仙者，太白也；使人慷慨激烈，歔欷欲绝者，子美也。选体，太白多露语率语，子美多稚语累语，置之陶、谢间，便觉伧父面目，乃欲使之夺曹氏父子位耶！五言律、七言歌行，子美神矣；七言律，圣矣。五七言绝，太白神矣；七言歌行，圣矣，五言次之。太白之七言律，子美之七言绝，皆变体，间为之可耳，不足多法也。"②南龙翼的论述，秉承王世贞诗论的精髓，也是通过具体诗歌的比较来评论李杜，指出李杜之优劣得失，褒贬相当，实事求是，既防止了主观空泛的非非之

---

① 邝健行、陈永明、吴淑钿：《韩国诗话中论中国诗资料选粹》，中华书局，2002年，第142—143页。
② 蔡镇楚：《石竹山房诗话论稿》，湖南文艺出版社，1995年，第162页。

想,又有益于挖掘李杜诗歌的美学价值,建立新的审美标准。

金万重《西浦漫笔》对李杜诗歌也有自己的一番见解:"诗道至少陵而大成,古今推为大家无异论,李固不得与也。然物到盛便有衰意,邵子曰:'看花须看未开时。'李如花之始开,杜如尽开。"① 金万重借用宋代诗人陈著《与弟侄观小圃梅花二首》首句"看花须看未开时"的诗意,用比喻的手法,阐释自己对于李杜优劣的观点,他认为李白的诗歌像刚刚开放的花朵,杜甫的诗歌像完全开放的花朵。花朵有开有落,有盛有衰,诗歌亦然,李杜的诗歌正好体现了这一点。

"韩国自古以来就属于儒家文化圈的范围之内,尚儒尊孔是韩国古代文化的基调。"② 韩国诗论家的诗学观和审美理想始终烙有儒家文化的印记,这使得韩国诗话重儒家"诗教",强调诗歌的"美刺"功能;注意诗品人品,追求诗歌的人格之美。这种诗学观和审美观导致韩国诗话特别推崇杜甫。徐居正《东人诗话》尊杜甫为"诗圣",李晬光《芝峰类说》高度评价杜甫的"诗史"地位,李植《学诗准的》以杜甫的诗歌为"准的"。杜甫在韩国文坛享有极高地位,"天下几人家杜甫,家家尸祝最东方"(申纬),"诗史"、"诗圣"、"诗神"、"诗宗"、"诗经"、"诗典"、"诗博"之喻,风靡韩国诗坛文苑。在这种情况下,申景浚、南龙翼、金万重对"李杜优劣论"的解读,不仅仅是申景浚、南龙翼、金万重三人对李杜诗歌的品评态度问题,更是韩国诗话接受中国诗话影响的一个缩影。

申景浚、南龙翼、金万重对"李杜优劣论"的解读,从域外诗评视角证明了李白、杜甫实则各有千秋,难分伯仲。"中国古代诗歌史上既不能少李白,也不能少杜甫,少了李白,则飘逸之情难以抒发;少了杜甫,则沉郁之感难以喷出!正所谓'合之则双美,离之则两伤'。'千万不要根据个人的偏爱或者别的原因,硬把李杜对立起来,非要比个你优我劣不可

---

① 邝健行、陈永明、吴淑钿:《韩国诗话中论中国诗资料选粹》,中华书局,2002年,第149页。
② 任范松、金东勋主编:《朝鲜古典诗话研究》,延边大学出版社,1995年,第14页。

——那样做只会把思想搞乱,把事情搞糟。'"① 此乃公允之论断。

## 第四节　唐宋诗之争的域外审视

在中国诗学史上,"唐宋诗之争"的论调长达六七百年,可谓旷日持久。如宋代严羽认为唐诗与宋诗的区别在于气象不同:"唐人与本朝人诗,未论工拙,直是气象不同。"在他看来,"唐人尚意兴而理在其中","唐人好诗,多是征戍、迁谪、行旅、离别之作,往往能感动激发人意";而宋诗,则是"以文字为诗,以才学为诗,以议论为诗","尚理而病于意兴"。元代刘绩《霏雪录》把宋诗批评得一无是处,观点十分偏激:"唐人诗纯,宋人诗驳;唐人诗活,宋人诗滞;唐诗自在,宋诗费力;唐诗浑成,宋诗饾饤;唐诗缜密,宋诗漏逗;唐诗温润,宋诗枯燥;唐诗铿锵,宋诗散缓;唐人诗如贵介公子,举止风流;宋人诗如三家村乍富人,盛服揖宾,辞容鄙俗。"② 清代袁枚认为诗歌不必分唐宋,他在《随园诗话》中说:"诗分唐、宋,至今人犹恪守。不知诗者,人之性情;唐、宋者,帝王之国号。人之性情,岂因国号而转移哉?"③ 等等。

相比古代诗家的论述,现代学者对唐宋诗区别的认识更形象,更公允,所以更具说服力。如缪钺《诗词散论》(论宋诗):

> 唐诗以韵胜,故雄浑,而贵蕴藉空灵;宋诗以意胜,故精能,而贵深折透辟。唐诗之美在情辞,故丰腴;宋诗之美在气骨,故精瘦。唐诗如芍药海棠,秾华繁采;宋诗如寒梅秋菊,幽韵冷香。唐诗如啖荔枝,一颗入口,则甘芳盈颊;宋诗如食橄榄,初觉生涩,而回味隽永。譬诸修园林,唐诗则如叠石凿池,筑亭辟馆;宋诗则如亭馆之

---

① 刘尚慈:《李杜文章在　光焰万丈长——对李杜优劣论的一些思考》,《徐州教育学报》,2005 年第 2 期,第 95 页。
② 张葆全主编:《中国古代诗话词话辞典》,广西师范大学出版社,1992 年,第 269 页。
③ 张葆全主编:《中国古代诗话词话辞典》,广西师范大学出版社,1992 年,第 269 页。

中，饰以绮疏雕槛，水石之侧，植以异卉名葩。譬诸游山水，唐诗则如高峰远望，意气浩然；宋诗则如曲涧寻幽，情境冷峭。唐诗之弊为肤廓平滑，宋诗之弊为生涩枯淡。……就内容论，宋诗较唐诗更为广阔；就技巧论，宋诗较唐诗更为精细。然此中实各有利弊，故宋诗非能胜于唐诗，仅异于唐诗而已。①

钱钟书先生对唐宋诗之别也有论述，《谈艺录》曰："唐诗、宋诗，亦非仅朝代之别，乃体格性分之殊。天下有两种人，斯分两种诗。唐诗多以丰神情韵擅长，宋诗多以筋骨思理见胜。"② 陈祥耀《宋诗话》对唐宋诗也有一番对比论述："唐人豪迈者，宋人欲变之以幽峭；唐人粗疏者，宋人欲加之以工致；唐人流利者，宋人欲出之以生涩；唐人平易者，宋人欲矫之以艰辛；唐人藻丽者，宋人欲还之以朴淡；唐人白描者，宋人欲益之以书卷；唐人酣畅者，宋人欲抑之以婉约；唐人多炼实字，宋人兼炼虚字。"

韩国学者赵钟业教授《中韩日诗话比较研究》把唐宋诗进行了对比，更加鲜明：

| 唐诗 | 宋诗 |
| --- | --- |
| 主情 | 主理 |
| 主情，故多蕴藉 | 主理，故多径露 |
| 以诗为诗 | 以文为诗 |
| 主于达情性 | 主于立议论 |
| 妙境在虚处 | 妙境在实处 |
| 以韵胜，故浑雄，而贵蕴藉空露 | 以意胜，故精能，而贵深折透辟 |
| 美在情辞，故丰腴 | 美在气骨，故瘦劲 |
| 在神韵 | 在意境 |
| 丰圆之情 | 峻挺之气 |

---

① 缪钺：《诗词散论》，上海古籍出版社，1982年，第36—37页。
② 钱钟书：《谈艺录》，商务印书馆，2011年，第7页。

| 多以丰神情韵擅长 | 多以筋骨思理见胜 |
| --- | --- |
| 尚意兴而理在其中 | 尚理而病于意兴 |
| 重比兴 | 重赋 |
| 意在言外 | 意尽句中 |
| 格律中求韵味 | 意味中生新巧 |
| 全在境象超诣 | 全在研理日精 |

唐宋诗的论争不仅在中国诗论界有着强烈的反馈,在韩国古典诗话史上也受到了广泛关注。诗话研究专家蔡镇楚先生在《比较诗话学》中把韩国古典诗话对唐宋诗的宗尚,分为三大派别:一是宗唐派,代表人物及作品有许筠《鹤山樵谈》、《惺叟诗话》,尹根寿《月汀漫笔》,李晬光《芝峰类说》,梁庆遇《霁湖诗话》,柳梦寅《於于野谈》,李植《学诗准的》,金得臣《终南丛南》,任璟《玄湖琐谈》,丁若镛《籜翁漫笔》等。二是宗宋派,代表人物及作品有权应仁《松溪漫录》、李埴《艮翁疣墨》等。三是唐宋并宗派,代表人物及作品有申钦《晴窗软谈》(三卷)等。①

韩国古典诗话对唐诗、宋诗的认识,如果进行细致分析的话,可以分为以下几种情况:第一种情况,从整体上表达对唐宋诗的看法;第二种情况,通过个别诗人、诗歌的比较,分出唐宋诗的差异;第三种情况,倾向性明显的论述。如明确表明尊唐抑宋的态度,以许筠为典型代表。

梁庆遇《霁湖诗话》说:"世之论诗者曰唐体、曰宋体。近世学唐者,出于晚唐。盛唐与晚唐迥然不侔,取盛唐诸诗熟句,则可知已。学晚唐者指用事曰:'非唐也。'盛唐用事处亦多,时时有类宋诗,然句法自别,世人鲜能知之。骆宾王诗曰:'有蝶堪成梦,无羊可触藩。'白乐天诗曰:'但识臧生能诈圣,可知宁子解佯狂。'此等句何限,非用事而何?唐宋之辨,在于格律音响间,惟知者知之。"② 梁庆遇认识到诗论家们所持的观点,几乎都是把诗歌分为唐诗、宋诗两种。梁庆遇认为无论是唐诗,还是

---

① 参照蔡镇楚:《比较诗话学》,北京图书馆出版社,2006年,第288—289页。
② 邝健行、陈永明、吴淑钿:《韩国诗话中论中国诗资料选粹》,中华书局,2002年,第97页。

宋诗，都有用事的存在，这不是唐诗、宋诗的区别所在，唐诗、宋诗的区别在于格律、气韵。

郑斗卿从学法对象的角度阐释了对唐诗、宋诗的认识，他认为应该以盛唐作为学法之对象，宋代虽大家众多，但不是诗歌的正宗，所以不必学之，其《东溟诗说》曰："律诗拘于定体，故不若古体之高远，然对偶音律，亦文辞之精者，当以盛唐诸子为法。赵宋之诗虽多大家，非诗正宗，不必学也。"①

再如申景濬《旅菴诗则》，认为唐诗多描述，宋诗多议论，同时指出唐诗、宋诗的渊源，在他看来，唐诗和宋诗的区别主要是因为气格（即体格气味）之不同：

> 唐人喜述光景，故其诗多影描。宋人喜立议论，故其诗多铺陈。大抵述光景，出于《国风》之余，而颇少真厚之味；立议论，出于两《雅》之余，而全露勘断之迹，俱未始不出于《三百篇》之余，而其视《三百篇》亦远矣。世之人皆以为唐人以诗为诗，宋人以文为诗，唐因胜于宋。宋故逊于唐，此以唐诗多影描，宋诗多铺陈故也。然而宋之不如唐，是因气格俱下之致也，非由于铺陈素不如影描而然也。世末而文辞胜，只以风韵景色为尚，不复审体格气味之如何，惜哉！②

李晬光《芝峰类说》："唐人作诗，专主意兴，故用事不多。宋人作诗，专尚用事，而意兴则少。至于苏、黄，又多用佛语，务为新奇，未知于诗格如何。近世此弊益甚，一篇之中，用事过半，与剽窃古人句语者，相去无几矣。罗大经曰：'古人以学为诗，今人以诗为学。'余谓以诗为学者，有意为诗也；以学为诗者，无意于诗也。有意无意间，优劣判矣。"③

---

① 邝健行、陈永明、吴淑钿：《韩国诗话中论中国诗资料选粹》，中华书局，2002年，第128页。
② 邝健行、陈永明、吴淑钿：《韩国诗话中论中国诗资料选粹》，中华书局，2002年，第176页。
③ 邝健行、陈永明、吴淑钿：《韩国诗话中论中国诗资料选粹》，中华书局，2002年，第55页。

李晬光通过唐代诗人、宋代诗人的作诗喜好，说明唐宋诗的区别所在，即唐诗崇尚意兴，宋诗崇尚用事；一个注重内容，一个注重形式技巧。

申钦《晴窗软谈》把唐诗和宋诗比作禅宗的南宗和北宗，在形象的比喻中表现出了唐诗、宋诗的区别，让人耳目一新："唐诗如南宗，一顿即本来面目；宋诗如北宗，由渐而进，尚持声闻辟支尔。此唐宋之别也。"①

任璟《玄湖琐谈》说："'驴背春眠稳，青山梦里行。觉来知雨过，溪水有新声。'此一绝，未知谁作，而世人称绝佳，余以为不然。雨过而有水声，则雨之暴也；遇暴雨而不觉，犹作驴背之梦，语不近理。唐人诗：'春眠不觉晓，处处闻啼鸟。'趣真而语得，自成韵格，诗当如此矣。大抵泥于意趣，遂失格律，诗家之禁；而专务格律，失其意趣，尤不可也。趣属乎理，格属乎气，理为之主，气为之使，从容乎礼法之场，开元之际，其庶几乎？宋人滞于理，明人拘于气，虽清浊虚实之分，而均之有失也。"② 任璟通过对孟浩然诗歌的鉴赏，辩证地分析了意趣、格律的关系，并提出了趣、理、格、气等诗学理论范畴，论述了四者之间的关联，指出宋诗的缺陷在于过分滞于理，即说理意味太浓。

李宜显《陶谷杂著》中有两段诗话，论述得十分精彩：

> 自唐而明，诗人甚多，而为卷者只四，其选固艰矣。然其时代之高下，制作之粹驳，不可不知也。唐以辞采为尚，而终和且平，觉无浮漫之态，所以去古最近。末流稍趋于下，则宋苏、陈诸公矫以气格，后又不免粗卤之病。而元人欲以华腴胜之，靡弱无力，愈离于古而莫可返。于是李、何诸子起而力振之，其意非不美矣，莫拟之甚，殆同优人假面，无复天真之可见。钟、谭辈厌其然，遂揭"性灵"二字以哗世率众，而尤怪僻鄙倍，无可言矣。钱虞山至比天宝入破庙，以为国运兆于此，非过论也。此四代诗学迁变之大较也。③

---

① 蔡镇楚：《石竹山房诗话论稿》，湖南文艺出版社，1995年，第124页。
② 邝健行、陈永明、吴淑钿：《韩国诗话中论中国诗资料选粹》，中华书局，2002年，第154页。
③ 邝健行、陈永明、吴淑钿：《韩国诗话中论中国诗资料选粹》，中华书局，2002年，第194页。

诗以道性情。《诗经》之百篇,虽有正有变,大要不出"温柔敦厚"四字,此是千古论诗之标的也。屈原变而为《骚》,深得《三百篇》遗音。西京建安卓矣,无容议为。下及陶、谢、江、鲍,又皆一时之杰然者。至唐益精炼,众体克备,而杜陵集大成,此又诗家正脉然也。为诗而偭此矩则,不可谓之诗矣。宋人虽百出机轴,亦各不失其性情,犹有真意之洋溢者也。至于明人,浮慕《三百篇》、汉魏,鄙夷唐以下,而究其所成就,正如仲默所谓古人影子,不能自道出胸中事。吟咀数三,索然无意味。以余揆之,反不如宋也。譬之则《三百篇》、《楚辞》、汉魏以至盛唐李、杜诸公,其才虽有等差,而皆是玉也,玉亦有品之高下故也,宋则珉也,明则水晶琉璃之属也。①

李宜显的这两则诗话论及诗歌的审美特征、艺术风格等内容,都是从宏观角度来论述的,通过对各时代诗歌特征的对比,更显出了各时代诗歌的特点。李宜显对唐宋诗的看法,是基于对中国诗歌发展脉络、各阶段诗歌艺术特点等分析基础上的,在宏观的鉴赏视野中,突出了唐诗、宋诗各自的特点,不用明说,差别自现。

倾向性明显的论述,代表人物如许筠。许筠在韩国诗学批评史上举足轻重,其"识鉴"(即对诗歌的理解、品评)被诗论家金万重评为"近代第一"。韩国著名学者李家源对许筠的诗论评价极高:"余于我国历代诗话,最爱乔山许筠《鹤山樵谈》、《惺叟诗话》,盖以其旷世之慧眼,大非人人所可蕲及焉。且我国选学鲁莽,独其《国朝诗删》精核鸷悍,虽善言者不能摘其短也。"许筠对唐诗评价很高:"有唐三百年,作者千余家,诗道之盛,前后无两",体现了他的宗唐意识。许筠在批评韩国诗人诗作时多以唐诗为基准。在许筠诗论中,"不减唐人佳作"、"酷似唐人"、"可肩盛唐"等整体性评价,"酷似杜舍人"、"酷似刘长卿"、"咄咄逼王、孟"等个案诗人评价,比比皆是。

许筠认为郑梦周不仅仅是理学节义在当时有声誉,他的文章更是豪放

---

① 邝健行、陈永明、吴淑钿:《韩国诗话中论中国诗资料选粹》,中华书局,2002年,第195页。

杰出，诗歌和盛唐诗歌的风格很相似，并且诗句如其人。"郑圃隐非徒理学节义冠于一时，其文章豪放杰出。在北关作诗曰：'定州重九登高处，依旧黄花照眼明。浦溆南连宣德镇，峰峦北倚女真城。百年战国兴亡事，万里征夫慷慨情。酒罢元戎扶上马，浅山斜日照红旌。'音节跌宕，有盛唐风格。又曰：'风流太守二千石，邂逅故人三百杯。'又曰：'客子未归逢燕子，杏花才落又桃花。''梅窗春色早，板屋雨声多。'皆翩翩豪举，类其人焉。"①

许筠认为在李朝初期，最著名的诗人是郑郊隐、李双梅，郑郊隐的诗歌和唐人的佳作相比也不逊色，而李双梅的诗歌非常有神韵：

> 国初之业，郑郊隐、李双梅最善，郑之"二月将阑三月来，一年春色梦中回。千金尚非买佳节，酒熟谁家花正开"之作，不减唐人佳作。李之"神仙腰佩玉拟拟，来上高楼挂碧窗。入夜更弹流水曲，一轮明月下秋江"之作，亦楚楚有趣。②

许筠指出李阳城《燕》诗酷似唐人之作，但是没有坐实："李阳城之《燕》诗'绿杨门巷东风晚，青草池塘细雨迷'之句，酷似唐人。"③再如："湖阴《荒山驿》诗曰：'昔年穷寇此歼亡，鏖战神锋绕紫芒。汉帜竖痕余石缝，斑衣渍血染霞光。商声带杀林峦肃，鬼磷凭阴堞垒荒。东土免鱼由禹力，小臣摸日敢揄扬。'奇杰浑重，真奇作也。浙人吴明济见之批曰：'尔才屠龙，乃反屠狗，惜哉。'盖以不学唐也。"④吴明济著有《韩国诗选》八卷；屠龙，喻指极高的技艺，语出《庄子》："朱泙漫学屠龙于支离益，殚千金之家，三年技成而无所用其巧。"屠狗，喻指低贱简单的工作，语出《史记·樊郦滕灌列传》："舞阳侯樊哙者，沛人也，以屠狗为事。"这则诗话，许筠从反面论述了诗歌源流的重要性，认为吴明济因为不学唐诗所以做出了错误的论断。

---

① 赵季、赵成植：《诗话丛林笺注》，南开大学出版社，2006年，第286页。
② 赵季、赵成植：《诗话丛林笺注》，南开大学出版社，2006年，第287页。
③ 赵季、赵成植：《诗话丛林笺注》，南开大学出版社，2006年，第287页。
④ 赵季、赵成植：《诗话丛林笺注》，南开大学出版社，2006年，第289页。

许筠不仅仅看到韩国诗人诗作在整体上酷似唐诗，更具体到个别诗人诗作上："双梅《闻莺》诗曰：'三十六宫春树深，蛾眉梦觉午窗阴。玲珑百啭凝愁听，尽是香闺望幸心。'酷似杜舍人。"① 杜舍人，即杜牧，他曾官中书舍人。许筠认为李双梅《闻莺》诗非常像杜牧的诗风。再如他认为金净之诗和刘长卿很相似："金冲庵诗'落日临荒野，寒鸦下晚村。空林烟火冷，白屋掩柴门'，酷似刘长卿。"② 许筠认为朴守庵的诗歌深得杜甫、陈子昂之风神："朴守庵游青鹤洞有诗曰：'孤云唐进士，初不学神仙。蛮触三韩日，风尘四海天。英雄哪可测，真诀本无传。一入蓬山去，清芬八百年。'渊悍简质，有思致，深得杜、陈之风。"③

许筠不仅指出李忘轩的诗歌风格有盛唐风韵，更认为其《通州》诗直逼王维、孟浩然：

> 李忘轩最沉着，有盛唐风格。如"朝日喷红跳渤澥，晴云拖白出巫闾"甚有力，"冻雨斜连千嶂雪，饥鸟惊叫一林风"老苍奇杰。其《通州》诗曰："通州天下胜，楼观出云霄。市积金陵货，江通扬子潮。寒鸦秋落渚，独鹤暮归辽。鞍马身千里，登临故国遥。"亦咄咄逼王、孟也耳。④

李陶隐的诗在韩国诗歌史上占有重要地位，而李穑（号牧隐）更是诗文大家。李穑认为李陶隐《呜呼岛》诗"可肩盛唐"，许筠对此持肯定态度，更指出李陶隐的一首诗和唐朝诗人刘长卿相比亦不相上下："李陶隐《呜呼岛》诗，牧隐推毂之以为'可肩盛唐'。……其'山北山南细路分，桃花含雨落纷纷。道人汲井归茅舍，一带青烟染白云'之作，何减刘随州耶？"⑤

许筠记述了一次诗友盛会，也体现了尊唐的意识："罗长吟湜有诗趣，

---

① 赵季、赵成植：《诗话丛林笺注》，南开大学出版社，2006年，第287页。
② 赵季、赵成植：《诗话丛林笺注》，南开大学出版社，2006年，第289页。
③ 赵季、赵成植：《诗话丛林笺注》，南开大学出版社，2006年，第291页。
④ 赵季、赵成植：《诗话丛林笺注》，南开大学出版社，2006年，第288页。
⑤ 赵季、赵成植：《诗话丛林笺注》，南开大学出版社，2006年，第286页。

往往逼盛唐。申、郑诸老会于人家，方咏蒲桃画簇，沉吟未就。长吟乘醉而至，夺笔欲书簇上，主人欲止之，湖阴曰：'置之。'长吟作二绝，其一曰：'老猿失其群，落日枯楂上。兀坐不回首，想听千峰响。'湖老大加称赏，因搁笔不赋。苏谷亦云：'此盛唐《伊州歌》法。所谓截一句不得成篇者也。'"①

---

① 赵季、赵成植：《诗话丛林笺注》，南开大学出版社，2006年，第290页。

# 第四章　韩国古典诗学的摘句批评

在古典文学中，摘句指摘录诗词中的名句（也称秀句、佳句、胜句、警句等），是古代诗歌批评的一种重要方式。邱美琼教授、胡建次教授指出了摘句批评的概念与内涵："摘句批评是我国古代文学批评的传统形式之一，它是指通过摘引文本字词、句子或段落的形式，去例说和印证所批评的观点及所阐释的文学理论观念、原则或创作之法等的批评方法。"① 周庆华先生则道出了摘句批评所呈现的特点："摘句批评跟全诗批评、个别诗人全集批评、一体一类批评、一代诗人总集批评等，在批评方式上没有什么差别，而摘句批评以个别诗句为对象，是最基本的批评，在诗话的实际批评中具有代表性。"②

## 第一节　摘句批评概说

摘句的渊源最早可以追溯到先秦时期对《诗经》的运用上。春秋时期，各国使臣在交往中往往引用《诗经》中的诗句，巧妙、含蓄地表达自己的意愿和主张。张伯伟先生说："将《左传》中的引《诗》做全面考察的话，我们可以发现有以下三个颇为突出的现象：其一，引《诗》以两句最为普遍；其二，引《诗》多在'君子曰'中；其三，《诗》往往被引来以做判断行为的标准或衡量事物的准则。"③ 当时，人们只是运用《诗经》表达意愿、想法，而不是把诗句当作审美对象。魏晋南北朝时期，中国文学走向成熟，品评人物的时代风气盛行，这一风气也渗透到对诗人诗作的评价中。萧子显《南齐书·文学传论》："若子桓之品藻人才，仲治之区判

---

① 邱美琼、胡建次：《宋代诗学对批评方法的运用》，《广西大学学报》（哲学社会科学版），2008年第1期，第85页。
② 周庆华：《诗歌摘句批评研究》，台北文史哲出版社，1993年，第36页。
③ 张伯伟：《中国古代文学批评方法研究》，中华书局，2002年，第326—327页。

文体，陆机辨于《文赋》，李充论于《翰林》，张骘摘句褒贬，颜延图写情兴。各任怀抱，共为权衡。"① 张骘的摘句褒贬，标志着摘句批评的正式形成。

摘句在诗学批评中的具体运用，有两种表现形式：其一，直接摘录诗句，并加以欣赏；其二，指出作品中有佳句，但不坐实。这两种表现形式，以钟嵘《诗品》最为典型。前一种表现形式如："'思君如流水'，既是即目；'高台多悲风'，亦惟所见；'清晨登陇首'，羌无故实；'明月照积雪'，讵出经、史？"② 后一种表现形式如评谢灵运"名章迥句，处处间起"③、评谢朓"奇章秀句，往往警遒"④、评戴逵"有清上之句"、评嵇康"托喻清远，良有鉴裁"⑤，等等。

中国诗话对于摘句批评应用得相当广泛，唐代殷璠《河岳英灵集》选录王维等二十四位诗人诗作，对每位诗人都有简短的评语。如摘句论王维诗歌的艺术特色："维诗词秀调雅，意新理惬，在泉成珠，着壁成绘，一句一字，皆出常境。至于'落日山水好，漾舟信归风'；又'涧芳袭人衣，山月映石壁'；'天寒远山净，日暮长河急'；'日暮沙漠陲，战声烟尘里'。"⑥ 殷璠对王维诗歌风格的论述是较为全面，虽用语不多，但字字珠玑，"词秀调雅，意新理惬"、"一句一字，皆出常境"的评价，可以说完全符合王维诗歌的特点，王维的诗歌达到了景、情、理三者的高度契合。再如评常建曰："'松际露微月，清光犹为君。''山光悦鸟性，潭影空人心。'此例十数句，并可称警策。然一篇尽善者：'……战余落日黄，军败鼓身死。……今与山鬼邻，残兵哭辽水。'属思既苦，词亦警绝。"⑦ 高仲武《中兴间气集》摘句评李嘉佑曰："'野渡花争发，春塘水乱流。'又'朝霞晴作雨，湿气晚生寒'。文章之冠冕也。又'禅心超忍辱，梵语问多

---

① 萧子显：《南齐书》，中华书局，1972年，第907页。
② 徐达：《诗品全译》，贵州人民出版社，1990年，第20页。
③ 陈良运主编：《中国历代诗学论著选》，百花洲文艺出版社，1995年，第172页。
④ 陈良运主编：《中国历代诗学论著选》，百花洲文艺出版社，1995年，第173页。
⑤ 陈良运主编：《中国历代诗学论著选》，百花洲文艺出版社，1995年，第172页。
⑥ 陈良运主编：《中国历代诗学论著选》，百花洲文艺出版社，1995年，第258页。
⑦ 陈良运主编：《中国历代诗学论著选》，百花洲文艺出版社，1995年，第258页。

罗'。役使许询更出，孙绰复生，穷极笔力，未到此境。"①

诗话之体，诞生于宋代，创自欧阳修，其《六一诗话》开创了诗话论诗的风气。"从《六一诗话》开始，在评论历代诗人、诗作时，就大量采用了摘句批评。"②如宋代张戒《岁寒堂诗话》摘句论曹植诗歌的艺术风格："观子建'明月照高楼'、'高台多悲风'、'南国有佳人'、'惊风飘白日'、'谒帝承明庐'等篇，音节铿锵抑扬，态度温润清和，金声而玉振之，辞不迫切，而意已独至。"③"辞不迫切"、"意已独至"可谓是曹植诗歌风格的显著特征，张戒的审美眼光是十分犀利的。张戒还摘句批评陶渊明的名句，突出了诗歌的意境之美："渊明'狗吠深巷中，鸡鸣桑树颠'、'采菊东篱下，悠然见南山'，此景物虽在目前，而非至闲至静之中，则不能到，此味不可及也。"④司马光《温公续诗话》摘句论杜甫的名句，不仅仅是摘句，更是诗歌的赏析，涉及诸多层面："'国破山河在，城春草木深。感时花溅泪，恨别鸟惊心。'山河在，明无余物矣；草木深，明无人矣；花鸟，平时可娱之物，见之而泣，闻之而悲，则时可知矣。"⑤叶梦得《石林诗话》摘句论述了杜甫诗歌取得了缘情体物的艺术成就："诗语固忌用巧太过，然缘情体物，自有天然工妙，虽巧而不见刻削之痕。老杜'细雨鱼儿出，微风燕子斜'，此十字殆无一字虚设：雨细著水面为沤，鱼常上浮而淰，若大雨则伏而不出矣；燕体轻弱，风猛则不能胜，唯微风乃受以为势。"⑥宋代罗大经评杜甫诗曰："杜陵诗云：'万里悲秋常作客，百年多病独登台。'盖'万里'，地之远也。'秋'，时之惨凄也。'作客'，羁旅也。'常作客'，久旅也。'百年'，齿暮也。'多病'，衰病也。'台'，高迥处也，'独登台'，无亲朋也。十四字之间，含八意，而对偶又精确。"⑦葛立

---

① 陈良运主编：《中国历代诗学论著选》，百花洲文艺出版社，1995年，第265—267页。
② 张伯伟：《中国古代文学批评方法研究》，中华书局，2002年，第339页。
③ 陈良运主编：《中国历代诗学论著选》，百花洲文艺出版社，1995年，第423页。
④ 陈良运主编：《中国历代诗学论著选》，百花洲文艺出版社，1995年，第423页。
⑤ 常振国、降云：《历代诗话论作家》（上编），湖南人民出版社，1984年。第206页。
⑥ 陈良运主编：《中国历代诗学论著选》，百花洲文艺出版社，1995年，第390页。
⑦ 罗大经：《鹤林玉露》，中华书局，2005年，第215页。

方《韵语阳秋》以摘句论作诗之法："作诗贵雕琢，又畏有斧凿痕；贵破的，又畏粘皮骨；此所以为难。李商隐柳诗云：'动春何限叶，撼晓几多枝。'其有斧凿痕也。石曼卿梅诗云：'认桃无绿叶，辨杏有青枝。'恨其粘皮骨也。能脱此二病，始可以言诗矣。"① 表现出了摘句者深厚的文学功底及对诗歌独特的审美感受。

清代赵翼《瓯北诗话》卷六专列有"律诗摘句"，摘录了陆游五言律诗和七言律诗中的佳句，卷九专摘吴伟业的佳句，可见对摘句批评的重视。如他摘句品评李贺、韩愈锤炼诗句所造成的缺憾：

> 诗家好作奇句警语，必千锤百炼而后能成。如李长吉"石破天惊逗秋雨"，虽险而无意义，只觉无理取闹。至少陵之"白摧朽骨龙虎死，黑入太阴雷雨垂"，昌黎之"巨刃磨天扬"、"乾坤摆礴破"等句，实足惊心动魄；然全力搏兔之状，人皆见之。②

王夫之《姜斋诗话》摘句论诗歌的意境："'昔我往矣，杨柳依依；今我来思，雨雪霏霏。'以乐景写哀，以哀景写乐，一倍增其哀乐。"③ 潘德舆《养一斋诗话》摘句批评陶渊明诗歌中不仅有田园之风，亦有忧愤沉郁之气，不能一概而论："陶公诗虽天机和畅，静气流溢，而其中曲折激荡处，实有忧愤沉郁，不可一世之概。不独于易代之际，奋欲图报，如《拟古》之'枝条始欲茂，忽值山河改。本不植高原，今日复何悔'，《咏荆轲》之'雄发指危冠，猛气冲长缨'，'其人虽已没，千载有余情'，《读山海经》之'精卫衔微木，将以填沧海。刑天舞干戚，猛志固常在'，'徒设在昔心，良辰讵可待'也。"④

韩国从高丽朝到李朝的100多部古典诗话，均采用了摘句批评，主要体现在摘句探究诗歌的创作手法、摘句诠释诗歌的风格特点、摘句体现诗歌的审美趣尚、摘句论析诗人的艺术成就、摘句审思诗歌的题材功用等六

---

① 陈良运主编：《中国历代诗学论著选》，百花洲文艺出版社，1995年，第440页。
② 马亚中、杨年丰批注：《瓯北诗话》，凤凰出版社，2009年，第2页。
③ 陈良运主编：《中国历代诗学论著选》，百花洲文艺出版社，1995年，第880页。
④ 陈良运主编：《中国历代诗学论著选》，百花洲文艺出版社，1995年，第1062页。

个方面，下面我们将给予详细的论述。

## 第二节  摘句探究诗歌的创作手法

诗人在进行创作时，为了更准确、形象地表达自己的思想情感，往往运用一定的创作技巧。古代诗家对诗歌的创作手法有很多论述，如明代王世贞《艺苑卮言》："篇法，有起有束，有放有敛，有唤有应，大抵一开则一阖，一扬则一抑，一象则一意，无偏用者。句法，有直下者，有倒插者，倒插最难，非老杜不能也。字法，有虚有实，有沉有响，虚响易工，沉实难至。"① 清代李调元《雨村诗话》："作诗须用活字，使天地人物，一入笔下，俱活泼泼如蠕动，方妙。杜诗'客睡何曾着，秋天不肯明'，'肯'字是也。即元方回《瀛奎律髓》之所谓'眼'也。"② 等等。

高丽李仁老《破闲集》对诗法亦有所论说："琢句之法，唯少陵独尽其妙。如'日月笼中鸟，乾坤水上萍'、'十暑岷山葛，三霜楚户砧'之类是已。"③ 李仁老认为杜甫的诗歌在炼字造句方面"独尽其妙"，这和杜甫一贯的作诗原则是一致的，杜甫作诗追求"语不惊人死不休"，力争诗歌能在语言运用上独树一帜。李仁老更通过摘句讨论诗法，比较出诗人运用诗法的优劣。他说："诗家作诗多使事，谓之点鬼簿；李商隐用事险僻，号西昆体；此文章一病。近者苏、黄崛起，虽追尚其法，而造语益工，了无斧凿之痕，可谓青于蓝矣。如东坡'见说骑鲸游汗漫，忆曾扪虱话悲辛'、'永夜思家在何处，残年知尔远来情'，句法如造化生成，读之者莫知用何事。"④ 李仁老高度评价了苏、黄诗歌语言的功力，达到了"了无斧凿之痕"的程度，这一诗学理论虽然寥寥数十字，却为后世韩国诗学崇尚江西诗派埋下了伏笔。

---

① 赵永纪编：《古代诗话精要》，天津古籍出版社，1989年，第365页。
② 赵永纪编：《古代诗话精要》，天津古籍出版社，1989年，第447页。
③ 邝健行、陈永明、吴淑钿：《韩国诗话中论中国诗资料选粹》，中华书局，2002年，第3页。
④ 邝健行、陈永明、吴淑钿：《韩国诗话中论中国诗资料选粹》，中华书局，2002年，第4页。

徐居正认为作诗并不难，但是要使诗歌达到意境与情理融合的境界却是古代诗人最不容易做到的，由此他提出了十二字作诗原则并摘录李奎报的诗歌加以论述："作诗非难，能造情境，模写形容，一言而尽，此古人所难。李文顺公《北山杂题》云：'欲试山人心，入门先醉欤，了不见喜愠，如觉真高士。'如此形容，古人亦未易到。"①

有人曾向徐居正请教李奎报诗歌重押"施"、"只"二字的源流出处，实际上就是质疑此种写法是否符合作诗的原则，徐居正举出杜甫《八仙歌》、苏轼《送王公著》进行了解释说明，亦摘句论之，体现了大家风范：

> 或问李文顺三百韵诗重押二"施"字二"只"字，有何所祖乎？予曰：杜甫《八仙歌》"知章骑马似乘船"、"天子呼来不上船"，重押二"船"字；"眼花落井水底眠"、"长安市上酒家眠"，重押二"眠"字；"汝阳三斗始朝天"、"举觞白眼望青天"，重押二"天"字；"皎如玉树临风前"、"脱帽露顶王公前"、"苏晋长斋绣佛前"，三押"前"字。又苏子瞻《送王公著》诗"忽忆钓台归洗耳"，又曰"亦念人生行乐耳"，自注曰："二耳字义不同，故得重押。"予谓一韵重押，苏、杜尚然。非但苏、杜，魏晋诸集中多有之，独何怪于李乎？②

徐居正摘句论诗人在诗歌创作过程中对修改的态度——诗不厌改，并举中韩诗人诗作为例："古人诗不厌改。少陵诗圣也，其曰：'桃花细逐杨花落，黄鸟时兼白鸟飞。'屡经删改。牧隐尝与子麟斋种学登西州楼，有题云：'西林石堡入云端，亭树含风夏尚寒。'行至半途，种学曰：'大人诗中尚字，不如亦字质稳。'牧隐曰：'果是也。'促令返改之。尚亦虽一意，殊不知亦字尤稳。"③

徐居正通过诗人作诗时对个别字词的斟酌，指出创作诗歌时锤炼字词的重要性："凡诗妙在一字，古人以一字为师。张乖崖在江南题一绝云：

---

① 邝健行、陈永明、吴淑钿：《韩国诗话中论中国诗资料选粹》，中华书局，2002年，第20页。
② ［韩］太学社选编：《韩国诗话选》，太学社，1983年，第198—199页。
③ ［韩］太学社选编：《韩国诗话选》，太学社，1983年，第213页。

'独恨太平无一事，江南闲杂老尚书。'萧楚才改'恨'作'幸'曰：'今天下一流，公功高位重，独恨太平何耶？'张谢曰：'萧君一字之师也。'金直殿久冏尝有联云：'玉楼举酒山当席，官渡哦诗雨满船。'下文肃公季良曰：'当字未稳，宜改临。'金曰：'南山当户转分明，当字有来处。'下曰：'古诗有青山临黄河。'如金者岂知'临'字之妙乎？金竟不屈，终不相能，一字相师义安在乎？然今之评者曰：'临字不如当字之稳。'"① "一字师"的典故出于："郑谷在袁州，齐己因携所为诗往谒焉。有《早梅诗》曰：'前村深雪里，昨夜数枝开。'谷笑谓曰：'数枝非早也，不若一枝则佳。'齐己矍然，不觉兼三衣叩地膜拜。自是，士林以谷为齐己一字师。"再如："郑司谏《大同江诗》：'雨歇长堤草色多，送君南浦动悲歌。大同江水何时尽，别泪年平添作波。'燕南洪载尝写此诗曰：'涨绿波。'益老先生曰：'作涨二字皆未固，当是添绿波耳。'以予谀见，此老好用拗体。又少陵《奉寄高常侍诗》，有'天涯春色催迟暮，别泪遥添锦水波'。'添作波'之语，大有本家风韵，又有来处，恨不得见本稿耳。"②

许筠亦摘句阐释对作诗之法的见解："赵持世常曰：'我国地名入诗不雅，如'气蒸云梦泽，波撼岳阳城'凡十六字，六字地名，而上加四字。其用力只在蒸、撼二字为工，岂不省耶？'此言亦似有理。然卢相诗'路尽平丘驿，江深判事亭'、'柳暗青坡晚，天晴白岳春'亦殊好。其在炉锤之妙，何害点铁成金乎？"③ "点铁成金"语出宋代黄庭坚《答洪驹父书》："古之能为文章者，真能陶冶万物，虽取古人之陈言入于翰墨，如灵丹一粒，点铁成金也。"④ 即通过改动文字，使诗歌变得优美。

诗人作诗时都有自己的癖好，如杜甫"为人性癖耽佳句，语不惊人死不休"，李白"斗酒诗百篇"，等等。韩国诗家曹伸看到诗人作诗有各种各样的喜好，他摘句论述了大诗人李穑（号牧隐）作诗的喜好——多运用俗语：

---

① [韩]太学社选编：《韩国诗话选》，太学社，1983年，第205页。
② [韩]太学社选编：《韩国诗话选》，太学社，1983年，第208页。
③ 赵季、赵成植：《诗话丛林笺注》，南开大学出版社，2006年，第292页。
④ 陈良运主编：《中国历代诗学论著选》，百花洲文艺出版社，1995年，第381页。

牧隐自负才豪，但多用俚语以作诗。如"雀昼传言鼠夜传"，又"添不曾知减却知"，又"前若贫居后富居"，又"田字窗临口字庭"，又"雀飞东海上"，俗呼铜盆为东海，故云。又"平桂真如板"，平桂，蜜饼也，以面和蜂蜜，捏成薄饼，广半寸，长二三寸，煎成于香油，谓之平桂，或者果子。今人于丧祭婚姻宾宴，皆用此。钉器高至一尺，治具而不及此，必以为俭，盖自丽俗而然。又云"削竹串穿荞麦糕，仍涂酱汁火边烧"，盖指面菜炙也。俗以荞麦面和杂菜煎成糕，切而为炙，涂酱而烧之，用之于素馔，谓之面菜炙。俗节冬至，以豆粥相馈遗，公诗云："天净闾阎晓色浓，小娥梳洗淡妆红。家家相送成风俗，白发衰翁乐在中"。上元作糯米饭，和果实甜蜜相遗，诗云："粘米如胶结作团，调来崖蜜色斑斓。更教枣栗并松子，助发甜甘齿舌间。"①

这段诗话，意义深远，不仅写出了李穑作诗的喜好问题，更写出了李穑诗歌中蕴含着众多的韩国民俗，这为研究韩国民俗提供了珍贵的材料，值得文化研究者的高度重视。

曹伸认为宋代徐俯（字师川，号东湖居士）、韩国李石亨作诗也有自己的喜好，即都喜欢运用叠字："东湖居士徐师川，作诗多爱句中叠字，如云：'雪中出去雪边行，屋下吹来屋上平。积得重重哪许重，飞来片片又何轻？'本国文安公李石亨，字伯玉，号樗轩，亦喜此体，云：'烟拖野色添春色，风送松声作雨声。''松下尚看花下客，山中犹伴酒中仙。''雪消溪畔溪声急，日转松林松影斜。''庭雪已消余谷雪，溪波方急胜潮波。''阶花雨后枝枝色，山鸟春来种种声。'"②

诗眼，即诗歌中最能开拓意旨和表现力最强的关键词句，是诗中最凝练、最精神、最准确地传达主旨的字句，是掌握诗歌各部分相互联系的关键，正所谓"立片言以居要，乃一篇之警策"。古代诗家论诗，很重视对诗眼的论述。曹伸论诗时，亦着眼于诗人作诗的诗眼，并喜欢用"奇"、

---

① 赵季、赵成植：《诗话丛林笺注》，南开大学出版社，2006年，第95页。
② 赵季、赵成植：《诗话丛林笺注》，南开大学出版社，2006年，第102页。

"新"等词语给予评价,他摘录李詹(号双梅堂)、许锦、安止、李达衷(号霁亭)的诗歌给予坐实:"双梅堂诗'蜗引苔侵壁,蛙鸣水满庭','引'字奇。"① "许锦《独游》诗'幽斋近日稀相访,时与儿童拾落梅','拾落梅'语意新。安止诗'乳燕辞巢拳瘦竹,草虫惊节咽深丛','拳'字奇。"② "(霁亭)'秋声喧蟋蟀,日色耿蜻蜓。'又:'黄犊触樊圃,翠禽登水亭。''耿'、'登'字新。"③

## 第三节　摘句诠释诗歌的风格特点

古代文论中的"风格"一词,是从人物评论的术语中引用过来的。魏晋南北朝时期,"风格"常作为品人术语,指人的言行风度及精神品格。如晋葛洪《抱朴子·行品》云:"士有行己高简,风格峻峭,啸例偃蹇,凌侪慢俗。"④ 南朝宋刘义庆《世说新语·德行》云:"李元礼风格秀整,高自标持,欲以天下名教是非为己任。"⑤《晋书·庾亮传》云:"亮美姿容,善谈论,性好庄老,风格峻整,动由礼节。"⑥ 到北齐颜之推论文学时,将风格这一评人术语用于评文。颜之推《颜氏家训·文章》篇云:"古人之文,宏材逸气,体度风格,去今实远。"⑦ 此处"风格"专指古人之文的风采格调特点。

古代诗歌理论家非常重视对诗歌风格的研究,如刘勰《文心雕龙·体性》把风格分为典雅、远奥、精约、显附、繁缛、壮丽、新奇、轻靡"八体";唐代司空图把风格概括为雄浑、冲淡、纤秾、沉着、高古、典雅、洗练、劲健、绮丽、自然、含蓄、豪放、精神、缜密、疏野、清奇、委曲、实境、悲慨、形容、超诣、飘逸、旷达、流动"二十四品";清代冒春荣总结诗歌风格为高古、入神、离象、造巧、不俗、凄婉、雄壮、奇

---

① 赵季、赵成植:《诗话丛林笺注》,南开大学出版社,2006年,第96页。
② 赵季、赵成植:《诗话丛林笺注》,南开大学出版社,2006年,第107页。
③ 赵季、赵成植:《诗话丛林笺注》,南开大学出版社,2006年,第100页。
④ 彭会资主编:《中国文论大辞典》,百花文艺出版社,1990年,第607页。
⑤ 彭会资主编:《中国古典美学辞典》,广西教育出版社,1991年,第137页。
⑥ 彭会资主编:《中国古典美学辞典》,广西教育出版社,1991年,第137页。
⑦ 彭会资主编:《中国文论大辞典》,百花文艺出版社,1990年,第607页。

绝、飘逸、森严、华丽等二十六种，等等。

诗歌风格论在韩国古典诗学也得到了承传，高丽诗家崔滋把诗歌风格分为新警、含蓄、婉丽、清峭、俊壮、富贵、精彩、飘逸、清远、奇巧、志寓、优游、感怀、豪易、清驶、幽博、明媚、爽豁、华艳、佼壮、壮丽等种类，摘句品评了韩国本民族诗人的艺术风格：

> 新警，如文顺公《万日寺楼》云："渡了几人舟自泛，噪残孤虎鸟犹鸣。"含蓄，如芮学士乐全《闲居》云："万里行装春已暮，百年计活夜何长。"婉丽，如文顺公《夏日即事》云："密叶翳花春后在，薄云漏日雨中明。"清峭，如皇祖《北山寺》云："堕槛松声清刮夜，倚空山骨冷磨秋。"俊壮，如金翰林克己云："天马足骄千里近，海惊头壮五山轻。"富贵，如赵祭酒伯琪："莺花别院笙歌咽，车驾高门剑佩鸣。"精彩，如文顺公《甘露寺》云："霜花照日添秋露，海气干云散夕霏。"飘逸，如陈补阙《江上》云："风吹钓叟帆边雨，山染沙鸥影外秋。"清远，如皇祖《北山圣居寺》云："别洞白云欹枕送，到山明月卷帘迎。"奇巧，如文顺公《兴圣寺》云："走藤遇曲难成杖，卧木因高偶作梯。"志寓，如李司成百全《东山溪亭》云："地侧逆流虽凑北，时平沔水会期东。"优游，如文顺公《乞退后》云："周行世界闲僧坐，遍阅夫耶老妓休。"感怀，如文顺公《病中》云："病忆故人空有泪，老思明主若为情。"豪易，如李眉叟："林间出没几多屋，天外有无何处山。"清驶，如文顺公《北寺楼》云："闲云顷刻成千状，流水寻常作一声。"金翰林云："多情塞月圆还缺，少格山花落又开。"幽博，如金翰林："识雨废池蛙阁阁，相风枯树鹊查查。"文顺公《兴圣寺》云："厌雪寒宁争穴燥，避风幽鸟择枝低。"明媚，如金翰林："雨送紫茸归野蕨，风催青子上江梅。"文顺公："雨晴草色连空绿，风暖梅花度岭香。"此二联一骨，而"雨送"之联其气飘然。爽豁，如郑舍人《岭南寺》云："一溪明月凭栏夜，万里清风卷滔天。"文顺公《北山寺》云："半壁夕阳飞鸟影，满山秋月冷猿声。"《龙潭寺》云："万柳影中南北路，一溪声里两三家。"皆一骨也。"万里清风"之语尤佳。华艳，如外王父《上李谏议纯佑》云："谐笔暖沾红药露，

朝衣轻扬紫微风。"《上奇相国》云:"满衣花影朝温室,一径松阴退冷斋。"李眉叟:"风细佩声传紫禁,日高花影上红墙。"又云:"日照花砖迎醉步,月和莲烛映回廊。"外王父:"花院雨晴红露泣,筠阶日午碧霜干。"此五联皆一骨也,"满衣花影"之语句格尤胜。佼壮,如皇祖《上文烈公西征》云:"一声鼓角青山裂,万里旌旗白日濛。""扫尽河山还圣主,洗回风月付诗翁。""三鳖山峻忠诚壮,五凤楼高国手雄。"文顺公《占韵晋康公第蟠松》云:"乾坤总入吹嘘内,草木犹荣顾眄前。"崔承制宗蕃《登高望长安》云:"十川蛇绕平章洞,三岘龙蟠学士家。"此五联皆一骨也,《上文烈公》三联最为清雄。壮丽,如刘司成冲基《初入新都》云:"海为门作琉璃阙,山自花开锦绣都。"金翰林《莘鼎新都夜直》云:"一江风月金门远,万国烟花玉辇春。"皆一骨,而刘尤瞻壮。①

崔滋在论述明媚、爽豁、华艳、佼壮、壮丽等风格特点时,一改前面那种罗列式的阐释,而是增加了对比,在列举相应风格诗句的同时,又把例句进行了对比分析,考辨出优劣,显示出了诗家应有的审美鉴赏力。

李朝曹伸的诗歌风格论较司空图、冒春荣、崔滋等人更为精炼,他把韩国诗歌风格概括为浑厚、沉痛、工致、豪壮、雄奇、闲适、枯淡等七种,每一种风格都摘录著名诗人诗句坐实:

近代诗,浑厚,如牧老"风定树容重,雨多苔色深"、"雨暗桑麻径,秋身芋栗园",郑埔"平生耻与哙等伍,后世必有扬雄知",独谷"细君洗酌开新酝,稚子挑灯读古书",遁村"焚香祈道泰,对食愿年丰"、"雁声落日江村晚,闲咏新诗独倚楼"。沉痛,如牧老《闻贼入西京》诗"岂谓便如此?茫然迷所为",益斋"愁听杜子三年笛,怅望张侯万里槎",安谨斋"百年丘垄无情草,十里风烟有信鸥",偰逊"不见风尘息,胡为江汉行",遁村"晚来江海风波恶,何处深湾系钓舟"。工致,如牧老"宠已极焉同卫鹤,技之尽矣即黔驴"、"雨歇又

---

① [韩]太学社选编:《韩国诗话选》,太学社,1983年,第153—154页。

来山变色，风吹欲止草生香"、"墙外日光穿屋漏，檐间鸟影在屏风"、"诗成白也知无敌，花落虞兮可奈何"，圃隐"客子未归逢燕子，杏花才落又桃花"、"梅窗春色早，板屋雨声多"，崔拙翁"柿园雨过金丹脆，栗屋霜飞玉壳斑"，陶隐"鹤立松丫暝，云生石窦凉"，四佳亭"老婢缲丝霜满鬓，小童学字墨浑衫"、"山来有约能排闼，落花无心学坠楼"，占毕斋"村家竹尽头抢地，野树禽多翅缀条"、"野牛浮鼻横官渡，巢鹭将雏割暝烟"、"村家皆燕垒，野水已苗针"、"牛羊衔宿荻，鹅鹳聚浮槎"。豪壮，如牧老"城空月一片，石老云千秋"，益斋"碧云暮隔鱼凫水，红树秋连鸟鼠山"，圃隐"青山隐约扶余国，黄叶缤纷百济城。九月高风悲客子，百年豪气误书生"、"山河带砺徐丞相，天地经纶李太师"、"瓮城画角斜阳里，瓜浦归帆细雨边"，遁村"待得满船秋月白，好吹长笛过江楼"，四佳"帘幕暑催梅子雨，衣巾香袭藕花风"、"林峦号怒风从北，星斗阑干月欲西"，占毕斋"熔金日落群山岛，搭素烟横碧骨陂"、"云归洞穴帘旌幕，风飐池塘枕簟秋"、"牛羊还牧草铺野，鹅鹳惊飞风打楼"、"十年世事孤吟里，八月秋容乱树间"、"名园已梅子，绣陌尽杨花"。雄奇，如牧老"喧枕枯箕怜马瘦，绕墙老荠望人肥"，益斋"十年艰险鱼千里，万古升沉貉一丘"，宏演"童子云中采药去，高人竹外抱琴来"、"湖海鱼龙秋水冷，东南耆旧晓星稀"、"天女或携绿玉杖，仙人自读黄庭经"，偰逊"风前一鸟打人过，天际孤云觉雁飞"、"青山如龙入云去，白浪卷花飞雪轻"，春亭"百年身世客迷路，万壑烟霞僧闭门"。闲适，如牧老"夜冷狸奴近，天晴燕子高"、"残年深闭户，清晓独行庭"，三峰"护竹开迂径，怜山起小楼"，闵思平"钓鱼静坐篱边石，采蕨暗登屋上山"，偰长寿"平湖春暖烟千里，古岸秋高月一船"，双梅堂"蟋蟀鸣依壁，蜻蜓立近人"、"草生残雪岸，松偃夕阳村"，遁村"安得卜邻成二老，杏花春雨耦而耕"，四佳"姜须如我白，柿面为谁红"、"白发有公道，青山无世情"、"日色温如玉，春光润似酥"，占毕斋"润泉犹在笕，香烬尚堆盘"、"蜥蜴跳深草，儿童聚浅沙"、"柳边撑画艇，竹下响纹枰"、"蠮螉封笔管，豹脚渡香烟"、"映云雨脚翛翛过，隔竹花香苒苒传"。枯淡，如牧老"破窗多月影，虚楣半松阴"、"雨深病叶时时落,春去余花续续开",春亭"江天云尽见归雁,山寺月明闻杜鹃",遁村"瘦马鸣西日,羸童背朔风"。①

李朝洪万宗《小华诗评》摘句论述诗歌风格,或先述诗歌风格,再举出诗人姓名,最后以诗人诗歌为证,即采用"风格+诗人+诗题+诗句"的形式:

凄婉如崔孤云《如苏台》诗:"荒台麋鹿泳秋草,废苑牛羊下夕阳。"寒苦如林西河《赠人》诗:"十年计活挑灯话,半世功名把镜看。"纤巧如金老峰《沠川》诗:"飘近断霞花结子,割残惊浪麦生孙。"清广如李益斋《晓行》诗:"三更月照主人屋,大野风吹游子衣。"老熟如李牧隐《自述》诗:"身为病故难持久,心与平安已守成。"典丽如李陶隐《元日早期》诗:"梯杭玉帛通蛮貊,礼乐衣冠迈汉唐。"古朴如金佔毕《伏龙途中》诗:"邑犬吠人篱有窦,野巫迎鬼纸为钱。"高洁如金东峰《赠澈上人》诗:"流水落云观世态,碧松明月照禅谈。"奇逸如朴挹翠《永保亭》诗:"急风吹雾水如镜,近浦无人禽自谣。"邕达如奇怪服斋《晓坐》诗:"心通万水分源处,耳烦千林发籁间。"奇妙如郑湖阴《旅舍》诗:"马吃枯箕和梦听,鼠偷残粟背灯看。"锻炼如崔东皋《客中》诗:"人轻远客初逢淡,马苦多歧再到迷。"感慨如车五山《咏怀》诗:"神仙有分金难化,天地无情剑独鸣。"神妙如权石洲《幽居漫兰》诗:"清晨步到涧边石,落日坐看波底峰。"浏亮如李东岳《江亭》诗:"江潮欲上风鸣岸,野雨初收月涌山。"富丽如柳於于《关西》诗:"春游关塞王三月,花发江南帝六宫。"凄切如李泽堂《丽江》诗:"江湖极目皆秋色,节序关心又夕阳。"奇壮如郑东溟《北关》诗:"岭寒过雁常愁雪,海黑潜龙欲起云。"②

---

① 赵季、赵成植:《诗话丛林笺注》,南开大学出版社,2006年,第102—103页。
② [韩]任廉:《旸葩谈苑》,亚细亚文化社,1981年,第801—803页。

洪万宗在这段诗话中，论述了凄婉、寒苦、纤巧、清广、老熟、典丽、古朴、高洁、奇逸、邑达、奇妙、锻炼、感慨、神妙、浏亮、富丽、凄切、奇壮等十种风格，没有过多的话语，但是干净利索，一目了然，让读者一下子就抓住了不同诗人诗风的最核心的元素。

洪万宗《小华诗评》摘句论述诗歌风格，或先列诗人姓名，再举其诗，最后表明自己对诗歌风格的认识，即采用"诗人＋诗题＋诗句＋诗风认识（态度）"的形式，有赞成，亦有批判：

郑学士《咏杜鹃》诗："声催山竹裂，血染野花红"，则怪其工艳。李白云《德渊院》诗："竹庐同客性，松老寺僧年"，则慕其孤高。李牧斋《浮碧楼》诗："城空月一片，石老云千秋"，则服其清远。卞春亭《春事》诗："幽梦僧来解，新诗鸟伴吟"，则悦其清新。金乖崖《山寺》诗："窗虚僧结衲，塔静客题诗"，则爱其闲雅。佔毕斋《仙槎寺》诗："青山半边雨，落日上房钟"，则嗟其清亮。金冲奄《寒碧楼》诗："风生万古穴，江撼五更楼"，则喜其豪壮。李容斋《溪上即事》诗："凿泉偷岳色，移石杀溪声"，则想其奇工。郑湖阴《感怀》诗："未得愁失当，欢色已作悲"，则觉其清切。崔东皋《除夕》诗："鸿沟未许割，半胜不复烹"，则叹其奇健。孤五山《咏孤雁》诗："山河孤影没，天地一声悲"，则畏其秀逸。①

这段话中的"工艳"、"孤高"、"清远"、"清新"、"闲雅"、"清亮"、"豪壮"、"奇工"、"清切"、"奇健"、"秀逸"等都是就诗歌风格而言的，而"怪"、"慕"、"服"、"悦"、"爱"、"嗟"、"喜"、"想"、"觉"、"叹"、"畏"等词语明显带有感情色彩，也是诗家在阅读诗歌时真实情感的流露。

与此类似的，还有洪万宗《小华诗评》中的一段诗论：

崔学士孤云之《阔州慈和寺》诗"画角声中朝暮恨，青山影里古今人"，余未尝不叹其感慨；李白云春卿之《元日早朝》诗"三呼

---

① ［韩］任廉：《旸葩谈苑》，亚细亚文化社，1981年，第799—801页。

万岁神山涌,一熟千年海果来",未尝不叹其壮丽;李益斋仲思之《纪行》诗"雨催寒犊归渔店,风动轻鸥送客舟",未尝不叹其精致;李牧隐颖叔之《山中》诗"风清竹院逢僧话,草软阳坡共鹿眠",未尝不叹其秾瞻;徐四佳刚中之《龙钟》诗"黑云黯淡葡萄雨,红霞霏微菡萏风",未尝不叹其冲融;金占毕季温之《清心楼》诗"十年世事苦吟里,八月秋容乱树间",未尝不叹其爽朗;金东峰悦卿之《山居》诗"龙曳洞云归远壑,雁拖秋日下遥岑",未尝不叹其雅健;成虚白磐叔之《延庆宫故基》诗"罗绮香消春独在,笙歌声尽水空流",未尝不叹其凄楚;朴挹翠仲说之《福灵寺》诗"春阴欲雨鸟相语,老树无情风自哀",未尝不叹其神奇;李容斋择之之《大兴道中》诗"多情谷鸟劝归去,一笑野僧无是非",未尝不叹其闲淡;郑湖阴云卿之《荒山战场》诗"商声带杀林峦肃,鬼磷凭阴堞壨荒",未尝不叹其劲悍;卢苏斋寡悔之《寄尹李》诗"日暝林鸦啼有血,天寒沙鸟影无邻",未尝不叹其凄惋;黄芝川景文之《罢官》诗"青春漫说归田好,白首犹歌行路难",未尝不叹其激切;崔东皋岦之《赴京》诗"剑能射斗谁看气,衣未朝天已有香",未尝不叹其矫健;张溪谷持国之《早发板桥店》诗"寒虫切切草间语,缺月辉辉天际流",未尝不叹其清楚。①

感慨、壮丽、精致、秾瞻、冲融、爽朗、雅健、凄楚、神奇、闲淡、劲悍、凄惋、激切、矫健、清楚等亦是对诗歌风格的概括,而"未尝不叹"又是诗家的认识态度,是诗家情感的直接抒发。

## 第四节 摘句体现诗家的审美趣尚

摘句批评一般脱离了原篇上、下句的语境,因而更多地体现了摘录者特有的文学观念、欣赏品味等。同样一首诗,不同的人会有不同的摘录或

---

① 蔡美花、赵季主编:《韩国诗话全编校注》(三),人民文学出版社,2012年,第2365—2366页。

评价标准；同样一句诗，不同的人也会有不同的阐释思路。古代传诵久远的名句，如谢灵运的"池塘生春草"句就被中韩诗家摘录品评，如宋代叶梦得《石林诗话》对"池塘生春草"句的论述："'池塘生春草，园柳变鸣禽'，世多不解此语为工，盖欲以奇求之耳。此语之工正在无所用意，猝然与景相遇，借以成章，不假绳削，故非常情所能到，诗家妙处，当须以此为根本。"①

韩国高丽朝、李朝的诗学著作，也摘录解读了"池塘生春草"这句诗，体现了品评者不同的审美观念。如高丽李奎报《白云小说》："余昔读梅圣俞诗，私心窃薄之，未识古人所以号'诗翁'者。及今阅之，外若荏弱，中含骨鲠，真诗中之精隽也。知梅诗，然后可知诗者也。但古人以谢灵运诗'池塘生春草'为警策，余为识佳处。"②李奎报对"池塘生春草"句的摘句品评是建立在对梅尧臣诗"外若荏弱，中含骨鲠"的审美意识下，是以梅尧臣的诗歌审美特征为标准来透视谢灵运的"池塘生春草"句，所以李奎报认为"池塘生春草"句不够"警策"。

高丽李齐贤《栎翁稗说》曰："予独爱'池塘生春草'，以为有不佳之妙。"③李齐贤在诗歌创作中追求"言可尽而意无穷"的艺术境界。他说："古人之诗，目前写景，旨在言外，言可尽而意无穷。"④他认为陶渊明的"采菊东篱下，悠然见南山"、陈简斋的"开门知有雨，老树半身湿"、谢灵运的"池塘生春草"是达到"言可尽而意无穷"艺术境界的诗，但他最喜欢"池塘生春草"，并且结合自己客旅余杭的亲身经历，将这句诗所产生的"言外之意"比作"夜来香"。

王国彪博士认为："对于'池塘生春草'句的解读，是高丽诗话生成、发展的一个触发点，由此引发了诗论家对'意''气''情'等审美范畴以及文本鉴赏、创作理论等的深入探讨，从一个角度（侧面）反映了高丽诗

---

① 陈良运主编：《中国历代诗学论著选》，百花洲文艺出版社，1995年，第389页。
② 邝健行、陈永明、吴淑钿：《韩国诗话中论中国诗资料选粹》，中华书局，2002年，第5—6页。
③ 邝健行、陈永明、吴淑钿：《韩国诗话中论中国诗资料选粹》，中华书局，2002年，第13页。
④ 邝健行、陈永明、吴淑钿：《韩国诗话中论中国诗资料选粹》，中华书局，2002年，第13页。

话的创作特点、创作倾向以及流变过程,可以说是高丽诗话演进的一个见证。"①

李朝洪万宗《小华诗评》对谢灵运的"池塘生春草"句亦有所解读:"诗之所谓神助者,晋谢灵运'池塘生春草',千古脍炙。盖出语天然,自得造化之妙,议论安敢到也。"②

徐居正以摘句辩证地看待诗歌的优劣,具有朴素的唯物史观:

唐诗:"闺中少妇不曾愁,春日凝妆上翠楼。忽见陌头杨柳色,悔教夫婿觅封侯。"古今以为绝唱。曾见高平章《寄远》诗:"锦字裁成寄玉关,劝君珍重好加餐。封侯自是男儿事,不斩楼兰未拟还。"唐诗虽好,不过形容念夫之深,爱夫之笃,情意狎昵之私耳。高诗句法不及唐诗远甚,然先之以思念之深,信书之勤;继之以征戍之慎,饮食之谨;卒勉之以功名事业之盛;无一语及乎燕妮之私,隐然有国风之遗意。③

徐居正这段话中的"唐诗"指的是王昌龄《闺怨》诗,这首诗历来诗家评价甚高,徐居正却认为此诗虽在句法上胜过高平章《寄远》诗,但所表达的题材过于狭窄,只是抒发一般的儿女情长,而高平章《寄远》诗意境开阔,颇有《诗经·国风》的韵味。

李晬光摘录卢僎诗给予分析:"卢僎诗:'抱玉三朝楚,怀书十上秦。年年洛阳陌,花鸟弄归人。'此言下第而归,为花鸟所嘲弄。著一'弄'字,而无聊困顿之状可掬,妙甚妙甚。但'三朝楚','朝'字似未稳。"④"下第而归"是对诗歌主旨的概括归纳;"'朝'字似未稳",是诗法分析;"著一'弄'字,而无聊困顿之状可掬,妙甚,妙甚",是鉴赏品析。这种

---

① 王国彪:《论高丽诗话对"池塘生春草"句的解读》,《现代语文》(文学研究),2008年第4期,第125页。
② [韩]任廉:《旸葩谈苑》,亚细亚文化社,1981年,第779页。
③ 邝健行、陈永明、吴淑钿:《韩国诗话中论中国诗资料选粹》,中华书局,2002年,第20页。
④ 邝健行、陈永明、吴淑钿:《韩国诗话中论中国诗资料选粹》,中华书局,2002年,第72页。

熔主旨归纳、诗法技巧分析等为一炉的诗歌摘句批评，构成了一个批评诗歌的整体，具有很高的学术价值。

金泽荣摘录王昌龄《出塞》诗进行了独具特色的赏析："余尝解王昌龄《出塞》'秦时明月汉时关'句曰：兵士出塞之怨，上极于天，下极于地。其上极于天也，呼凄凉之夜月而愬之曰：此月自秦时征伐而然矣；下极于地也，呼险远之关门而愬之曰：此关自汉时征伐而然矣。又'秦时明月'四字虚，'汉时关'三字实，一虚一实，鼓荡为妙，若皆虚或皆实则却不妙。"① 金泽荣对王昌龄《出塞》诗的赏析，在韩国文人对中国诗歌审美批评史上，极具代表性。"兵士出塞之怨，上极于天，下极于地"是阅读诗歌的总体感会；"'秦时明月'四字虚，'汉时关'三字实，一虚一实，鼓荡为妙，若皆虚或皆实则却不妙"，则是典型的作诗技法论。金泽荣认为这首诗，时间上，久远秦汉与眼前现实的紧密连接；空间上，天空明月与人间关塞的相互包容，无限地扩展了时间与空间，因为这样的时空扩展，诗歌产生了高远的意境。由此可以看出，金泽荣作为文学评论家犀利的审美眼光。

## 第五节　摘句论析诗人的艺术成就

诗歌的艺术价值是一种客观的存在，诗家可以根据自己的审美给予其或高或低的评价，但作品的艺术成就的高低、优劣，是不以个人的抑扬褒贬为转移的。诚如苏轼所言："文章如美玉，各有定价。先后竞相汲引，因其言以信于世，则有之矣；至其品目高下，盖付之众口，决非一夫所能抑扬。"②

高丽李奎报《白云小说》高度评价了崔致远、朴仁范、朴寅亮诗歌的艺术成就及地位：

三韩自夏时始通中国，而文献蔑蔑无闻，隋唐以来，方有作者。

---

① ［韩］吴允熙著：《沧江金泽荣研究》，［韩］李顺连译，华中师范大学出版社，2002年，第50页。
② 赵永纪编：《古代诗话精要》，天津古籍出版社，1989年，第915页。

如乙支之贻诗隋将,罗王之献颂唐帝,虽在简册,未免寂寥。至崔致远入唐登第,以文章名动海内。有诗一联曰:"昆仑东起王山碧,星宿北流一水黄。"同年顾云曰:"此句即一舆地志也。"盖中国之五岳皆祖于昆仑山,黄河发源于星宿海,故云。学士朴仁范《题泾州龙朔寺》诗云:"灯撼萤光明鸟道,梯回虹影落岩扃。"参政朴寅亮《题泗州龟山寺诗》云:"门前客棹洪波急,竹下僧棋白日闲。"我东之以诗鸣于中国,自三寻始,文章之华国有如是夫!①

崔滋《补闲集》通过摘句批评高度肯定了李奎报的诗歌,认为其诗与唐代大诗人李白相比也毫不逊色:"文顺公《北山亲题》云:'山人不出山,古径荒苔没。应恐红尘人,欺我绿萝月。'此诗置李白集中,未知孰是。"②

李朝初期诗家成伣《慵斋丛话》摘句论述了金文平诗歌的意境达到了意外之趣、非一般人所能及的程度:"金文平文章雄浑,泛驾从横,专仿司马子长之轨,举世无与支吾,而其诗亦豪健,深得骨髓。然性不拘检,押韵不正,故皆谓诗不如文,其实诗文两赡也。《击瓮图》诗云:'瓮中天地忽开豁,山川品物同昭苏。'《沈中枢山村》诗云:'柴门不整临溪岸,山雨朝朝看水生。'《龙宫轩题诗》云:'痛饮百杯楼上卧,卷帘南北是青山。'又《题山寺》诗云:'窗虚僧结衲,塔静客题诗。'此皆得意外之趣,非人所能及也。"③

徐居正运用摘句批评以诗正史,缘诗求史,通过对比中韩诗人同一题材的诗歌,肯定了韩国诗人李奎报同题材诗歌的诗史地位:"古人咏明皇贵妃事者多。尝爱韩子苍诗:'尚觅君王一回顾,金鞍欲上故迟迟。'张祜诗:'桃花院静无人见,间把宁王玉笛吹。'今观李文顺《开元天宝四十二咏》,随事讽咏,抑扬顿挫,沉深痛快,虽置于唐宋作者,亦无愧焉。其赋《剪发》云:'敕还外第妃何恨,一朵乌云足市欢。'其赋《玉笛》云:

---

① 赵季、赵成植:《诗话丛林笺注》,南开大学出版社,2006年,第27页。
② [韩]赵钟业:《修正增补韩国诗话丛编》(第1卷),太学社,1996年,第102页。
③ 赵季、赵成植:《诗话丛林笺注》,南开大学出版社,2006年,第64—65页。

'窃向宁王非细事,可怜君意未终移。'虽韩、张老膝,不得不屈。"① 徐居正认为李奎报《开元天宝四十二咏》含蓄深刻,可与唐宋大家相媲美,其《剪发》、《玉笛》诗比韩子苍、张祜的诗更好。

在男性诗人占主导地位的文坛,徐居正大胆摘句肯定女子诗歌的文学成就,并通过诗歌内在的语言特色,判断出诗歌的性别属性,审美眼光十分犀利:"古之闺秀如蔡琰、班婕妤、薛涛之辈,其词藻工丽,可与文士颉颃。崇宁间,娼家周氏《赠夫婿陈筑》诗:'梦和残月过西楼,月过楼西梦已迷。唤起一声肠断处,落花枝上鹧鸪啼。'又《春晴》诗:'瞥然飞过谁家燕,蓦地飞来甚处花。深院日长无个事,一瓶春水自煎茶。'其辞气婉顺,真女子之诗也。"②

## 第六节　摘句审思诗歌的题材功用

曹伸着重探讨了诗人金宗直诗歌的题材,涉及写田园之诗、描绘驿站破败之诗、雨后登眺之诗、雪后行路之诗等内容,并高度评价了金宗直诗歌达到了写景如画的地步:"金文简公宗直《访孙克谦林园》诗曰:'十室卑湫地,闲园数亩荒。松为一柱观,菊作百和香。小砌兰承露,疏篱柿得霜。主人年八十,燕坐惜颓光。'此即村老园林诗。《宿踏溪驿》诗曰:'古树狞飙搅,荒林片月孤。官胥来督传,邮妇泣供厨。鼠窜残残户,星驰急急符。谁知灯影下,危坐恨非夫?'此即残驿诗。《齐云楼快晴》诗曰:'雨脚看看取次收,轻雷犹自殷高楼。云归洞穴帘旌幕,风淡池塘枕簟秋。菡萏香中蛙阁阁,鹭鸶影里稻油油。凭栏更向头流望,千丈峰峦涌玉虬。'此即城楼雨后登眺诗。《雪后发古阜向兴德》诗曰:'一夜湖山银界遥,瀛洲郭外马萧萧。村家竹尽头抢地,野树禽多翅缀条。沙浦烟痕沧海岸,笠岩霞外赤城标。腊前已是饶三白,想听明年击壤谣。'此即雪后

---

① 邝健行、陈永明、吴淑钿:《韩国诗话中论中国诗资料选粹》,中华书局,2002年,第19页。
② 邝健行、陈永明、吴淑钿:《韩国诗话中论中国诗资料选粹》,中华书局,2002年,第21页。

行路诗。皆即景如画。"①

关于诗歌的社会功用问题,《论语》可以说首开其先河:"诗,可以兴,可以观,可以群,可以怨。迩之事父,远之事君;多识于鸟兽草木之名。"在这里,孔子认为诗歌可以提高人的想象力、可以提高人的观察力、可以使人们团结一致、也可以让人们发出自己的怨言。在近处,可以侍奉自己的父母;在远处,可以贡献君主,更可以多多认识鸟兽草木的名称等。这可以说是对诗歌认识的一个大的飞跃,扩大了诗歌的表现范畴,不仅仅是抒情言志的载体,更是教化人民、提高人民的工具。中国历代诗家对此多有继承,韩国诗家亦然,如徐居正、洪万宗等人。

徐居正摘句论诗歌的社会功用:"诗者小技,然或有关于世教,君子宜有所取之。李存吾正言忤逆者,《贬长沙》诗:'狂妄真堪弃海边,圣恩天大赐归田。草庐随意生涯足,一片丹心倍昔年。'陈补阙瑾,言事落职。《将赴沃川》诗:'欲知民水载君舟,要尽忠诚诫逸游。谏院未能陈药石,长沙见谪不须愁。'无孤臣怨谪之辞,有警戒规箴之意。吴谏意询《观稼亭》诗:'春耕易耨夏多热,秋敛未尽冬已寒。安得兹亭移辇道,君王一见此艰难。'有陈诚稼穑艰难之意。崔拙翁《雨荷》诗:'胡椒三百斛,千载笑其愚。如何碧玉斗,终日量明珠。'有讽诮不廉之意。辛政堂茂《木桥》诗:'斫断长株跨一滩,溅霜飞雪带警澜。须将步步临深意,移向功名宦路看。'有自警之辞。李县监的《诫子》诗云:'朔风虽怒雪飘扬,念尔饥寒感叹长。色必败身须戒慎,言能害己更商量。狂荒结友终无益,骄慢轻人反有伤。万事不求忠孝外,一朝名誉达吾王。'有父子劝诫之意。"②

这段诗话,徐居正通过列举具体诗歌说明了诗歌的社会功用,指出李存吾《贬长沙》诗是对遭贬的映射,《将赴沃川》诗没有一丝对贬谪的怨言,却充满了警戒规谏的意味;吴询《观稼亭》诗蕴含着对农稼艰难的慨叹;崔拙翁《雨荷》诗有对不廉的讥讽;辛茂《木桥》诗有警告自己之意;李县监《诫子》诗有父亲对儿子的劝诫规谏,对后世诗学产生了重要

---

① 赵季、赵成植:《诗话丛林笺注》,南开大学出版社,2006年,第97页。
② [韩]太学社选编:《韩国诗话选》,太学社,1983年,第241—242页。

的指导意义。

洪万宗《小华诗评》亦阐释了诗歌的社会功用问题，认为诗歌可以"达事情，通讽论"，如果诗歌不能"关乎世教，义不存乎比兴"，那么，作诗就是一种徒劳。他以实际诗例加以论证：

崔拙翁（瀣）递职后诗曰："塞翁虽失马，壮叟讵如鱼。倚伏人如问，当须质子虚。"以警患得患失之辈。郑雪谷（甫）《示儿》诗曰："乏食甘藜藿，无衣爱葛绨。若求温饱乐，不得害先随。"以警人之物欲内蔽。成独谷（石磷）《送人枫岳》诗曰："一万二千峰，高低自不同。君看日轮上，何处最先红。"以譬人品之高下。崔猿亭（寿城）《江上》诗曰："日暮沧江上，天寒水自波。孤舟宜早泊，风浪夜应多。"有急流勇退之意。宋龟峰（翼弼）《南溪》诗曰："迷花归棹晚，待月下滩迟。醉睡犹垂钓，舟移梦不移。"有操守不变之意。徐万竹（益）《咏云》诗曰："漠漠复飞飞，随风任狗衣。徘徊无定态，东去又西归。"以比改头换面、随势翻覆者。申春沼（最）《歧滩》诗曰："歧滩石如戟，舟子呼相谓。出石犹可避，暗石真堪畏。"以比口蜜腹剑、潜发巧中者。

崔侍中（承老）《禁中新竹》诗曰："锦箨初开粉节明，低临辇路绿荫成。宸游何必将天乐，自有金风撼玉声。"有讽戒音乐之意。李亨斋（稷）《登铁岭》诗曰："崩崖绝涧惬前闻，北塞南州道路分。回首日边天宇净，望中还恐起浮云。"有忧谗畏讥之意。权慎村（思后）《放雁》诗曰："云汉犹堪任意飞，稻田胡自踏危机？从今去向溟溟外，只要全身勿要肥。"以警逐利之辈。辛文学（葳）《咏木桥（在江原道三陟）》诗曰："斫断长条跨一滩，溅霜飞雪带惊澜。须将步步临深意，移向功名宦路看。"以戒干禄之徒。崔东皋（岦）《十月雨》诗曰："一年霖雨后四成，休说玄冥太不情。正叶朝家荒政晚，饥时料理死时行。"讦谋廊庙者可以自警。柳於于（梦寅）《伊州》诗曰："贫女鸣梭泪满腮，寒衣初拟为郎裁。明朝裂与催租吏，一吏终归一吏

来。"分忧子民者可以为鉴。①

"以警患得患失之辈"、"以警人之物欲内蔽"、"以譬人品之高下"、"有急流勇退之意"、"有操守不变之意"、"以比改头换面、随势翻覆者"、"以比口蜜腹剑、潜发巧中者"、"有讽戒音乐之意"、"有忧谗畏讥之意"、"以警逐利之辈"、"以戒干禄之徒"、"讦谋廊庙者可以自警"、"分忧子民者可以为鉴"等,都道出了诗歌的社会功用,内容涉及人品、操守、性格等多个方面,充分说明了诗歌不仅可以抒情言志,更可以培养人的情操,提高人的操守,完善人的品性,进而为社会做出应有的贡献。

---

① 蔡美花、赵季主编:《韩国诗话全编校注》(三),人民文学出版社,2012年,第2345—2347页。

# 下编
## 批评鉴赏论

# 第五章　韩国古典诗学批评的美学分析

对韩国古典诗学批评进行美学分析，首先要提到的就是它的价值问题，主要体现在对诗歌的鉴赏和举证等方面。对于诗歌的鉴赏、品评，在中国诗话中比比皆是，如方东树《昭昧詹言》对诗歌《行行重行行》的鉴赏，就颇具代表性："《行行重行行》，此只是室思之诗，起六句追述始别，夹叙夹议，'道路'二句顿挫断住。'胡马'二句，忽纵笔横插，振起一篇奇警，逆摄下游子不返，非徒设色也。'相去'四句，遥接起六句，反承'胡马''越鸟'，将行者顿断，然后再入己今日之思，与始别相应。'弃捐'二句，换笔换意，绕回作收，作自宽语，见温良贞淑，与前'衣带'句相应。……凡六换笔换势，往复曲折。"① 不仅有整体性的评语，对具体的诗句、字词也有鉴赏。诗歌举证方面，典型材料如袁枚《随园诗话》："杜诗：'天子呼来不上船'，此指明皇白龙池召李白而言船舟也。《明道杂记》以为：'船，衣领也。蜀人以衣领为船。谓李白不整衣而见天子也。'青莲虽狂，不应若是之妄。东坡《赤壁赋》：'而我与子之所共适。'适，闲适也。罗氏《拾遗》以为：'当是食字，引佛书以睡为食，则与上文之义平险不伦。'东坡虽佞佛，必不自乱其例。杜诗：'王母书下云旗翻。'此王母，西王母也。《清波杂志》以'王母'为鸟名，则与云旗杳无干涉。王勃《阿房宫赋》：'未云何龙'，用《易经》'云从龙'也。《是斋日记》以为用《左氏》'龙见而雩'，宫中，非雩祭地也。"②

## 第一节　对诗歌鉴赏、举证的价值

韩国诗家申景浚《旅菴诗则》对李白《公无渡河》诗的赏析，堪称诗

---

① 申骏：《中国历代诗话词话选粹》，光明日报出版社，1999年，第340页。
② 申骏：《中国历代诗话词话选粹》，光明日报出版社，1999年，第243页。

歌审美批评史上的杰作:

其首云"黄河西来决昆仑",夫昆仑,天下之大山,而决之云,则其出之远而壮也。次云"咆哮万里触龙门",咆哮,则其声之雄也;万里,则其流之长也;触龙门,则其势之悍也。此两句极道河之难渡之形也。次云"波滔天,尧咨嗟",此言难以帝尧之圣,而见滔天之波;则犹发咨嗟之声也。次云"大禹理百川,儿啼不窥家",此言亦以大禹之才,而当理川之时,则难过其门外,闻其儿啼而未及窥见,其艰难惶急之状可知也。次云"杀湍湮洪水,九州始蚕麻",此言九州之大,方其泛滥之际,不能蚕麻,而及其杀湍之后始得蚕麻,则其为凶害亦大矣;而于"始"字可见其害之久而治之难也。次云"其害乃去,茫然风沙",此盖上面六句既高唱,极道古神圣难于河之说,而至此却低声啼嘘,而以寓其感嗟茫苍之意,此诚千古攻原之绝调也。次云"被发之叟狂而痴,清晨临流欲奚为",夫河之难渡既如是,而欲渡之则不止狂也,故又下"痴"字。且临流之下,以"欲奚为"三字弄断,其无限危难之意,溢于言外,而在上所极道者,神气倍动。次云"旁人不惜妻止之,公无渡河苦渡之",夫既狂且痴,则傍人宜乎不惜,而为其妻子者,宜乎益止之也。此两句只是叙事,而"不惜"与"止之"相撞,"无渡"与"苦渡"相撞,抑扬迭荡,音节可观。次云"虎可搏,河难凭",此退转而言河之难渡,其辞意实恻,其文气罙活。次云"公果溺死流海湄","果"字辄自吻合于上所极道之语。次云"长鲸百齿,公户挂胃",此言其死可悼可愕之甚也。末以"箜篌所悲竟不还"结之。盖前人极道难渡者,惧其竟不还也;后之既溺而悲者,亦以其竟不还也。三字实为此一篇之命门,自非谪仙老神乎,谁能作诗如是乎?①

这段诗话,完全就是一首诗的品评、鉴赏,包括对字词的考证、对语

---

① 邝健行、陈永明、吴淑钿:《韩国诗话中论中国诗资料选粹》,中华书局,2002 年,第 182—183 页。

句的赏析,和现代流行的各种版本的古典诗歌鉴赏辞典有异曲同工之妙。《公无渡河》作于李白幽州之行北渡黄河之时,全诗如下:"黄河西来决昆仑,咆哮万里触龙门。波滔天,尧咨嗟。大禹理百川,儿啼不窥家。杀湍湮洪水,九州始蚕麻。其害乃去,茫然风沙。被发之叟狂而痴,清晨临流欲奚为。旁人不惜妻止之,公无渡河苦渡之。虎可搏,河难凭,公果溺死流海湄。有长鲸白齿若雪山,公乎,公乎,挂罥于其间,箜篌所悲竟不还。"很多评论者认为此诗多有所指,元萧士赟认为此诗"讽止当时不靖之人自投宪网者",清陈沆《诗比兴笺》谓此诗是为悲永王李璘而作,诗中渡河之叟就是李璘。郭沫若先生在《李白与杜甫》一书中也认为此诗是为李璘而作,诗中渡河之叟是李白自喻。而韩国申景濬对此诗的论述,只是简单的对诗歌字词语句给予赏析,所以更具文学意味。

李瀷《星湖僿说》对杜甫《八哀诗》的赏析,涉及诗歌的整体审美、字词的考证、语句的鉴赏等,具有很高的审美意识:

> 姜主簿世贞云:"余曾学杜甫《八哀诗》于许沧海格,沧海学于李东岳安讷。"盖有所传授口诀,仍为余道数条,颇发于注家之外。余又因而增益之,以为后考。甲外控鸣镝,甲如带甲之甲,谓兵陈也;言独行控弦而无畏忌也。"独甚",何也。"未甚",犹言未几无何也。后世语录"甚"多作"何"义也。"非外藩",外藩也,反语也。"廉兰",武臣也,非文苑之所传。然战功非文臣所辨,故郑景山以败。如思礼者,虽不如于文传,却与廉、兰同绩,叹世之徒尚文而不付其人也。"愁寂",兵少也。"高视",气骄也。"平生、零落","白羽扇、蛟龙匣",皆互文,言平生之白羽扇、蛟龙匣皆零落也。凡杜作多此例。"箱箧"用羊乐谤书事,言必有直笔,可以洗涤器诡谤也。"疲苶",勤劳也。言尽瘁者更无其人也。"开口、小心"云云者,言望实如此。将一开口,而将相可取,然犹小心而接人也如此。"逢人问公卿",言当时公卿孰执羁靮而从于西,孰奉太子而留耶?继云万乘出在何地,宁不悲乎?"出"如天王出居之出。《曲礼》云:"天子不言出。""出"字极有力矣。"匡汲、卫霍"二句,谓乱既平,或有如匡、汲之宠辱者,如卫、霍之哀荣者,独武安享禄位也。"京兆、

尚书"以下四句,谓武宜在帝左右补阙拾遗,而出在外藩,若朝廷无人然也。"问俗终相并",言非耽渔钓漫兴,盖与谘访谣俗之辰酉合,巳申合,午未合,各以相对者言也。不独此,术家又有"三合"之说,古亦有据。屈原《天问》云:"阴阳之合,何本何化?"支以申子辰合、巳申丑合、亥卯未合、寅午戌合,干以乾甲丁合、巽庚癸合、艮丙辛合。推六合之例,亦当有四合:壬癸合、辛甲合、庚乙合、丙丁合。余不能解阴阳家说,果然否?①

李瀷对李白《独坐敬亭山》的审美赏析,不仅指出此诗的源流所在,对个别字词、语句也进行了赏析、考证:

李太白五言绝句尤佳,姑举一二。其《敬亭山》诗曰:"众鸟高飞尽,孤云独去闲。"此诗出陶渊明《贫士》诗,曰:"万族各有托,孤云独无依。朝霞开宿雾,众鸟相与飞。"众鸟,喻众人各有所营为也。孤云,渊明自道也。言众人嗤嗤徒事营利,见有道者辄引去,不与从游,如《庄子》所谓"鸟见之所高飞",是故独我如孤云然,去来自闲逸也。又曰:"万户垂杨裏,君家阿那边",杨用修引李郢诗曰:"'谢公留赏山谷唤,知八笙歌阿那明。'阿那,是当时曲名,变梵呗为艳歌,二字皆协上声,随方音而转也。"愚谓此说未详。《诗》云:"猗傩其枝。"上于可反,下乃可反,即与阿那同。《罗敷艳歌》云:"俯仰纷阿那。"皆柔弱貌。《诗》又云:"隰桑有阿,其叶有难。"注云:"阿,美貌;难,盛貌。"皆言枝叶条垂之状。阿那是与阿难通,而阿与那亦有异义也。然则此云阿那,指垂杨枝条柔弱嫋嫋之状也。以笙歌言,则其音响嫋嫋不断者是也。后虽或转为曲名,而本意不过如斯也。②

---

① 邝健行、陈永明、吴淑钿:《韩国诗话中论中国诗资料选粹》,中华书局,2002年,第198—199页。
② 邝健行、陈永明、吴淑钿:《韩国诗话中论中国诗资料选粹》,中华书局,2002年,第219页。

申昉《屯庵诗话》对陶渊明诗句的前人评论持有异议，阐释了自己的观点："陶诗《四时词》'夏云多奇峰'一句，谓天时当夏，必多云气，而又必在奇秀之峰也。解之者皆以为夏云之状如奇峰之形，前辈率循是说无改评，诚可异也。今以上下三句论之，皆极平易直说去，而岂独于此句忽作此巧涩之辞也？盖谓春则水满于四泽，夏则云多于奇峰，正自好看，而却被人穿凿，将去作此曲解，可恨！"①

也有诗家对诗歌做了注释，如李齐贤《栎翁稗说》："郑司谏知常云：'雨歇长堤草色多，送君南浦动悲歌。大同江水何时尽，别泪年年添作波。'燕南梁载尝写此诗作'别泪年年涨绿波'。余谓'作、涨'二字皆未圆，当是'添绿波'耳。郑又有'地应碧落不多远，人与白云相对闲'、'浮云流水客到寺，红瓦苍苔僧闭门'、'绿杨闭户八九屋，明月卷帘三两人'、'上磨星斗屋三角，半出虚空楼一同'、'石头松老一片月，天末云低千点山'等句，是家喜用此律。"②李齐贤通过自己的分析，认为诗句应是"添绿波"最为稳妥，这就给后世的韩国汉诗选本提供了可资参考之处。

许筠论证韩国诗人为了托兴言志，往往借用非本国之事物，非常具有考证的价值："李坚干诗：'旅馆挑残一盏灯，使华风味淡于僧。隔窗杜宇终宵听，啼在山花第几层。'此诗当时以为绝唱。余惯游关东，其所谓杜鹃者，即鼎小也之类。浙人王子爵、四川人商邦奇俱尝来江陵，余问之二人，皆曰：'非杜鹃也。'盖诗人托兴言之，虽非其物，用之于诗中。如'隔林空听杜猿啼'者，我国本无猿也。如'修竹家家翡翠啼'者，见青禽而谓之淡洲翠也。'鹧鸪惊簸海棠花'者，见大鹊叫磔磔，而谓'行不得'也，皆此类欤！"③

## 第二节　对韩国古典美学批评史的贡献

韩国古典诗话丰富了韩国古典美学理论的宝库，为韩国古典美学提供

---

① 邝健行、陈永明、吴淑钿：《韩国诗话中论中国诗资料选粹》，中华书局，2002年，第193页。
② 赵季、赵成植：《诗话丛林笺注》，南开大学出版社，2006年，第50页。
③ 赵季、赵成植：《诗话丛林笺注》，南开大学出版社，2006年，第285页。

了理论方法的支持,具有不可估量的贡献。

"知人论世"是孟子提出的文学批评的原则和方法,对后世的文学批评产生了深远的影响。《孟子·万章下》:"颂其诗,读其书,不知其人,可乎?是以论其世也,是尚友也。"① 即进行文学批评时,必须了解作者的生平思想和写作的时代背景,才能客观、正确地理解和把握文学作品的思想内容,从而对作品做出正确的评价。

曹伸在论诗时消融了"知人论世"的诗学观点,他说:"宗室鸣阳正国珍,潇洒出尘,喜文雅,作诗如其为人。《遣意》诗曰:'小雨茅斋湿,新晴枕席凉。水衣缘础上,庭草过墙长。露浥菰花净,风含蕙叶香。悠然午眠破,林杪淡斜阳。'《秋日》诗曰:'白露园林净,高风草木衰。覆杯疏竹叶,汲井煮桑枝。落日雁横塞,秋窗虫吐丝。谁怜贫病客,长吟楚人词。'"② 宗室,指王室同宗族之人,国珍是韩国太祖四世孙,字世昌,曾任鸣阳正。许筠更以"知人论世"的方法摘句批评林石川的诗歌,认为林石川的诗歌如其人,诗歌写得惟妙惟肖,形象逼真:"林石川为人高迈,诗亦如其人。《洛山寺》咏龙升鱼降之状,文势飞动,殆与奇观敌其壮丽,其'心同流水世间出,梦作白鸥江上飞',矫矫有神龙戏海意。"③

徐居正论诗歌中有争议的词语,引出重要的诗学命题——辞与意的关系:"陈司谏泙'雨余庭院簇莓苔,人静柴扉画不开。碧砌落花深一寸,东风吹去又吹来。'贬者曰:'落花称深一寸,似畔于理。'予曰:'赵退庵诗曰:蒲色青青柳色深,今年寒食去年心。醉来不记关河梦,路上飞花一膝深。其曰一膝,则更深于一尺矣。况太白'燕山雪片大如席',又曰'白发三千丈',苏子瞻'大茧如瓮盎',是不可以辞害意,但当意会尔。"④ 对于有人质疑陈泙诗句的用词,徐居正通过摘录具体诗句做例证,并认为不能以辞害意而应意会。随后徐居正通过宋代诗僧的同样的诗句,进一步做补充说明:"近得《甘露集》,乃宋僧诗也。其诗云:'绿杨深院春画永,

---

① 彭会资主编:《中国文论大辞典》,百花文艺出版社,1990年,第699页。
② 赵季、赵成植:《诗话丛林笺注》,南开大学出版社,2006年,第105—106页。
③ 赵季、赵成植:《诗话丛林笺注》,南开大学出版社,2006年,第290页。
④ 邝健行、陈永明、吴淑钿:《韩国诗话中论中国诗资料选粹》,中华书局,2002年,第18页。

碧砌落花深一寸.'与陈句无一字异,古之人亦有是语矣。"①

诗家论诗的最大价值在于,敢于大胆地指出诗人诗作的不足,哪怕是如日月辉耀古今的大诗人李白和杜甫。李晬光批评李白《凤凰台》一诗曰:"李白《凤凰台》诗,起结两句全袭崔颢法。第二联是寻常怀古语,且与五言诗'古殿吴花草,深宫晋绮罗'同义。第三联视'晴川历历汉阳树',太不侔矣。且既曰江自流,而又曰二水分,似叠。余妄谓李白此诗,虽不作可也。"② 李晬光亦摘句褒贬杜甫的诗歌:"杜诗曰:'南村群童欺我老无力,忍能对面为盗贼',其语近俗。""杜子美《岳阳楼》诗,古今绝唱,而'亲朋无一字,老病有孤舟',与上句不属,且与岳阳楼不相称。"③

李晬光论诗时,往往能不畏前人之定论,大胆提出自己的见解。如:"李商隐诗曰:'夕阳无限好,只是近黄昏。'杨诚斋谓此句喻唐祚之将衰亡也。余则以为不过吟暮景耳。"[3] 李晬光不是简单地反驳杨万里的观点,而是通过具体分析,证明自己的理论观点。他说:"僧无可诗曰:'听雨寒更尽,开门落叶深。'古人谓此诗以落叶为雨声,余则以为落叶深乃雨后景耳。唐人作诗多在有意无意间,情景宛然,而观者辄以有意求之,恐不免穿凿。"④ 李晬光认为诗歌是真情实感的流露,理解诗歌时要注重其本身,不能穿凿附会,影响诗歌的审美意蕴。

韩国有些诗家在其诗话著作中,以自己的审美标准,大胆地指出了其他诗家在论诗时存在的问题,为古典美学批评史增添了一抹亮色。南龙翼《诗评补遗》:"诗固未易作,诗评亦未易也。玄翁、芝峰两公,皆深于诗家,而其所著古人诗评,间有未妥处。余表以录之,以俟骚坛公议。玄翁《晴窗软谈》曰:'北海之雄,出子美上。'又曰:'王勃之《秋夜长》、卢照邻之《长安古意》太白则优为,子美恐输一著。'无乃其予夺太过耶?

---

① 邝健行、陈永明、吴淑钿:《韩国诗话中论中国诗资料选粹》,中华书局,2002年,第18页。
② 邝健行、陈永明、吴淑钿:《韩国诗话中论中国诗资料选粹》,中华书局,2002年,第58页。
③ 邝健行、陈永明、吴淑钿:《韩国诗话中论中国诗资料选粹》,中华书局,2002年,第59页。
④ 邝健行、陈永明、吴淑钿:《韩国诗话中论中国诗资料选粹》,中华书局,2002年,第84页。

昔敖陶孙评论汉魏以下诸诗，至杜甫则曰如周公制作，不可拟议。《芝峰类说》曰：'子美《岳阳楼》诗：亲朋无一字，老病有孤舟，与上句不属，且于岳阳楼不相称'云。是大不然，凡律格有先景物而后事实者，有先事实而后景物者，岂必以景物彻头彻尾也哉？盖此诗子美避乱到此而作也，上一联全言景物，下联叙述其情，乃诗之作也。芝峰所谓'不属'、'不相称'，何哉？唐子西云：'余过岳阳楼，观子美诗，不过四十字耳，气象宏放，殆与洞庭争雄。'岂不信哉？"[1]

---

[1] 邝健行、陈永明、吴淑钿：《韩国诗话中论中国诗资料选粹》，中华书局，2002年，第147—148页。

# 第六章 韩国古代诗家诗学批评论

韩国古典诗学不仅在形式直观上有着浓郁的中国情结，而且在诗学内容的阐释方面，同样有大量中国因素的客观存在。如对中国诗学著作的征引，专论中国古代诗人诗作，论韩国古代诗人诗作时兼及中国诗人诗作。其中，李睟光《芝峰类说》、梁庆遇《霁湖诗话》、李瀷《星湖僿说》、申钦《晴窗软谈》最具有代表性，值得深入探究。

## 第一节 李睟光《芝峰类说》征引《沧浪诗话》考论

《沧浪诗话》是南宋严羽撰写的一部诗学专著，由诗辩、诗体、诗法、诗评、诗证五部分构成。严羽，生卒年不详，字仪卿，号沧浪逋客。论诗推崇唐诗（盛唐），主张诗有别材、诗有别趣，反对江西诗派，以禅喻诗，强调妙悟。这部诗学著作在韩国广泛传播，对韩国古典诗学产生了重大影响。李睟光《芝峰类说》就征引了《沧浪诗话》部分论诗条目，借以阐发自己的诗学趣尚。李睟光（1563—1628），字润卿，号芝峰，文人、诗论家。《芝峰类说》共20卷，内容涉及天文、地理、医学、政治、经济、文学、哲学等方面，共3436则。李睟光的诗学主张集中体现在《文章部》卷九至卷十四中，分《诗法》、《诗评》、《唐诗》、《五代诗》、《宋诗》、《元诗》、《明诗》、《东诗》等名目，其诗论在韩国古典诗学史上占有重要地位。

### 一、《沧浪诗话》在韩国的传播及其影响

《沧浪诗话》何时传入朝鲜半岛，无法确切考证。宋明时期，中韩两国交流十分频繁，中国的书籍通过各种渠道传入朝鲜半岛。据曹伸《謏闻琐录》记载："中国文籍日资月益，编录记载之多，无虑千百，如段成式《酉阳杂著》、张鷟《朝野佥载》、严有翼《艺苑雌黄》、沈括《笔谈》、欧公

《诗话》……《古今诗话》、《沧浪诗评》……嘉言善行，奇怪文雅，评论无遗，吾东方罕见。"① 从现有可查阅的资料看，《谀闻琐录》是韩国最早提及《沧浪诗话》的文献，该书成书于中宗二十年，当为中国明武宗正德十六年（1521）。因此可以说，《沧浪诗话》最迟在16世纪20年代就已传入了朝鲜半岛。

《沧浪诗话》传到韩国之后，受到了文人的追捧，竞相在著作中加以征引。尹春年《体意声三字注解》（成书于1552年）："其后，偶见严沧浪之论曰：'夫学诗者，以识为主。入门须正，路头一差，愈骛愈远。'"② 此段话即征引了《沧浪诗话》"夫学诗者以识为主：入门须正，立志须高；以汉魏晋盛唐为师，不作开元天宝以下人物。若自退屈，即有下劣诗魔入其肺腑之间；由立志之不高也。行有未至，可加工力；路头一差，愈骛愈远；由入门之不正也。"③

与李晬光几乎同时的许筠（1569－1618）在《惺叟诗话》（成书于1611年）中说："诗有别趣，非关理也；诗有别材，非关书也。"④ 此段话与严羽《沧浪诗话·诗辩》"诗有别趣，非关理也；诗有别材，非关书也"⑤ 完全一致。晚于李晬光的金得臣（1604－1684）、任璟（1667－？）在与人论诗谈文时，也引用严羽的诗论以传情达意。金得臣《终南丛志》："博士洪睤亦东洲门人，聪明绝人，一览辄记，字意音韵无不通晓。为文操笔立就，略无停滞，而于诗一句道不得，东洲笑曰：'以君之长于文而短于诗，古人所谓诗有别才者，信矣。'"⑥ 任璟《玄湖琐谈》（成书于1694年）："晦谷尝语德涵曰：'尔诗不如赋，可着工于赋也。'德涵对曰：'然则诗不可为欤？'曰：'诗有别才，不可强其不能也。'"⑦ 金得臣、任璟的两段论诗故事都征引了严羽《沧浪诗话·诗辩》"夫诗有别趣，非关理也；

---

① [韩]赵钟业：《修正增补韩国诗话丛编》，太学社，1996年，第640－641页。
② 蔡美花、赵季：《韩国诗话全编校注》，人民文学出版社，2012年，第518页。
③ 郭绍虞：《沧浪诗话校释》，人民文学出版社，1983年，第1页。
④ 《许筠全集》，韩国成均馆大学出版社，1981年，第72页。
⑤ 郭绍虞：《沧浪诗话校释》，人民文学出版社，1983年，第26页。
⑥ 赵季、赵成植：《诗话丛林笺注》，南开大学出版社，2006年，第334－335页。
⑦ 蔡美花、赵季：《韩国诗话全编校注》，人民文学出版社，2012年，第2912页。

诗有别材,非关书也"①中的"诗有别材"说,借此来表达自己的诗学见解和理论主张。严羽及其《沧浪诗话》对韩国古典诗学的影响由此可见一斑。

## 二、《芝峰类说》征引《沧浪诗话》的特点、态度

《芝峰类说》始刊于光海君六年,当明神宗万历四十二年(1614),作为百科词典式之类书,内容涉及政治、经济、文化等诸方面。"全书共录三千四百三十五条,引用典籍三百四十八家"②,其中征引了大量中国诗学典籍,如宋代欧阳修《六一诗话》、罗大经《鹤林玉露》、谢榛《四溟诗话》、张戒《岁寒堂诗话》、严羽《沧浪诗话》、杨万里《诚斋诗话》、陈师道《后山诗话》、周紫芝《竹坡诗话》、叶梦得《石林诗话》,及胡仔《苕溪渔隐丛话》、阮阅《诗话总龟》、魏庆之《诗人玉屑》等宋代诗话总集,亦征引了明代王世贞《艺苑卮言》、李东阳《怀麓堂诗话》、杨慎《升庵诗话》等,从征引书目可见李晬光对中国诗学典籍之熟谙。李晬光的征引是有目的的行为,因此有必要对这些引文进行整理、研究,以见中韩诗学的渊源关系。

通过检索现有文献,《芝峰类说》是韩国征引《沧浪诗话》最多的诗学著作,征引《沧浪诗话》很好地体现了李晬光的诗学趣尚。李晬光《芝峰类说》共10次征引严羽《沧浪诗话》,其征引呈现如下特点:以节录为主要形式,详略有别;征引对象的称谓不一;对严羽诗论做了补充等。征引的态度也很鲜明,以肯定为主。征引的意义在于,表露了李晬光尊唐论、指明学诗之法、注重比较批评的诗学趣尚。为了行文论述的方便,现将《芝峰类说》征引《沧浪诗话》的条目列于下。

第1则:
[《芝峰类说》]古人云:"五言起于李陵、苏武。七言起于汉武《柏梁》,四言起于汉韦孟,六言起于汉谷永,三言起于晋夏侯湛。"

---

① 郭绍虞:《沧浪诗话校释》,人民文学出版社,1983年,第26页。
② 李家源著:《韩国汉文学史》,赵季、刘畅译,凤凰出版社,2012年,第317页。

或云，五言始于《五子之歌》，七言始于茅仙之谣。余谓，五言如《舜歌》"元首丛脞哉"，七言如《击壤歌》"帝力何有于我哉"是也。至于《诗》三百篇中，有五、七、四、六、三言，各体俱备。且《诗》曰："卢令令，……其人美且鬈"，乃三五言。古诗中三、五、七言无亦效此欤？

[《沧浪诗话》]五言起于李陵、苏武（或云枚乘），七言起于汉武柏梁，四言起于汉楚王傅韦孟。六言起于汉司农谷永。三言起于晋夏侯湛。九言起于高贵乡公。

第2则：

[《芝峰类说》]严羽曰："禅道惟在妙悟，诗道亦在妙悟。惟悟乃为本色……然悟有浅深，有分限，有透彻之悟，有但得一知半解之悟。汉魏尚矣，谢灵运至盛唐诸公，透彻之悟也。他虽有悟者，皆非第一义也。"又《诗评》曰："孟襄阳学力下韩退之远甚，而其诗独出其上者，一味妙悟而已。"以此观之，学力固难，而妙悟尤难。

[《沧浪诗话》]大抵禅道惟在妙悟，诗道亦在妙悟。且孟襄阳学力下韩退之远甚，而其诗独出退之之上者，一味妙悟而已。惟悟乃为当行，乃为本色。然悟有浅深，有分限，有透彻之悟，有但得一知半解之悟。汉魏尚矣，不假悟也。谢灵运至盛唐诸公，透彻之悟也；他虽有悟者，皆非第一义也。

第3则：

[《芝峰类说》]严羽曰："律诗难于古诗，绝句难于八句，七言律难于五言律，五言绝难于七言绝。"信矣。

[《沧浪诗话》]律诗难于古诗；绝句难于八句；七言律诗难于五言律诗；五言绝句难于七言绝句。

第4则：

[《芝峰类说》]严仪卿曰："盛唐诸公，惟在兴趣"，"无迹可求"，"如空中之音，相中之色，水中之月，镜中之象"。可谓善形容矣。

[《沧浪诗话》]盛唐诸人惟在兴趣，羚羊挂角，无迹可求。故其妙处透彻玲珑，不可凑泊，如空中之音，相中之色，水中之月，镜中之象，言有尽而意无穷。

第5则：

[《芝峰类说》]严沧浪曰："学诗者以识为主，入门须正，立志须高，以汉、魏、晋、盛唐为师，不作开元、天宝以下人物。"又曰："行有未至，可加工力。路头一差，愈鹜愈远。"此可为初学者之法也。

[《沧浪诗话》]夫学诗者以识为主：入门须正，立志须高；以汉魏晋盛唐为师，不作开元天宝以下人物。若自退屈，即有下劣诗魔入其肺腑之间；由立志之不高也。行有未至，可加工力；路头一差，愈鹜愈远；由入门之不正也。

第6则：

[《芝峰类说》]严沧浪曰："五言绝句，众唐人是一样，少陵是一样，韩退之是一样。"余谓非特五言绝句，至于七言绝句、律诗、古诗，大抵然矣。

[《沧浪诗话》]五言绝句：众唐人是一样，少陵是一样，韩退之是一样，王荆公是一样，本朝诸公是一样。

第7则：

[《芝峰类说》]明人以杜审言"毗陵震泽九州通"、沈佺期"卢家少妇郁金堂"二诗为七言律之首。以余臆见，则沈佺期诗"东郊暂转迎春仗，上苑初飞行庆杯。风射蛟冰千片断，气冲鱼钥九关开。林中觅草才生蕙，殿里争花并是梅。歌吹衔恩归路晚，栖乌半下凤城来"，尤似佳矣。严沧浪云："唐人七言律，当以崔颢《黄鹤楼》为第一"，而《唐诗品汇》云"崔颢律非雅纯"，岂不难哉？

[《沧浪诗话》]唐人七言律诗，当以崔灏《黄鹤楼》为第一。

第8则：

[《芝峰类说》]严沧浪曰："大历以来，高者尚失盛唐，下者已入晚唐。晚唐下者，以有宋气也。唐与宋未论工拙，直是气象不同。诸名家亦各有一病，大醇小疵差可耳。"沧浪于此似有具眼者。

[《沧浪诗话》]大历之诗，高者尚未识盛唐，下者渐入晚唐矣。晚唐之下者，亦随野狐外道鬼窟中。

唐人与本朝人诗，未论工拙，直是气象不同。

第 9 则：

［《芝峰类说》］严沧浪曰："诗自东坡自出己意为之，略不肯效些子气味，为唐诗之一大变，而诗至此亦大厄矣。"余谓沧浪乃晚宋人，而所见若此，何也？

［《沧浪诗话》］至东坡、山谷始自出己意以为诗，唐人之风变矣。

第 10 则：

［《芝峰类说》］严沧浪云："退之《琴操》极高古，正是本色，非唐贤所及。"车复元云："昌黎碑铭文字甚奇，秦汉以来所未有也。"此言亦是。

［《沧浪诗话》］韩退之《琴操》极高古，正是本色，非唐贤所及。

（一）征引的特点

李晬光在征引《沧浪诗话》时，根据表达的需要，有意识地做了技术性的处理，并非全部征引严羽诗论的全文，而是以节录为主，详略有别；征引对象的称谓也不统一；个别条目还对严羽的诗论做了补充，形成了征引的三个显著特点。

第一，以节录为主，详略有别。

节录，也可称为摘录、选录。这是古代诗家论诗评诗的主要方式之一，与摘句批评异曲同工。根据论者的实际需要，可详可略。就《芝峰类说》征引《沧浪诗话》来说，如第 7 则，严羽关于七言律诗压卷之作的论断只有简单的一句话，而李晬光在征引严羽诗论之前，有一大段论述，既有古人的观点，也有自己的判断，"以余臆见"，论述得很饱满。

李晬光征引《沧浪诗话》时，根据论述的需要，其节录主要是视己需而择之。如第 4 则，李晬光把严羽完整的一段诗论截列成三句话，最后得出结论。此种情况还有第 2 则、第 5 则。以第 5 则为例，李晬光征引时，省略了严羽此条目的两个结论式语句，"若自退屈，即有下劣诗魔入其肺腑之间；由立志之不高也"、"由入门之不正也"，而保留了指导性的话语，这是为他引完严羽此条目后所做结论"此可为初学者之法"服务的。只指出学诗作诗之法，而保留学与不学的结果不谈，留给后学自己去揣摩，可谓是高明之举。

第二，征引对象的称谓不一。

李晬光在征引《沧浪诗话》时，或称姓名，"严羽"，如第2则、第3则。或称字号，"严沧浪"、"严仪卿"，如第4则、第5则、第6则、第7则、第8则、第9则、第10则。还有条目，没有标明具体出处，而说"古人云"，如第1则。亦有称书名者，如第2则后半段，"《诗评》曰"。从前文所述众多诗家，如尹春年、许筠、金得臣、任璟等论诗谈文时对严羽《沧浪诗话》诗论的信手拈来，可见严羽及其《沧浪诗话》诗学理论在朝鲜的巨大影响力，所以读者对不同称谓不会产生任何阅读上的障碍。相反，如此处理，使征引显得灵活、多变，避免了用同一称谓造成感官上的审美疲劳。

第三，对严羽诗论的补充。

对严羽诗论的补充，亦是《芝峰类说》征引《沧浪诗话》的显著特点之一。如第6则，引完严羽关于五言绝句的论断后，李晬光提出了自己的认识。他认为，不仅仅是在五言绝句方面，杜甫、韩愈与其他唐代诗人有所不同，就是七言绝句、律诗、古诗也大抵如此，比严羽的认识无疑更进了一步。再如第10则，征引《沧浪诗话》关于韩愈乐府诗《琴操》的评论后，李晬光增加了韩国文人车天辂（号复元）对韩愈碑铭文的论析，与严羽的论述相配合，使论述对象有文有诗，突出了韩愈诗文奇崛的特点。

（二）征引的态度

李晬光征引《沧浪诗话》主要目的是为了论诗，从所征引条目的主要内容即可知晓。

第1则：探讨诗体的起源。

第3则：指出各诗体的难易程度。

第2则、第4则：肯定严羽"妙悟"说、"兴趣"说。

第5则：指出学诗者之法则。

第6则、第10则：对韩愈、杜甫等个案诗人的论断。

第7则：探讨唐人七言律诗的压卷之作。

第8则、第9则：讨论不同时期诗体之风格特征。

作为韩国文坛举足轻重的文人、诗论家,李晬光虽大量征引各种诗学典籍,但"于古人诗文,间或参以臆见",征引《沧浪诗话》就很好地体现了这一点。李晬光征引时均能"参以臆见",做出判断,基本态度都是肯定严羽的说法。如第3则,对于严羽关于诗体难易的论断,李晬光的态度是"信矣"。第4则,对严羽的"兴趣"说,李晬光给予高度评价,谓之"善形容矣"。第5则,李晬光充分肯定了严羽的一番论断,称之"可为初学者之法"。第8则,李晬光认为严羽是"有具眼者",能看到问题的实质。第10则,李晬光肯定了严羽及韩国古代诗人车天辂的论断,谓之"此言亦是"。李晬光征引严羽后所用之评语,其肯定态度清晰可见。

### 三、《芝峰类说》征引《沧浪诗话》的意义

李晬光征引《沧浪诗话》的意义在于,它是反映李晬光诗论观的一面镜子,透过《沧浪诗话》,可以考辨出李晬光的诗学趣尚。

(一)借征引表达尊唐的诗学观

严羽论诗推崇唐诗,而盛唐诗是严羽所倡导的诗歌的最高范本,这已被历代学者所普遍认可。如朱霞《严羽传》曰:"论诗推盛唐。"[1] 胡建次:"在唐诗研究史上,严羽是古典唐诗学的奠基人。"[2] 严羽推崇唐诗(盛唐),契合了李晬光的诗学趣尚,《沧浪诗话》是李晬光表达尊唐这一诗论核心的重要载体(媒介)。

李晬光的尊唐论是在韩国"尊唐抑宋"的语境之下产生的。李朝初期,文人们仍承袭着高丽诗坛尊崇宋诗之风,尤其膜拜江西诗派,李晬光曾对此现象有所论说:"我东诗人,多尚苏黄。二百年间,皆袭一套。"随着"三唐诗人"李达(1539—1612)、白光勋(1537—1582)、崔庆昌(1539—1583)对唐诗的学习和倡导,学唐之风兴盛起来。李晬光也是古代韩国当时学唐诗的代表诗人之一。古代韩国文人对李晬光的诗风多有评论,如李植(1584—1647):"其诗简古清绝,出入三唐。"南龙翼(1628—1692):"李芝峰一生攻唐,闲淡温雅,多有警句。"李晬光曾编选《唐

---

[1] 郭绍虞:《沧浪诗话校释》,人民文学出版社,1983年,第263页。
[2] 胡建次:《严羽对古典唐诗学的建构及其意义》,《南昌大学学报》(人社版),2004年第1期,第108页。

诗汇选》,自序云:"余平生无所嗜,所嗜唯诗,而于唐最偏嗜焉。"李晬光"于唐最偏嗜"且"一生攻唐",其诗具有唐诗风韵,其诗论呈现尊唐意识,就不足为奇了。

诚如当代学者所言:"尊唐是李晬光诗论的核心。他把唐诗奉作诗的典范,以唐诗作为评价标准和价值取向"①,"芝峰之诗话,一言以蔽之:'强调唐诗'。"② 而对严羽《沧浪诗话》的征引,就很好地体现了李晬光尊唐的诗学观。李晬光论诗时始终把唐诗作为论述的主体和核心,《芝峰类说·文章部》专列有《唐诗》一章,其《文章部》总计1100余则论诗条目提及唐诗的有400多条,王维、李白、杜甫、白居易、李商隐、杜牧等是其关注的焦点。如论及王维者,20条;论及李白者,60多条;论及杜甫者,100多条;论及白居易者,20多条;论及李商隐者,30多条;论及杜牧者,30多条等。

《芝峰类说》征引《沧浪诗话》的10则条目有8则论及唐诗,即第2则、第4则、第5则、第6则、第7则、第8则、第9则、第10则。如第2则,李晬光肯定盛唐诗人之悟是透彻之悟,孟浩然与韩愈在"悟"方面有所差距,从而得出"学力固难,而妙悟尤难"的结论。第5则,李晬光明确指导学诗者,盛唐诗才是学诗作诗应遵循的正道,而开元、天宝以下诗人不足为学。第6则,肯定杜甫与韩愈在诗体、诗风等方面与其他唐代诗人的不同。第7则,李晬光在前人关于七言律诗之首的论断基础上,提出自己的观点,他认为沈佺期《奉和立春游苑迎春》("东郊暂转迎春仗")比其他诗更佳等。

李晬光还把目光投到了其他"提出'尊唐'诗论的中国诗论家和他们的论著上"③,如征引王世贞《艺苑卮言》,即是对征引《沧浪诗话》所反映出的尊唐论的有力补充。王世贞(1526—1590),字元美,号凤洲、弇州山人,明代著名诗论家。王世贞的诗论观,受到严羽的影响甚深,此已

---

① 王克平:《尊唐:李晬光〈芝峰类说〉诗论的核心》,《延边大学学报》,2004年第1期,第37页。
② [韩]赵钟业:《中韩日诗话比较研究》,台湾学海出版社,1984年,第245页。
③ 李范洙:《论"尊唐贬宋"背景下李晬光诗观的价值取向》,延边大学2004年硕士学位论文,第17页。

得到古今学者普遍认可。王世贞主张文必秦汉，诗必盛唐，大历、贞元诗不足取法。有诗学著作《艺苑卮言》传世。《芝峰类说》征引《艺苑卮言》的条目达40多条。选择同为尊唐诗家的诗学典籍以征引，作为完善个人诗学观的载体和辅助，实是高明之举。

（二）借征引指明学诗作诗之法则

严羽创作《沧浪诗话》有很强的目的性与针对性。活跃于宋代诗坛的江西诗派，"以文字为诗，以才学为诗，以议论为诗"、"用字必有来历，押韵必有出处"①，严羽对此深恶痛绝，在《沧浪诗话》中多次给予批判。由此，教人如何学诗悟诗就成为严羽论诗的重点之一。李晬光征引《沧浪诗话》的目的性与针对性同样突出。李晬光很重视诗歌之诗法，其《芝峰类说》专列有《诗法》一章，且《诗法》的第一则诗话，就征引了《沧浪诗话》的论诗条目（第5则）。这绝不是巧合，而是有意为之，是借征引明确自己学诗作诗的态度、方法。

李晬光《芝峰类说·诗法》共有36则诗话条目，有10则明确指明是为后世学诗作诗者作为法则、准则所用，明确分为可以作为学法者与不可以作为学法者两大类。据笔者统计，李晬光赞同可以作为学诗作诗之法的，有2则，一则为征引《沧浪诗话》后做出的评论（第5则）。对于《沧浪诗话》"学诗者以识为主"、"以汉、魏、盛唐为师"，李晬光是非常赞同的，并认为可以作为初学诗者之法则。严羽所论之"识"，指判断力、辨识力，严羽对此多有论析："看诗须着金刚眼睛，庶不眩于旁门小法"、"作诗正须辨尽诸家体制，然后不为旁门所惑"。要做到"识"，就要"入门须正，立志须高"，要选好学习的对象，"以汉魏盛唐为师"。关于这一点，李晬光自己即是很好的践行者，朝鲜历代学者对其诗歌的评价可证。如张维（1587—1638）指出李晬光作诗，"必以唐诸家为法则"，车天辂（1556—1615）认为李晬光之诗是"学盛唐而为"，等等。另一则为征引王世贞《艺苑卮言》后做出的判断。"王弇州曰：'勿和韵，勿拈险韵，勿用旁韵。勿求理，勿搜僻，勿用六朝强造语，勿用大历以后事。'此可为法。"王世贞提出关于诗歌用韵、用语、用典等的"七勿"论，李晬光认

---

① 郭绍虞：《沧浪诗话校释》，人民文学出版社，1983年，第26页。

为此"七勿"论可以作为学诗之法。

《芝峰类说·诗法》不赞同为学诗之法的有 8 则，所下判断的用语也明确、具体，如"不足效也"、"不必效也"、"不足学也"、"不足法也"、"不足称也"，指导性态度非常鲜明。如："集句诗者，摘古人诗句而凑成者也，自王荆公始倡之。有曰：'相看不忍发，惨淡暮潮平。欲别更携手，月明洲渚生。'甚可喜。黄山谷谓之百家衣体，其法贵拙而不贵巧迟。文天祥及前朝林惟正多效此体，然不足法也。"李晬光先指出了集句的倡导者为王安石以及黄庭坚称集句为"百家衣体"等情况，显然受到了中国诗论的影响。沈括《梦溪笔谈》："荆公始为集句诗，多者至百韵，皆集合前人之句，语意对偶，往往亲切，过于本诗。后人稍稍有效而为者。"阮阅《诗话总龟》："集句诗，山谷谓之百家衣体，其法贵拙速，而不贵巧迟。"王安石、黄庭坚、文天祥都是在朝鲜受到高度重视的中国文人，而文天祥是集句诗的大家，曾集杜诗五言绝句二百首。李晬光虽觉得王安石集句王维《阙题二首》（其二）有可赞之处，但对此诗体，是持否定态度的。尤其是，李晬光关于集句，不仅指出中国文人集句的代表诗人，更是提到了高丽诗人林惟正（有《百家衣集》传世），而本国诗人对后世更具有现实、切近的指导意义。再如："七言诗以上四下三成句。而韩昌黎诗曰'虽欲悔舌不可扪'，又曰'落以斧引以缰徽，嗟我道不自肥'，乃变体之变者，不足学也。"七言诗的停顿以上四下三为常规，而韩愈打破诗歌的常规结构，如"虽欲悔舌不可扪"、"落以斧引以缰徽"，属于三四式，即上三下四，李晬光指出此法不足学，态度非常明确。

（三）通过征引表达重视比较批评的意识

严羽论诗时充分运用了比较批评方式，第 3 则、第 6 则、第 7 则均属此列。第 3 则，属于诗体之间的比较。第 6 则，是杜甫、韩愈在五言绝句方面与其他诗人的对比。第 7 则，是关于律诗压卷之作的比较。李晬光对严羽诗论此方面条目的征引，体现出他诗论批评体系中的比较批评意识。

以第 7 则为例，严羽关于崔颢《黄鹤楼》为七言律诗第一的评论，开启了后世明清诗评家探讨诗体第一（压卷之作）的论争。"毗陵震泽九州通"诗出杜审言《大酺》，"卢家少妇郁金香"诗出沈佺期《古意呈乔补阙知之》，"东郊暂转迎春仗"诗出沈佺期《奉和立春游苑迎春》。李晬光所提到的"明人",当指明代文人何景明,他推举沈佺期"卢家少妇郁金香"为七言律诗第一。亦有诗家推杜甫《登高》为"古今七言律第一"。李晬光认为沈佺期《奉和立春游苑迎春》比杜审言《大酺》、沈佺期《古意呈乔补阙知之》更佳,并对比《沧浪诗话》与《唐诗品汇》对崔颢的评语,发出"岂不难哉"的感慨,态度是很客观的。

"唐诗各体中压卷之作,古人各有所主。"(南龙翼语)诗家们不仅探讨七律诗的压卷之作,亦积极关注绝句的压卷。清代沈德潜《说诗晬语》曾概述了绝句压卷的论争故事:"李沧溟推王昌龄'秦时明月'为压卷,王凤洲推王翰'葡萄美酒'为压卷,本朝王阮亭则云:'必求压卷,王维之'渭城',李白之'白帝',王昌龄之'奉帚平明',王之涣'黄河远上',其庶几乎!而终唐之世,亦无出四章之右者矣。"① 对于压卷之作的论争,无论是律诗,还是绝句,都已经成为千古公案。

李晬光内心因"倾慕赞赏而带来模仿比试的激励"②,也加入了对压卷之作的讨论,成为其中的活跃分子。"权鞸言:唐人七言绝句以许浑'劳歌一曲解行舟'为第一,五言绝句以宋之问'卧病人事绝'为第一。余谓权生似不知唐音者。夫许丁卯在晚唐非高手,之问此诗本五言律,而《唐音》截作绝句,恐气格不全。按:李沧溟、王弇州皆以王昌龄'秦时明月汉时关'为第一,必有所见耳。"李晬光从诗人诗史地位、诗歌体裁等角度,否定了权鞸关于七言绝句、五言绝句的论断。而对李攀龙(号沧溟)、王世贞推举王昌龄《出塞》("秦时明月汉时关")为绝句第一,李晬光是赞同的。

同题之作的优劣排名亦是李晬光关注的焦点:"《早朝大明宫》诗,古人以岑参为第一,王维为第二,杜甫为第三,贾至为第四。余谓四诗俱绝佳,未易优劣。"《早朝》诗原为贾至之作,后岑参、王维、杜甫和之,自宋以来,成为诗家竞相论争的对象。宋代胡仔、明代胡震亨、清代沈德潜等均有品评,所给予的排序也不尽相同,如胡仔持不分轩轾论:"老杜《和早朝大明宫》诗,贾至为唱首,王维、岑参皆有之,四诗皆佳绝。"胡

---

① 申骏:《中国历代诗话词话选粹》,光明日报出版社,1999年,第109页。
② 曹虹:《德不孤,必有邻——谈谈域外文人对中国原作的拟效》,《学习与探索》,2006年第2期,第164页。

震亨认为王维最佳、岑参次之、贾至第三、杜甫最后:"早朝四诗,名手汇此一题,觉右丞擅场,嘉州称亚,独老杜为滞钝无色。"李睟光则认为四首诗俱佳,不分伯仲。

综上所论,李睟光征引《沧浪诗话》体现出他对严羽诗论的接受,征引特点鲜明,征引态度明确,是表达李睟光诗学趣尚的一种途径,借征引阐发了李睟光尊唐之诗学观、指导后世学诗法、注重比较批评等诗学趣尚。探讨《芝峰类说》对《沧浪诗话》的征引,也可为研究中韩文学交流提供有益的借鉴,有较高的学术价值。

## 第二节 梁庆遇《霁湖诗话》论杜甫诗

杜甫是古代韩国"最受崇敬,历久不渝"的中国诗人,其诗集于高丽朝初期传入古代韩国,随即产生了巨大的影响,"凡为国朝制作,引用古事,于文则六经三史,诗则《文选》、李杜韩柳,此外诸家文集不宜据引为用"[①]。杜甫诗集的流行,推动了杜诗的传播。李朝世宗二十六年(1444),官方组织注解、编纂的《纂注分类杜诗》刊行,这是古代韩国第一部杜诗注解本,影响甚大,曾九次重印。成宗十二年(1481),成宗命柳允谦等文人翻译、注解杜诗,成《分类杜工部诗谚解》(亦称《杜诗谚解》)一书。王室对杜诗的关注,必然会在文人中产生影响,韩国古代诗人以集句、次韵、引用、化用、拟学等方式学习杜诗者日多。杜诗也成为诗家竞相批评的对象,"言诗不及杜,如言儒不及夫子"。梁庆遇即是朝鲜研究杜诗的学者之一。

梁庆遇,生于1568年,卒年不详,生活年代大体当中国明代万历间。字子渐,号霁湖、点易斋,有《霁湖诗话》传世,"作诗主张'尊唐黜宋'"[②]。当今中韩学界关于韩国古典诗话论杜诗的研究成果,如王克平《朝鲜古典诗话对杜甫诗之批评》〔《延边大学学报》(社会科学版),1997年第3期〕、全英兰《韩国文人对杜诗之评价》〔《苏州大学学报》(哲学社

---

[①] 蔡美花、赵季:《韩国诗话全编校注》,人民文学出版社,2012年,第112页。
[②] 蔡美花、赵季:《韩国诗话全编校注》,人民文学出版社,2012年,第1409页。

会科学版),1991年第1期]、《韩国诗话中有关杜甫及其作品之研究》(台湾文史哲出版社,1990年版)等,涉及了崔滋(1188—1260)、李晬光(1563—1628)、南龙翼(1628—1692)、金万重(1637—1692)、李瀷(1681—1763)等众多诗家,均未论及梁庆遇对杜诗的研究,而《霁湖诗话》63则论诗条目,论及杜诗者计24则,论述了杜诗的扇对格与重押韵、杜诗的用字喜好,对杜诗的词语进行了注释,亦探讨了杜诗对韩国古代诗人的影响,体现出较高的审美鉴赏力,是对中国杜诗研究的有益补充,因此有必要对此进行深入分析。

## 一、论杜诗扇对格与重押韵

中国古典诗歌的语言形式之美体现最为明显的要属对偶、声律二者。上下两句相属成对,是诗歌的惯例。然亦有变通其例者,以隔句相错为对,名"隔句对",复称"扇对"。梁庆遇曰:"扇对格,或曰隔句对格,以下二句对上二句之谓也。少陵哭苏、郑诗,曰:'得罪台州去,时危弃硕儒。移官蓬岛后,谷贵殁潜夫',是也。"① 此诗出自《哭台州郑司户苏少监》。扇对格即扇面对,两联之间,出句与出句相对,对句与对句相对。有如折扇,以扇骨为轴,两两相对,故而得名。上官仪称之为"隔句对","隔句对者,第一句与第三句对,第二句与第四句对。如此之类,名为隔句对。"② 这种对偶,在格律诗中较为罕见。杜甫此诗,"得罪台州去"与"移官蓬岛后"相对、"时危弃硕儒"与"谷贵殁潜夫"相对,确是隔句相对。

在谈及扇对时,诗家多以杜甫《哭台州郑司户苏少监》诗为例证。如宋代胡仔《苕溪渔隐丛话》:"律诗有扇对格,第一与第三句对,第二与第四对。如少陵《哭台州郑司户苏少监诗》曰:'得罪台州去,时危弃硕儒。移官蓬岛后,谷贵殁潜夫。'"③ 朝鲜李晬光《芝峰类说》:"扇对格者,以第三句对第一句,以第四句对第二句也。如杜诗'得罪台州去,时危弃硕

---

① 蔡美花、赵季:《韩国诗话全编校注》,人民文学出版社,2012年,第1409—1410页。
② 遍照金刚:《文镜秘府论》(东卷),人民文学出版社,1975年,第101页。
③ 胡仔:《苕溪渔隐丛话》,中华书局,1962年,第132页。

儒。移官蓬岛后，谷贵殁潜夫。'"胡仔、李晬光比梁庆遇更早地看到杜甫此诗是扇对格。对比这些论述，梁庆遇对"扇对"的阐释还略显模糊，但他同时提到了两种称谓，体现出了诗家的鉴赏能力。

重押韵，即用相同的字押韵。杜甫《园人送瓜》诗："江间虽炎瘴，瓜熟亦不早。柏公镇夔国，滞务兹一扫。食新先战士，共少及溪老。倾筐蒲鸽青，满眼颜色好。竹竿接嵌窦，引注来鸟道。沈浮乱水玉，爱惜如芝草。落刃嚼冰霜，开怀慰枯槁。许以秋蒂除，仍看小童抱。东陵迹无绝，楚汉休征讨。园人非故侯，种此何草草。"这首诗的"爱惜如芝草"句与"种此何草草"句同用一"草"字作韵脚，似与押韵规则不符。梁庆遇曰："凡押韵，一字有二义，则叠押无妨。杜诗《园人送瓜》诗既曰'爱惜如芝草'，终句又曰'种此何草草'。韩诗则纵笔大篇，叠押甚多，亦不择字义同异，此则不可为法。"梁庆遇认为两个"草"字意义不同，故重押韵。"爱惜如芝草"句的"芝草"，植物名，仇兆鳌引《瓜赋》、《广雅》"晋嵇含《瓜赋》：'其名龙胆，其味亦奇，是谓土芝。'《广雅》：'土芝，瓜也。'"后指出，"芝草，言其贵"①。"种此何草草"的"草草"，仇兆鳌引《诗经》"劳人草草"释为"草草，劳心也"。通过诗意及仇兆鳌的分析可见，"爱惜如芝草"与"种此何草草"的"草"意义确是不同的。

对于杜诗重押韵的情况，中国诗家亦多有言及。宋代王观园《学林》曰："《园人送瓜》诗曰：'沉浮乱水玉，爱惜如芝草。'又曰：'园人非故侯，种此何草草。'一篇押二字也。"②王观园接着列举了分别押二"梁"字、二"日"字、二"旋"字、二"虚"字、二"厉"字、二"旋"字、二"陵"字、二"骞"字的《上后园山脚》、《北征》等诗，指出杜诗重押韵者颇多，但不是杜甫任意为之，而是"效古人之作"，《文选》、曹植、谢灵运、陆士衡、江淹等均有类似情况的作品。南宋蔡梦弼《杜工部草堂诗话》："古人用韵，如《文选》、《古诗》、杜子美、韩退之，重复押韵者甚多。……子美《饮中八仙歌》押二'船'字、二'眼'字、二'天'字、三'前'字，《园人送瓜》诗押二'草'字，《赠李邕》押二'厉'

---

① 仇兆鳌：《杜诗详注》，中华书局，1979年，第1638—1639页。
② 华文轩：《古典文学研究资料汇编》（杜甫卷），中华书局，1964年，第355页。

字,《赠汝阳王》押二'陵'字,《喜岑薛迁官》押二'萍'字。"① 王观园、蔡梦弼关于重押韵均提到了《园人送瓜》诗,从时代上都早于梁庆遇,但蔡梦弼只列条目,王观园亦未做深入剖析,而梁庆遇则对重押韵的原因做了解说,显然比王观园、蔡梦弼更进了一步。南宋朱弁在《风月堂诗话》中也曾对为何重押韵有所阐释:"诗之重用韵,音同义异者,古人用之无嫌,老杜《夔府书怀》诗用二'旋'字,即其例也。"②

## 二、论杜诗的用字

诗人多有专好之字,屡屡用之不倦。诗人用字之癖,莫若老杜为甚。此情况,诗家多有论及。《艇斋诗话》云:"老杜诗中喜用'秦'字,予尝考之,凡押'秦'字韵者十七八。"《巩溪诗话》卷七亦云:"杜诗有用一字凡数十处不易者,如'缘江路熟俯青郊'、'傲睨俯峭壁'、'展席俯长流'、'杖藜俯沙渚'、'此邦俯要冲'、'四顾俯层巅'、'旄头俯涧瀍'、'层台俯风渚'、'游目俯大江'、'江槛俯鸳鸯'",此为多句用"俯"字是也。宋代洪迈《容斋随笔》"杜诗用字"条例举了杜诗中"自"字对"相"字、"自"字对"谁"字、"共"字与"独"字对"相"字的诗句。宋代孙奕《履斋诗说》在评赏杜诗时,也揭示了杜诗屡用一字的现象,多用"过"字、"破"字、"一"字、"信"字、"生"字、"觉"字等(张葆全《中国古代诗话词话辞典》,广西师范大学出版社,1997年版)。梁庆遇亦指出了杜甫诗中的常用字,有"自"、"日"、"还"、"更"、"亦"、"浮"、"仍"、"细"、"兼"等,并认为"老杜为万古诗祖,其造句法,自有定式,学者勿为放过。每于造句安字处,寻索玩味,自有长进之益",对后世学诗作诗者的指导性意义十分鲜明。

"喜用'自'字,'风月自清夜'、'舟人自楚歌'、'鹭浴自晴川'、'殊俗自人群'、'虚阁自松声'、'吾徒自漂泊'。"这几句诗分别出自《日暮》、《将晓二首》、《江边星月二首》(其二)、《南极》、《腾王亭子》、《宴王使君宅题二首》。南宋葛立方《韵语阳秋》也曾对杜诗喜用"自"字有所论述:

---

① 丁福保:《历代诗话续编》,中华书局,1981年,第213页。
② 常振国、绛云:《历代诗话论作家》(上册),华龄出版社,2013年,第206页。

"老杜寄身于兵戈骚屑之中，感时对物，则悲伤系之。如'感时花溅泪'是也。故作诗多用一'自'字。《田父泥饮》诗云：'步屧随春风，村村自花柳。'《遣怀》诗云：'愁眼看霜露，寒城菊自花。'《忆弟》诗云：'故园花自发，春日鸟还飞。'《日暮》诗云：'风月自清夜，江山非故园。'《腾王亭子》云：'古墙犹竹色，虚阁自松声。'言人情对境，自有悲喜，而初不能累无情之物也。"这些诗句中的"自"字，都是虚词，所承载的多是自然景物的自在状态，但在葛立方看来，它也蕴含着诗人与自然自在状态之间情感难通的无奈之感，大有风景依旧、人事全非之慨。如梁庆遇与葛立方均提到的《日暮》一诗，这首诗作于大历二年（767），杜甫流寓夔州期间。原诗如下："牛羊下来久，各已闭柴门。风月自清夜，江山非故园。石泉流暗壁，草露滴秋根。头白灯明里，何须花烬繁。""自"、"非"二字是本诗诗眼，"自"本应用平声，却用了去声；"非"字本应用仄声而用了平声。晚上清风徐徐，明月当空皎洁普照，江上依旧美丽，却不是故园。一"自"一"非"，隐含着浓郁的思乡之情和无可奈何之感。能在虚词中灌注强大的情感力量，确是杜诗魅力之所在。

"喜用'日'字：'天时人事日相催'、'不堪人事日萧条'、'归朝日簪笏'、'江山日寂寥'、'川陆日悠哉'、'虚殿日尘埃'、'大树日萧萧'。"这几句诗分别出自《小至》、《野望》、《将晓》、《归梦》、《龙门》、《上白帝城二首》、《故武卫将军挽歌三首》，句中"日"字所在诗歌有五言诗、七言诗。五言诗中，"日"字位于诗句的第三个字；七言中，"日"字处于诗句的第五个字，各自位置是相对固定的。细察之，字的用法、意义在诗句中是基本相同的，均为名词做状语。

也有所用字的位置相同，但是意义不尽相同的例子。"又喜用'还'字：'侵凌雪色还萱草'、'可怜后主还祠庙'、'飘零还柏酒'、'卷帘还照客'、'鸡鸣还曙色'。"这几句诗分别出自《腊日》、《登楼》、《元日示宗武》、《十七夜对月》、《江边星月二首》（其二）。"还"字在诗句中所处位置，和上面提到的"日"字是相同的，但是意义却不完全一样，试简要分析之。"侵凌雪色还萱草"之"还"，是恢复、返还之意，"可怜后主还祠庙"之"还"，是回到之意，两者都做实词用。"卷帘还照客"、"飘零还柏酒"、"鸡鸣还曙色"之"还"都做虚词用。同一字，在不同的诗句中词性不同，用法不同，足见老杜酌句炼字之妙。

还有所处诗句的位置完全不同，意义亦不尽相同的例子。"又喜用'细'字：'桃花细逐杨花落'、'细动迎风燕'、'寒江流甚细'、'忧国只细倾'"，这几句诗分别出自《曲江对酒》、《江涨》、《夜宿西阁，晓呈元二十一曹长》、《八哀诗·赠左仆射郑国公严公武》。"桃花细逐杨花落"原作"桃花欲共杨花语"，后杜甫"自从淡笔改三字"，由拟人手法改为描写手法，"细逐"极写落花轻盈无声。"细动迎风燕"的下句为"轻摇逐浪鸥"，"动曰细，摇曰轻，因鸥燕之得趣，亦若水使之然。此于无情中看出有情"。这几个"细"字用法相近，无论是状落花之态，还是绘流水之形，都是极力描摹动作、情态的状态，无疑增加了语言的表现力。

亦有字词所处诗句位置不同，但用法相似的例子。"又喜用'浮'字：'天阔树浮秦'、'乾坤日夜浮'、'赤壁浮春暮'。""天阔树浮秦"诗出《奉和严中丞西城晚眺十韵》，"地平江动蜀，天阔树浮秦"。"乾坤日夜浮"句出《登岳阳楼》："吴楚东南坼，乾坤日夜浮。""赤壁浮春暮"诗出《奉送苏州李二十五史丈之任》："赤壁浮春暮，姑苏落海边。"梁庆遇所举"浮"字各自在诗句中的位置不同，分别位于第四字、尾字、第三字，但用法相似，均为诗句的诗眼，是杜诗炼字的体现。"地平江动蜀，天阔树浮秦"，"动字，写汹涌之状。浮字，写缥缈之意"，"动"与"浮"用词讲究，寓情于景。"吴楚东南坼，乾坤日夜浮"，眼之所望，到处都是无边无际的洞庭水，仿佛整个苍穹及天地万物都被湖水漂浮起来。三个"浮"字，使诗歌境界宏阔，意境大开。

梁庆遇通过对比指出杜诗用词所取得的艺术效果："杜诗《北征》诗曰：'或红如丹砂，或黑如点漆。雨露之所濡，甘苦齐结实。'两'或'字，令人咏赏有三叹之音。韩愈《南山》诗，衍为五十一'或'字，亦似支离。诗欲精妙，不要斗富。"历来诗家拿杜甫《北征》、韩愈《南山》两诗做比较者颇多，批评《南山》者有之，《北征》与《南山》两尊者亦有之。批评者如赵翼《瓯北诗话》："世间名山甚多，诗中所咏，何处不可移用，而必于南山耶！而谓之工巧耶！则与《北征》固不可同年语也。"[①] 两

---

① 吴文治：《韩愈资料汇编》，中华书局，1983年，第1404—1405页。

尊者如方东树:"《北征》、《南山》,体格不俸。昔人评论以为《南山》可不作者,滞论也。论诗文政不当如此比较。《南山》盖以《京都赋》体而移之于诗也。《北征》是《小雅》、《九章》之比。读《北征》、《南山》,可得满象,并可悟元气。"对于韩愈《南山》诗连用五十一个"或"字,亦褒贬不一。褒扬者如《唐宋诗醇》:"叠用'或'字,从《北征》诗化出,比物取象,尽态极妍。"再如清代顾嗣立:"公以画家之笔,写得南山灵异缥缈,光怪陆离,中间连用五十一'或'字,复用十四叠句,正如骏马下冈,手中脱辔。"贬斥者如清初蒋之翘:"连用'或'字五十余,既恐为赋若文者,亦无此法。"梁庆遇对杜甫《北征》诗两个"或"字的运用是赞许的,而对韩愈《南山》诗连用五十一个"或"字是持批评态度的。

### 三、对杜诗词语的注释

诗歌作品的欣赏在某种意义上是读者的艺术"再创造"活动,那么,在对具体作品的赏析时,也常常会出现仁者见仁、智者见智的差异性。鲁迅曾说:"看人生是因作者而不同,看作品又因读者而不同。"梁庆遇对杜诗的词语或做表面以至深层意义的阐释,现举几则诗话分析之。

> 杜诗曰:"不分桃花红胜锦。""不分"之意,人多未晓。安于心者为分,不分者犹言不安于心,即"嫌"字意也。以故杜诗与"生憎"为对用。①

诗句出《送路六侍御入朝》,颈联为"不分桃花红胜锦,生憎柳絮白于棉"。梁庆遇认为"不分"与"生憎"对用,应理解为"嫌"之意,从"安于心"与"不安于心"句意看,梁庆遇分析中的"分"字应读作 fèn,甘愿、满意之意。不分即不满、嫌恶,"生憎"犹言偏憎、最憎。梁庆遇为了坐实自己的理解,举苏轼《癸丑春分后雪》颈联"不分东君专节物,故将新巧发阴机"认为,"据此两诗,可明其义矣"。苏轼此诗颔联为"应惭落地梅花识,却作漫天柳絮飞",结合颔联、颈联,"应惭"与"不分"

---

① 蔡美花、赵季:《韩国诗话全编校注》,人民文学出版社,2012年,第1413页。

相对,"却作"与"故将"相对,"不分"确应是不满之意。清代仇兆鳌《杜诗详注》注释此句时,观点与梁庆遇不同。仇兆鳌认为:"不分,不能分辨也。"可见仇兆鳌分析中的"分"应读作 fēn。仇兆鳌也举出了佐证:"徐摛诗:'恒教罗袖拂,不分秋风吹。'张正见诗:'不分梅花落,还同横笛吹。'"查《康熙字典》释"不分"之一义,为"不分者,不平之意,与'忿'同",事例即为杜甫《送路六侍御入朝》此联。结合此诗尾联"剑南春色还无赖,触忤愁人到酒边"考察,梁庆遇的分析更契合诗意。"桃花红胜锦"、"柳絮白于棉",于此明媚的风光,引起诗人的情感态度却是不满与憎恶,他恼怒春色之"无赖",只因春色使他这个"愁人"愁上更增添了无尽的愁。

> 杜诗曰:"沙头宿鹭联拳静。"唐人诗中用"联拳"处甚多。联拳者,群鹭离立之貌,非谓联其拳也。以故杜诗与"拨剌"为对。今之诗人或以"接翅"作对用,误甚矣。①

诗出《漫成一首》:"沙头宿鹭联拳静,船尾跳鱼拨剌鸣。"鹭,即鹭鸶,一种水鸟。梁庆遇认为,"联拳"指群鹭并立的样子,与"拨剌"相对。"拨剌",鱼"跳跃声"。从"联拳"的词义及诗句的诗意来看,梁庆遇的解释存在不妥之处。"联拳"之"拳"当通"踡",屈曲、弯曲意。"联拳"即为"联踡",屈曲貌。此句指鹭鸶屈曲着身子,成群聚集、没有声息地在沙滩上夜宿,属于静态描写。下一句写鱼的跳跃声,属于动态描写。以动写静,动静结合,艺术效果强烈。梁庆遇认为"联拳"非"联其拳",即非足与足相连,并且指出诗中"联拳"与"接翅"对用是错误的,这种分析无疑是正确的。但是,梁庆遇认为"联拳"是"离立之貌",显然是不准确的。离立,并立之意,并立而宿与曲身而眠的意思是不一样的。通过考察鹭鸶的生活习性以及诗句之意可知,屈曲身子群聚而夜宿的理解显然是正确的。

---

① 蔡美花、赵季:《韩国诗话全编校注》,人民文学出版社,2012 年,第 1413 页。

  唐人为诗以"余"为"残",每当用"余"字,必代用"残"。如《洗兵马》曰"祗残邺城不日得"者,其时贼所据城邑皆已复旧,只余邺城,而当不日可复矣。又如"犹残数行泪"、"南纪残铜柱"等语何限。①

  梁庆遇指出唐诗的一个惯用现象,即作诗时把意为"余"字的代写成"残"字。"祗残邺城不日得"诗出《洗兵马》,"祗残邺城不日得,独任朔方无限功"。邺城,今河南安阳;朔方,指节度使郭子仪。梁庆遇是从史实角度分析指出"祗残邺城不日得"之"残"为"余"意。仇兆鳌注"祗残邺城不日得"句曰:"祗残,但余也。""犹残数行泪"出自《登牛头山亭子》:"犹残数行泪,忍对百花丛。""南海残铜柱"诗句出《偶题》:"南海残铜柱,东风避月支。"仇兆鳌赏析《登牛头山亭子》曰:"上四叙景,下四感怀,八句皆整对。凭高遥望,故城照日而见其孤,谷含风而觉其远。世乱无家,止余数行之泪,忍对此百花丛中乎,伤心甚矣。"从仇兆鳌的赏析可见,对于"残"字,他的理解也是"余"之意。通过分析诗意及考察其他诗家的阐释可见,梁庆遇观点无疑是正确的。

  杜诗"堑北行椒却背村"。世多误解"行椒"之"行"音"杭"者,非也。凡树之沿途列立,望之如人之行者谓之"行树"。张说之《入秦川路》诗曰"汉家行树直新丰",杜诗五律又曰"塞柳行疏翠",言行其疏翠也。②

  诗句出自《绝句四首》(其一):"堂西长笋别开门,堑北行椒却背村。"梁庆遇认为世人都误读了"行椒"之"行"的读音,不该读"杭"音,而应读"形"音,并详加说明。据梁庆遇分析,树在道路两旁耸立,看上去像人之行者,所以称为"行树"。"汉家行树直新丰"句出唐代张说《奉和圣制初入秦川路寒食应制》:"汉家行树直新丰,秦地骊山抱温谷。"

---

① 蔡美花、赵季:《韩国诗话全编校注》,人民文学出版社,2012年,第1415页。
② 蔡美花、赵季:《韩国诗话全编校注》,人民文学出版社,2012年,第1432页。

"塞柳行疏翠"句出杜诗《雨晴》："塞柳行疏翠，山梨结小红。"仇兆鳌注"堑北行椒却背村"之"行"、"塞柳行疏翠"之"行"均音"杭"，"行椒，椒之成行者"。

"行"究竟该读何音，需结合词语本义以及诗意做具体判断。《辞源》释"行"（háng音）为"道路"，所举例证为《诗经》"女执懿筐，遵彼微行"句。邹晓丽《基础汉字形义释源》释"行"曰："十字路口之形，本意是道路，名词，读音 háng。"再考"堂西长笋别开门，堑北行椒却背村"的诗意，堂西茂盛的竹笋挡住了屋门，堑北葱郁的椒树一行行，隔开了村落。据此可证，"堑北行椒却背村"之"行"应该读作 háng。再察《雨晴》"塞柳行疏翠，山梨结小红"句意，稀稀疏疏成行排列的柳树与红艳红艳结果实的山梨，交相辉映。"塞柳行疏翠"之"行"也应读作 háng。显然，梁庆遇的解释是不正确的。

> 杜诗《杜鹃行》曰"业工窜伏深树里"，"业工"二字，世皆不识。车天辂五山曰："少年时阅书，见巴俗指杜鹃雏为业工之语。而今忘其为何书也"，云云。余亦未曾见了，遍问博览，人皆不能知。岂车君阅历多，容或误见之耶？李东岳安讷曰："唐本书册中有文字间一字叠下，如漠漠、萧萧之类，则厌于再书，或以小又字继之，如我国人以两点继之者。剞劂氏误以又作工，比比有之。'业工'必'业业'之误传也。杜鹃以蜀帝之魂，失国业业，潜身山薮中，呼号四五月之间者，不亦理通乎？"此言甚畅快矣。

"业工窜伏深树里"句出《杜鹃行》："业工窜伏深树里，四月五月偏号呼"。"业工"之意，翻阅郭知达《九家集注杜诗》、王嗣奭《杜臆》、仇兆鳌《杜诗详注》、钱谦益《钱注杜诗》等中国著名杜诗注本，没有注解，但是在韩国诗话典籍中，却出现了两次。李晬光《芝峰类说》："读诗《杜鹃行》曰：'业工窜伏深树里。'车天辂尝言杜鹃雏曰'业工'，出杂书云。而余意业工犹言能工，谓杜鹃善窜伏于深树间也。"梁庆遇和李晬光关于车天辂注解"业工"的论述文字的意思是基本一致的，但李晬光《芝峰类说》有自己的见解，认为"业工"指的是杜鹃擅长窜伏于树林间，此理解似浮于表面。李安讷认为"业工"应为"业业"的误写,源于古人用叠字常常厌于再书;并结合其下一句诗意,得出自己的结论。

李安讷的说法,具有一定的合理性。"业业",畏惧貌。《诗经·大雅·云汉》:"兢兢业业,如霆如雷。"[①]《三国志·吴志·朱桓传》:"时桓手下及所部兵,在者五千人,诸将业业,各有惧心。"仇兆鳌注《杜鹃行》诗为"伤旧主之孤危",开头四句,"起含寓意。蜀天子,化杜鹃,怜之也"。中间八句,"悯杜鹃形声之哀惨。君臣旧礼,承哺雏。伏树号呼,自伤孤立也。哀声流血,承号呼"。结合"业业"词义及《杜鹃行》诗意,如果此诗"业工"为"业业"的话,诗意就更为明确了。对于此诗,梁庆遇及朝鲜诗家的认识无疑比中国诗家更为深刻,可取。

### 四、论杜诗的影响

杜甫对古代韩国诗坛的影响是巨大的,梁庆遇作为一代诗家,自然会论及杜诗之于朝鲜诗人的影响。在论述朝鲜诗人时,梁庆遇看到了论述对象对杜诗的承继与借鉴。

"权教官韠,号石洲。成癖于诗,不事科业,其诗祖老杜。"权韠(1569—1612),号石洲,李朝中期著名诗人,"是一位杜诗癖"[②]。权韠的诗爱国忧民,风格沉郁,与老杜诗风相近,"在其诗文中处处散发着杜诗的遗香"。如《读杜诗偶题》"杜甫文章世风宗,一回披读一开胸。神飚飒飒生阴壑。天乐嘈嘈发古钟。云尽碧空横快鹘,月明苍海戏群龙。依然步入仙山路,领略千峰更万峰",表达了对杜甫的高度评价和敬仰之情。《贼退后入京》诗:"故园荆棘没黄埃,归客空携一影来。千里河山流战血,百年城阙有荒台。南天画角何时尽,西塞鸣鸢几日回?独向松郊寻归路,断云乔木有余哀。"此诗作于日本侵略朝鲜的"壬辰战争"(1592年)后,诗人饱含深情地控诉了日本侵略者的罪行。此诗与杜甫《春望》的意境、情感较为相似,都描写了战乱后的破败景观及给人们带来的灾难,抒发了诗人沉痛的心情,以及心系国事、百姓的伟大情怀。

---

① 程俊英:《诗经译注》,上海古籍出版社,2006年,第432页。
② 金宽雄、金东勋:《中朝古代诗歌比较研究》,黑龙江朝鲜民族出版社,2005年,第177页。

> 荪谷诗有曰:"弄荷闲摘叶,临水独题诗。"松溪评之曰:"盖闲摘荷叶,题诗其上之谓也。以一句而成两句,诗中之妙法,观者详之。"余读杜诗,至"石栏斜点笔,桐叶坐题诗",知荪谷之工于袭取也。①

荪谷即李达(1539—1612),字益之,号荪谷,与白光勋(1537—1582)、崔庆昌(1539—1583)并称为"三唐诗人"。梁庆遇指出李达"弄荷闲摘叶,临水独题诗"句源于杜甫《重过何氏五首》(其二)"石栏斜点笔,桐叶坐题诗"。杜甫对李达诗歌的影响是全方位的,不止个别诗句之取法。如《夜泊大滩》诗:"夜缆泊滩下,水村霜气凝。枯楂拾沙渚,爨火乞渔灯。病客孤舟梦,寒江十月冰。辞家今几日,黄帽是亲朋。"此诗与杜甫《登岳阳楼》意境较为相近。

> 卢苏斋五言律酷类杜法,一字一语皆从杜出。其"诗书礼学末,四十九年非"之句,世皆传诵。实出于老杜《咏月》诗:"羁楼愁里见,二十四回明。"可谓工于依样矣。②

卢苏斋即卢守慎(1515—1590),字寡悔,号苏斋,著名诗人。梁庆遇指出卢守慎"诗书礼学末,四十九年非"出于杜甫《咏月》(即《月三首·其二》)"羁楼愁里见,二十四回明"句,卢守慎的五言律诗皆诗法于杜甫。亦有其他古代韩国诗家持相似论调,如金昌协(1651—1708):"卢苏斋诗在宣庙初最为杰然,其沉郁老健莽宕悲壮,深得老杜格力。后来学杜者莫能及。"③

梁庆遇不仅论述古代韩国诗人对杜甫的承袭,他还把杜诗作为注释韩国古代诗歌的依据。"湖阴郑公杭州图诗颈联曰:'湖舫客归花屿暝,苏堤莺掷柳荫浓。'近世传诵。或曰:莺掷之掷字,未知古有否也。莺飞柳上

---

① 赵季、赵成植:《诗话丛林笺注》,南开大学出版社,2006年,第313页。
② 赵季、赵成植:《诗话丛林笺注》,南开大学出版社,2006年,第313页。
③ 李家源著:《韩国汉文学史》,赵季、刘畅译,凤凰出版社,2012年,第253页。

掷金梭者，是儿童联句也，湖阴岂用此联句中文字耶？人多疑之。余阅《唐百家》，忘其名，有'林明露掷猿'之句。又杜诗《树鸡栅》诗曰'织笼曹其内，令人不得掷。'盖掷者，跳掷也，足以破其疑矣。"湖阴即郑士龙（1491—1570），字云卿，号湖阴。"林明露掷猿"句出唐代李咸用《庐山》"草短分雏雉，林明露掷猿"；"织笼曹其内，令人不得掷"句出杜甫《催宗文树鸡栅》。梁庆遇以杜甫的诗句解释郑士龙之诗，破除了世人的疑惑。

总之，梁庆遇对杜诗的研究，能做到论证有据、言之有物，不凭空想象，尽管有些观点还有待进一步商榷，但其中不乏新见，丰富了杜诗研究的领域，具有一定的学术价值，值得深入挖掘。

## 第三节　李瀷《星湖僿说》论李白、韩愈诗

"笔落惊风雨，诗成泣鬼神"的"谪仙人"李白，留下的近千首诗歌，是全人类宝贵的文化遗产。李白是以其诗歌创作的杰出成就、诗歌史上的崇高地位，并作为对韩国古代诗歌产生深远影响的诗人，进入韩国古典诗学批评视野的。韩愈是唐代中期诗坛伟大的诗人，在两宋时期基本奠定了李、杜、韩、白四大家的诗史地位。韩愈备受历代诗家的重视，据钱仲联先生《韩昌黎诗系年集释》附录所载，评论韩愈诗文的专著和诗话之类，自唐迄清共计236部，可谓蔚为大观。[①] 李瀷的《星湖僿说》是韩国古典诗歌理论批评史上杰出的著作之一，是书对李白、韩愈的品评，构成了较为系统的批评体系，正如邝健行先生所言："《星湖僿说》此书卷帙庞大，论诗多自得之见，水准很高。论李白、杜甫、韩愈诸条，均可供学者深入探讨。"[②]

### 一、李瀷《星湖僿说》论李白诗

李瀷审美批评视野中的李白诗歌论，包括李白诗歌的源流、李白诗歌

---

① 钱仲联：《韩昌黎诗系年集释》，上海古籍出版社，1984年。
② 邝健行、陈永明、吴淑钿：《韩国诗话中论中国诗资料选粹》，中华书局，2002年，第3页。

的意象、李白与其他诗人的比较等内容,构成了较为完整的诗歌理论批评体系,给我们提供了研究李白的域外的诗评视角与参考资料。

(一)诗歌源流论的审美批评

源流批评,就是指寻找诗人学诗作诗的师承渊源或追求其审美思想的根源,从而正确评价诗作的来龙去脉。源流批评虽然不是李瀷首创的,却在他的诗评活动中占有很大的比重。他十分重视源流批评这种方法,在批评实践中也是广泛运用。李瀷认为李白诗歌的主源流是屈原的《离骚》。

《星湖僿说》"李杜韩诗"条:"屈原之作《离骚》,其志洁,故其称物也芳,兰蕙菌苏揭车杜蘅之属,烂然于齿颊之间,其芬馥便觉袭人;所以为清迥孤绝,能泻注胸臆之十怨九思也。惟李白得其意,就万汇间取其清明华彩馨香奇高陶铸为诗料,一见可知为胸裹水镜、世外金骨也。"① "李白古风"条:"托兴者,莫不有所指摘,亲切而后人不觉也。惟屈原得之《离骚》,其义始见矣。后有李白者为《古风》五十九篇,古风者准古之风诗也。上希于风,下挹于骚,欲以讽刺于世,不可浅近看。""诗家增光"条:"其得《离骚》余意者,惟白也。"

李瀷准确地把握了李白诗歌的主源流,即屈原的《离骚》。唐代以后的很多诗评家,也都一致认为李白"以《庄》、《骚》为大源","乐府篇篇是楚辞","李白诗祖风骚,宗汉魏"。李白的诗如《梦游天姥吟留别》、《远别离》、《蜀道难》、《梁甫吟》、《鸣皋歌》等,被人们公认为是最具屈原骚赋味的诗篇。陈沆《诗比兴笺》言李白的《梦游天姥吟留别》"即屈子《远游》之旨",范德机《李诗选》云"《远离别》最有楚人风",李鹿《师友记闻》说"李太白《远别离》、《蜀道难》与子美《窝居同谷七歌》,风骚之极致,不在屈原之下",王琦辑注《李白文集》认为李白的《鸣皋歌》"本末楚辞也",《唐宋诗醇》也说李白"作骚体便觉屈原、宋玉去人不远,其不规矩步趋处,正是其才高气逸为之耳"。如李瀷提到的《古风》四十四《唐宋诗醇》评道:"纯用比兴,亦骚雅之遗。"其四十九中的"美人出南国。灼灼芙蓉姿。皓齿终不发。芳心空自持。由来紫宫女。共妒青

---

① 邝健行、陈永明、吴淑钿:《韩国诗话中论中国诗资料选粹》,中华书局,2002年,第224页。

蛾眉。归去潇湘沚。沉吟何足悲"即化用了屈原的"众女嫉余之蛾眉兮,谣琢谓余以善淫"。

李瀷不仅准确地把握了李白诗歌的主源流,还看到了李白个别诗歌乃至诗句对前人的继承。"沈约八咏"条中,李瀷认为李白的《望庐山瀑布》(其二)是对沈约的《八咏》(《守山东》)一诗的"换骨"。"李杜所祖"条,李瀷指出李白的《鸣皋歌》来源于《招隐词》。"李白文本班固"条,李瀷认为李白的"生不用封万户侯,但愿一见韩荆州"两句,出于汉代班固的"但愿生入玉门关,列敢望到酒泉群"。"李白五言绝句"条,李瀷认为李白《敬亭山》中的"众鸟高飞尽,孤云独去闲"出自于陶渊明的《贫士》诗"万族各有托,孤云独无依。朝霞开宿雾,众鸟相与飞"。

李瀷对李白诗歌的源流批评,既着重从诗歌历史发展的纵向考察李白所受到的承纳影响;同时,又从文学发生的横向探讨了李白诗作对其他诗人诗作的借鉴,很好地将历时批评与共时批评、历史批评与文本批评结合了起来。可以说李白诗歌是"深入骚"的,然而李白学习的对象不仅仅是屈原,更对很多人有所借鉴。他整体上是学习屈原《离骚》的浪漫主义风格,但在个别诗歌、诗句上又能做到博采众长,充分吸收前贤诗歌的营养,从而成就了诗坛大家的地位。

(二)诗歌意象论的审美批评

意象批评,是一种以意象为喻的文学理论批评方法。它以"象喻"(诗话论诗,往往采用大量比喻,标成一个一个意象群,即所谓"象喻")为中心,以都市意象与自然意象为主体,以诗化的语言艺术,来构筑色彩斑斓的诗歌理论批评体系,给读者留下的是无尽的审美感受和无限广阔的想象空间。"诗的意象带有强烈的个人特点,最能见出诗人的风格。诗人有没有独特的风格,在很大程度上取决于是否建立了他个人的意象群。一个意象成功地创造出来以后,虽然可以被别的诗人沿用,但往往只在一个或几个诗人笔下才具有生命力,以致这种意象便和这一个或几个诗人联系在一起,甚至成为诗人的化身。"李白诗歌中的自然意象、仙、酒意象,富于鲜明的个性特色。

李瀷说:"屈原之作《离骚》,其志洁,故其称物也芳,兰蕙菌苏揭车杜蘅之属,烂然于齿颊之间,其芬馥便觉袭人;所以为清迥孤绝,能泻注胸臆之十怨九思也。惟李白得其意，就万汇间取其清明华彩馨香奇高陶铸为诗料，一见可知为胸裹水镜、世外金骨也。"①

李瀷认为李白的诗歌是用"金玉、花鸟、锦绣、云雪"等意象组合而成的，并且得到了"《离骚》余意"，就像"玉壶明珠交辉几席，祥鸾瑞凤，腾骞轩阶"一样，让人读了"为之心明眼花"。李白现存诗歌近千首，这些诗以丰富的意象为依托，以强烈的浪漫主义精神为主旋律，以其非凡的艺术创造力和无可比拟的手笔极大地开拓了中国诗歌的艺术领域，丰富了诗歌的意象世界，成为世界艺术殿堂中的瑰宝。

李白诗歌中不仅云雪、花鸟等意象极其丰富，其仙、酒意象更是中国文学史上不朽之经典意象。李瀷在"言仙"条中说："李白喜言仙言酒，如屈原之荃蕙菌桂，即有托意耳。……李白称仙，以诗非以酒也，盖徒其所好，不以世味经心者，惟仙是已。"

李白有个很响亮的称号叫"诗仙"或"谪仙人"，他也写了很多游仙诗。这些游仙诗通过对仙境的铺张扬厉、排比铺陈，表达了对人世的鞭挞、呐喊。他的很多游仙诗都是在政治无望实现的情况下写出来的，如《梦游天姥吟留别》、《西岳云台歌送丹丘子》等，表达的是"安能摧眉折腰事权贵"、"何必长剑拄颐事玉阶"、"直上青天扫浮云"的主题，即李瀷所说的"有托意耳"。

李白一生嗜酒，酒是李白人生的伴侣，酒意与仙风是李白生命的动力。杜甫称赞说："李白斗酒诗百篇，长安市上酒家眠。天子呼来不上船，自称臣是酒中仙。"诗与酒是透视李白人格的聚光。他那些以酒为意象的名篇名句，千百年来脍炙人口，传唱不息。李白以酒为意象的诗，据郭沫若先生统计，"说到饮酒上来的有170首"。李瀷对李白仙、酒意象的准确把握，体现出他对李白诗歌的深刻体悟。

（三）诗歌比较论的审美批评

李瀷喜欢用比较的方法对李白的诗歌进行审美批评，如李瀷把屈原、李白、杜甫三人以秋风、洞庭、长江为题材的三首诗做比较，指出屈原

---

① 邝健行、陈永明、吴淑钿：《韩国诗话中论中国诗资料选粹》，中华书局，2002年，第245页。

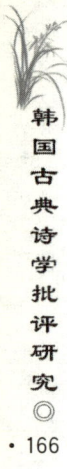

《九歌》"袅袅兮秋风,洞庭波兮木叶下"、李白"昨夜秋风阊阖来,洞庭木落骚人哀"与杜甫"无边落木萧萧下,不尽长江滚滚来"所表达的古今不同、人情各异,大胆批评李诗、杜诗"不若原(指屈原)三彻肝透膈,尽情而哀诉"。李瀷还把李白、杜甫、韩愈三个人作为一组来评述他们的诗歌风格,指出李白的诗风"比如玉壶明珠交辉几席,祥鸾瑞凤,腾骞轩阶,复安容一点尘飞到门屏耶",杜甫的诗风"诗句句气力,字字精神,如冲车拐马,方隅钩连",韩愈的诗风"比如山势逶迤,峻必有低,过峡则徒崦,天秀自露。不然,只剑脊鳝走,不与化工相肖也",审美感受是相当准确的。

李瀷还把李白的诗歌同其他诗人诗做进行对比分析,"差其高下"。如"沈约八咏"条,在比较完李白和沈约后,李瀷认为李白的《望庐山瀑布》(其二)是对沈约的《八咏诗》(其中《守山东》)的"换骨"和"传神",同时又指出了每一诗句的优劣、得失。他认为,沈约的"万仞侧危石,百丈注悬潨"两句,不如李白的"空中乱潨射,左右洗青壁";但是李白的"飘如飞电来,隐若白虹起"两句,又不如沈约的"挚曳泻流电,奔飞似白虹",并且强调李白的"飞珠散轻霞,流沫沸穹石",艺术构思非常独特。通过比较得出沈、李二人的诗歌特点:"约如玄赏隐踪,白如步虚金骨。"他在"捣素赋"一条中说,南朝梁柳恽的《捣衣》是一篇佳作,表达佳人的思念之苦,其中"亭皋木叶下,陇首秋云飞"一联,至今仍脍炙人口,后世诗人只有李白的《子夜吴歌·秋歌》"得闺壸情态",写出了思妇对远征丈夫的无限牵挂。虽然李白的这首诗是一篇佳作,但还是不及班姬的《捣素赋》。《捣素赋》写得怨而不怒、哀而不伤,兼有"塞渊、温惠、淑慎"六字之长,又有发乎情而止乎礼义之风。在"崔国辅效李白"条中说,崔国辅的《古意》、《长信草》是对李白《玉皆怨》的"脱胎换骨",同时又指出崔、李二人诗歌各自的优劣:"二篇第四句皆下'不'字,比太白诗又觉凄怨。而若论优劣,则奚不及三十里耶?崔盖慕效太白者!"李瀷指出李白的《鸣皋歌》与《招隐词》也存在差距,"在廊庑之间"。李瀷没有盲目地、不加分析地崇拜任何一位诗人,即使是最伟大的诗人李白,而是通过对比分析,指出了诗人各自的特点与得失。

李瀷还把"风神"作为诗歌的批评标准来评述李白的诗歌,他在"退之效李杜"一条中说,韩愈诗歌比起李白诗歌欠"风神",并举二者的诗歌对比分析,他说:"李诗:'回飙吹散五峰雪,往往飞花落洞庭。'韩则曰:'动风吹破落天外,飞雨白日洒洛阳。'效不得也。""风"即文的思想感情,"风即文意","风缘情显",风是对文的内容的要求;"神"是对文的言辞的要求,如李瀷说杜甫的诗"句句气力,字字精神"。"风神",指作品或作品中的艺术形象所表露出的深厚的思想感情。

(四)结语

李瀷着重对李白诗歌的源流、李白诗歌的意象、李白与其他诗人的比较等进行了审美批评,由于诗话的独特性质,《星湖僿说》涉及的李白材料还略显零散,不够集中,但是仍然为我们提供了研究李白诗歌的丰富的理论资料,为我们古代文学研究提供了非常得力的史料,进一步拓宽了世界范围的李白诗歌研究的领域。尤其是李瀷品评李白诗歌的独特见解,体现着一种大家的风范。无疑,李白的诗歌,不仅仅属于中国,更属于整个世界。

## 二、李瀷《星湖僿说》论韩愈诗

李瀷在《星湖僿说》中对韩愈的诗歌进行了审美批评,批评的内容涉及韩愈诗歌的本质、诗歌的风格、诗歌的创作手法、诗歌的意境等,给爱好韩愈诗和研究韩愈诗的人提供了域外的诗评视角和理论资料。

(一)诗歌本质论

李瀷对韩愈的诗歌本质进行了审美批评。"韩退之一生慕效李、杜,然比诸李风神不足,比诸杜气骨不足。……王安石云:'韩胜于李',欧阳修云:'韩胜于杜',彼不知韩矣,却能识李杜乎?"[①]

李瀷所说的"风神"和"气骨",都是就诗歌本质而言的。"风神"早见用于品评人物,指人物潇洒的风采神情,它是人物精神气质的外在表现。《续晋阳秋》曰:"安弘雅有气,风神调畅也。""王弥有俊才,美誉当时,闻而适焉。既至,天锡见其风神清令,言话如流,陈说古今,无不贯

---

① 邝健行、陈永明、吴淑钿:《韩国诗话中论中国诗资料选粹》,中华书局,2002年,第346页。

悉。""风神"这一概念移用于文学领域,指作品或者作品中的艺术形象所表现出的饱满的思想感情。明代胡应麟《诗薮》内篇卷一说:"次及盛唐王、岑、孟、李,永之以风神,畅之以才气,和之以真澹,错之以清新。"明代胡震亨《唐诗癸签》卷九曰:"唐初七言古以才藻胜,盛唐以风神胜,李、杜以气概胜,而才藻风神称之,又加以变化灵异,故遂为大家。"胡应麟、胡震亨所谓"永之以风神"、"以风神胜",都是指诗歌要有饱满的思想感情,诗歌的情感和意境要完美融合,诗歌要富有艺术感染力。

"气骨"与通常所说的"风骨"就文论范畴而言,是具有相同意义的。傅璇琮、李珍华在《河岳英灵集研究》中指出:"'气骨'可通'风骨','风骨'可通'气'。"这是针对唐代殷璠在《河岳英灵集》中评价高适诗歌"多胸臆语,兼有气骨"而言的。"风骨"本是汉魏以来品评人物的概念,晋安帝在评论王羲之时说王"风骨清举",晋末桓玄说刘裕"风骨不恒"。到了刘勰,"风骨"被用于评论文学作品,强调文学作品内容和形式的融合,即要求一部文学作品应该是感人至深的思想内容和简炼精准言辞的和谐统一。刘勰《文心雕龙·风骨篇》论风骨的主要语句如下:

  是以惆怅抒情,必始乎风;沈吟铺辞,莫先于骨。
  辞之待骨,如体之树骸;情之含风,犹形之包气。
  结言端直,则文骨成焉;意气骏爽,则文风清焉。
  练于骨者,析辞必精;深乎风者,述情必显。
  若瘠义肥辞,繁杂失统,则无骨之征也;思不环周,索莫乏气,则无风之验也。

刘勰这里提出的"风骨"就包含着"气",而文气理论在中国古代文论史上代表人物是曹丕,其《典论·论文》云:"文以气为主,气之清浊有体,不可国强而致。"刘勰继承了曹丕的"文气说",并有所发展。《文心雕龙·风骨》说:"缀虑裁篇,务盈守气,刚健既实,辉光乃新",并引"文以气为主"的观点,肯定曹丕论孔融、徐干、刘桢的看法,认为是"并重气之旨也"。朝鲜诗家也重视"文气",崔滋《补闲集》云:"诗文以气为主,气发于性,意凭于气。"徐居正《东人诗话》曰:"诗者,心之发气为之充。"

李瀷吸收了"风神"、"气骨"的诗歌批评理论,把它作为评价李白、杜甫、韩愈诗歌的一个尺度。李瀷也不是简单、抽象地论述韩愈诗歌在本质上"风神"不及李白、"气骨"不如杜甫,而是举李白、杜甫、韩愈的诗歌加以对比分析。"李诗:'回飙吹散五峰雪,往往飞花落洞庭。'韩则曰:'动风吹破落天外,飞雨白日洒洛阳。'效不得也。杜诗:'悲台萧瑟石笼从,哀壑权桠浩呼汹。'韩则曰:'山狂谷根相吐吞,风怒不休何轩轩。'效不得也。"李瀷看到了韩诗和李诗、杜诗相比存在的差距,这与他的诗歌评价标准——"读书者,须看其肯綮"是相符合的,即要对诗人诗作进行具体的分析,明确指出其好处与不足之处。

(二) 诗歌风格论

诗歌风格是诗歌的思想内容和艺术形式有机结合所形成的整体风貌,与诗人的思想精神、个性气质密切相关,不同诗人的思想精神、个性气质浸透于诗歌的内容与形式之中,会形成具有不同特点的诗歌风格。而风格各异的诗歌作品构成了五彩缤纷的诗歌世界。

李瀷《星湖僿说》对韩愈诗歌的风格进行了审美批评,"李杜韩诗"条说:"又如退之,笔力往往有冗卑下乘之语,然细详之,非退之之不及,乃故为此延绵气脉,以待激昂奋发。比如山势逶迤,峻必有低,过峡则徒崦,天秀自露。不然,只剑脊鳝走,不与化工相肖也。如是看,方得退之圈套。"

李瀷对韩愈奇崛的诗歌风格,笔势奔腾、气象瑰丽的语言特点是把握得相当准确的。韩诗犹如龙归大海、虎踞平岗,肆意驰骋,其无边无际的想象力,把奇怪雄豪的事物,涂上了一层浓烈、使人眩晕的色彩。韩愈为了使诗歌"延绵气脉"、"激昂奋发",往往采用"冗卑下乘之语",就像山的走势,有高有低,有平有险,有峡有谷,跌宕起伏,这样做可以使诗歌的语言、境界纵横捭阖,戛戛独立。李瀷把采用"冗卑下乘之语"的风格创作,称为"退之圈套",审美眼光是相当犀利的。

中唐诗坛崛起了韩(愈)、白(居易)两大诗派。白诗以济世哀时为主张,诗风通晓流畅;韩诗则以奇崛为主,艺术上另树一帜。唐代司空图形容韩诗奇崛的艺术风格时说:"韩吏部歌诗累百篇,而驱驾气势,若掀雷抉电，撑扶于天地之间。物状奇怪不得不鼓舞而徇其呼吸也。"宋代张戒《岁寒堂诗话》说："退之诗，大抵才气有余，故能擒能纵，颠倒崛奇，无施不可。放之则如长江大河，澜翻波涌，滚滚不穷；收之则藏形匿影，乍出乍没，姿态横生，变怪百出，可喜可愕，可畏可服也。"①

韩愈诗歌的艺术风格可以用"奇崛"二字概括，而奇崛的艺术风格，主要体现在诗歌语言的戛戛独造和对奇崛雄傲的意境的美学追求上，李漢对此有精辟的论述："退之七言诗如《颖师琴》、《雉带箭》之类，巧追精辟，斤斧无憾；然其不犯手势，陶铸自成者，其惟《山石》一篇。自头至终只如山行日记，随遇写出，而笔力雄浑，不见罅缝。惟能者能之，而不可学得也。后来元之元好问知此意，曰：'拈出退之山石句，始知渠是女郎诗'盖知言矣。"

"不犯手势，陶铸自成"，"笔力雄浑，不见罅缝"，韩愈在诗歌语言上追求戛戛独造，避陈言，创新语，他在诗句中说："摸背时利，文字觑天巧。"李漢所举的《颖师琴》是这方面最好的例证："昵昵儿女语，恩怨相尔汝。划然变轩昂，勇士赴敌场。……"朱光潜先生在其著作《诗论》中说："'昵昵'，'儿'，'尔'以及'女'，'语''汝'，'怨'等字，或双声，或叠韵，或双声兼叠韵，读起来，非常和谐；名字音都很圆滑轻柔，没有夹杂一个硬音，摩擦音做爆破音；除'相'字以外没有一个字是开口呼的，所以头两句传出儿女私语的情致，后两句情景转变，声韵也就随之转变。第一个'划'字音来得非常突兀斩截，恰能传出一幕温柔戏转到一幕猛烈戏的突变，韵脚转到开口阳平声，与首二句闭口上声韵成一强烈的反衬，也恰能传达'猛士赴敌场'的豪情胜概。"朱光潜先生精辟地分析了韩愈在《颖师琴》诗中的双声字、叠韵字、开口呼、闭口呼字的使用，反映了韩愈戛戛独造的语言追求，无怪乎韩诗能达到"不见罅缝"的程度。

中晚唐时期，诗人们在艺术创作上有一个共同的特点，即避陈言，创新语，韩愈是其中最为出色的一位。钱钟书先生在《谈艺录》中说："百凡道艺之发生，皆天与人之凑合耳……综而论之，得两大宗，一则师法造化，以模写自然为主。昌黎赠东野诗'文字觑天巧'一语，可以括之。

---

① 常振国、降云：《历代诗话论作家》，湖南人民出版社，1984年，第46页。

'戭'字下得最巧。盖此派之说,以为造化虽备众美,而不能全善全美,作者必加一番简择取舍之功,即戭巧之意也。二则主润饰自然,功夺造化。"这番话是对韩愈诗歌语言的准确评价。

韩愈在诗歌语言上避陈言,创新语,主要的目的就是创作出奇、怪、雄、豪的艺术境界。李瀷直承元好问的《论诗绝句》,表达了对韩愈奇崛诗歌意境的由衷赞美。"'有情芍药含春泪,无力蔷薇卧晚枝';拈出退之山石句,始知渠是女郎诗。"元好问不满秦观文风的柔弱,标榜韩愈雄浑的诗歌风格,李瀷对此很是赞同,"盖知言矣",此见解很有见地。"有情"、"无力"两句虽然诗句工整,且不落俗套,但气象、魄力确实无法和韩愈《山石》诗"升堂坐阶新雨足,芭蕉叶大栀子肥"相比。查晚清评《山石》诗说:"写景无意不到,无语不僻……屡经荒山大寺,读此始愧未曾道着只字",就道出了其中的真味。

（三）诗歌创作手法论

诗歌不仅要在本质上吟咏性情、蕴涵风骨,风格上独树一帜、戛戛独创,更要运用恰当的创作手法,进行审美的艺术加工。有的诗人重推敲,炼字炼句,以达到诗歌形式的工整、谐和,如贾岛之"推敲",郑谷之"一字师"。有的诗人去陈言,务新造,力求突破诗歌旧的樊笼,如"为人性僻耽佳句,语不惊人死不休"的杜甫。有的诗人追求用典、使事,力争使诗歌"点铁成金",如"无一字无来处"的黄庭坚。而韩愈以赋为诗的创作手法则在众多诗人中独树一帜。

赋的含义大体可以分成二种:一是从体裁上说,它是一种和诗歌、词、小说等并列的文学体裁,如铺陈始终、工于状物的两汉赋;二是艺术创作的一种表现手法,以铺陈、叙事为其主要特点。梁钟嵘《诗品序》说:"直书其事,寓言写物,赋也。"贾岛《二南密旨》曰:"赋者,敷也,布也。指事而陈,显善恶之殊态。外则敷本题之正体,内则布讽诵之元情。"既解释了赋的含义,又揭示了赋应有的功能。韩愈以赋为诗,是说他在诗歌创作上采用了赋这种创作手法,而不能作为体裁来看待。以赋为诗,就是在诗中运用铺陈、叙事、描写等手法,这是韩愈在诗歌创作手法上的一种创新。汉代的大赋家司马相如所写的《子虚赋》、《上林赋》等大赋,想象瑰丽,色彩浓重,铺陈排比,形容极至,不厌其繁,达到了使人目眩神迷的程度。韩愈非常欣赏司马相如,他也很喜欢汉赋这种浓郁铺排的写作特点,并把它加以变化,使之成为自己诗歌的基本创作手法之一。

《星湖僿说》对韩愈以赋为诗的创作手法进行了审美批评,"南山诗"条说:"读其诗,如丝竹曲拍,进退应节,表里纤末,无不毕具,诗家之妙,至斯极矣。盖露一生傲物性,五十个'或'字中,人之情状备矣。"①《南山》诗写了南山(即终南山)的地理位置、四周环境、四季景色的变化、登山的所见所闻所感,又连用"或"字、"若"字和叠句来描写山形,极尽铺张扬厉之能事,开创了赋体诗的长篇排比句法,给读者留下了视感极强的连续画面,把终南山写得奇伟雄壮、气象万千,全诗奇崛险怪,无出其右。

历代诗家对《南山》以赋为诗的评论可以作为例证:

> 此诗似上林、子虚赋,才力小者,不可做也。(洪兴祖)
> 退之《南山》,赋体。赋本六义之一,而此则《子虚》、《上林》赋派。(方世举)
> 此等长篇,亦从骚赋化出。(顾嗣立)
> 汉人作赋,铺张雕绘……昌黎《南山》,取杜陵无言大篇之体,摄汉赋铺张雕绘之工……(徐霞)
> 《南山》盖以《京》《都》赋体而移之于诗也。(方东树)
> 自沈、宋创为律诗后,诗格已无不备。至昌黎又斩新开辟,务为前人所未有。如《南山》诗铺陈春夏秋冬四时之景……《南山》诗连用数十"或"字……皆有奇出奇,另增一格。(赵翼)

汉赋的前面,往往有专门的序言,交代写作的意旨和缘由。赋本身分为首、中、尾三部分。首段通过赋中人物的对话,介绍其相互问对,即所以作赋之由。中则为赋的主体,借或主或宾的高谈阔论,即大段对白,以写所赋之物。尾则点明问对的结果,或"曲终奏雅",说明借赋以讽的意

---

① 邝健行、陈永明、吴淑钿:《韩国诗话中论中国诗资料选粹》,中华书局,2002年,第209页。

义。韩愈《南山》诗的结构章法也仿拟汉赋,开首写道:"吾闻京城南,兹惟群山囿。东西两际海,巨细难悉究。山经及地志,茫昧非受授。团辞试提挈,挂一念万漏。欲休谅不能,粗叙所经觏。"介绍作诗的缘起,大体上同于汉赋的序文。从"尝升崇丘望"到"蠢蠢骇不櫟"是诗的主体部分,相当于赋的主干,诗人大笔挥洒,亦犹汉赋的一气对白。"大哉立天地"至篇末,交代作诗的目的和感受,与汉赋"曲终奏雅"的结尾相类似。

诗、赋本属于不同的文体,各有其特点。韩愈却不拘一格,把汉大赋创作的基本手法摄入诗歌的创作中,在诗歌的形式上"有奇出奇,另增一格"。以赋为诗创作手法的运用,增加了韩愈诗体的气势,扩大了韩愈诗歌的意境,对后世产生了深远的影响。

(四)诗歌意境论

韩愈以赋的手法创作诗歌,构成了奇崛的诗歌风格,更创造了奇崛的诗歌意境。《南山》诗就是奇崛诗歌意境的代表。这首诗意境开阔,雄浑,朝鲜李朝时期的李晬光高度评价了《南山》诗,认为《南山》诗是"古今长篇最为杰作","诗仙"李白的名作《赠江夏韦太守良宰》在意境上就不如《南山》"雄浑"。他说:"杜甫《北征》诗,李白'天上白玉京'诗,韩愈《南山》诗,古今长篇中最为杰作。而反复详味,则李诗气力不如《北征》,雄浑不及《南山》,乃知尺有短耳。"

《星湖僿说》"南山诗"条:"余偶阅《南山》诗,不知韩公做此果何意乎?断不是谩兴戏笔也。盖天地之间,无理不具,故无物不有。验之草木,验之禽兽,……而不可据以为必无也。推之于人心世道,善恶如面……盖莫不悉备。推之于文章词藻,其安重如山……盖莫不悉备也。韩公欲以笔端描画之,非山则莫可。读其诗,如丝竹曲拍,进退应节,表裏纤末,无不毕具。诗家之妙,至斯极矣。盖露尽一生傲物性,五十个'或'字中,人之情状备矣。"[①] 李瀷认为世间的草木禽兽,形状不一,颜色各异,大小有别,但不能因为自己没有看到就说不存在;人心世道亦是,有

---

[①] 邝健行、陈永明、吴淑钿:《韩国诗话中论中国诗资料选粹》,中华书局,2002年,第422页。

善有恶，有忠有奸，悉数俱备；文章辞藻亦然，风格不一，写法多样，异彩纷呈，构成美妙的艺术世界。韩愈想要描摹、勾画世间的万事万物，人情世态，只有包藏万类的南山可以为之，所以用如椽大笔把"诗家之妙"、"人之情状"借助南山这一载体，完全地展示出来，使《南山》诗意境奇崛、雄浑、深邃、奇妙，取得了"表里纤末，无不毕具"的艺术成就。

  为什么韩愈的诗歌会形成奇崛的诗歌风格和奇崛、雄浑的诗歌意境呢？第一，是诗歌自身发展的要求。中国古典诗歌发展到盛唐时候，诗体完备，空前繁荣，这就给后来的诗人提出了严峻的现实问题，促使诗歌要变革与创新。韩愈以奇崛为创作的主流，旁搜博引，纵横挥写，开创了以险怪为基本特征的韩孟诗派，给诗坛带来了一股清新的气息，引起了一场诗界传统审美观念的革命。第二，审美时尚的影响。审美时尚是指某一个时代或时期人们共同的审美追求和审美趣味。通过对中唐这一特定时期审美时尚的考察，我们发现，比较之盛唐，中唐时期的审美时尚表现出了一种重神骨、尚瘦硬的倾向。韩愈生当国势转衰之时，他从精神气质和诗歌创作上都表现出典型的中唐风范，审美趣味也与重神骨、尚瘦硬的审美时尚相契合，自然而然地把重神骨、尚瘦硬、多理趣的审美取向运用到了诗歌领域，追求一种骨力劲健、独立的诗歌。第三，韩愈本人独特的人生经历、气质和心态的影响。韩愈生来就爱好奇美瑰伟的事物。"少小尚奇伟，平生足悲"（《县斋有怀》），这话毫不夸张。韩愈对古代文学遗产的"奇奥"，心领神会，"凡自唐虞以来，编简所存，大之为河海，高之为山岳，明之为日月，幽之为鬼神，纤之为珠玑华实，变之为雷霆风雨，奇辞奥旨，靡不通达"（《上兵部李侍郎书》）。他的气质和风格，促使他形成自己诗歌的奇伟的气质、奇崛的风格、雄浑的意境。

### （五）结语

  从以上的论述来看，李瀷对韩愈诗歌创作的审美批评，已经形成了自己的独具特点的批评体系，即从韩愈诗歌的本质、诗歌的风格、诗歌的创作手法、诗歌的意境等几个大的方面，基本上把握了韩愈诗歌创作的全貌，并且在具体的审美批评过程中，总是与朝鲜诗歌创作乃至社会实践联系在一起，这就赋予他的诗论体系的历史性意义——对朝鲜诗歌创作的指导性价值；而从今天的研究价值来看，亦为中国古代文学的研究提供了最为有力的史料与参考价值。而就李瀷的批评体系来说，无疑具有开拓性意义——开拓了世界范围的中国韩诗学的研究领域。研究这一课题，就具有独特价值——挖掘朝鲜古代文学遗产，完善东方诗话学体系，促进世界比较文学研究。

## 第四节 申钦《晴窗软谈》对中韩诗歌的审美批评

诗歌是表达心灵的载体，中国是诗歌的王国。与中国作为世界泱泱诗歌王国的地位相对应，中国也是世界诗学最发达的国家，几千年来积累的丰富又精深的诗歌理论，是中华民族最珍贵的文化遗产之一。诗学理论批评，包括审美的鉴赏品评、文体特征的阐释、创作方法的探索、风格流派的研讨以及诗歌历史变迁的观照，等等。在中国文学批评史上，对诗歌进行专门性审美批评的专著始于钟嵘《诗品》，随后出现了大批影响深远的诗论著作，如司空图《二十四诗品》、刘勰《文心雕龙》、叶梦得《石林诗话》、王夫之《姜斋诗话》、赵翼《瓯北诗话》，等等。诗学理论之丰富，论著之繁多，难以准确统计。

朝鲜半岛与中国一衣带水，受中国诗学的影响，朝鲜也出现了大量诗论著作。李朝是朝鲜文学批评史上最为繁盛的时期，李朝诗论家洪万宗《小华诗评》指出："盖东方诗学，始于三国，盛于高丽，而极于我朝。"申钦作为朝鲜李朝著名诗论家之一，其诗论思想，是中国古代诗论思想与朝鲜李朝诗歌创作相实践结合的产物。申钦（1566－1682），字敬叔，号象村、玄轩、放翁等，朝鲜李朝中期著名的政治活动家、文学家，曾任吏曹判书、艺文馆提学、领议政等官职，与李廷龟（1564－1635）、张维（1587－1638）、李植（1564－1635）合称为李朝"散文四大家"。因为李廷龟号月沙、申钦号象村、张维号溪谷、李植号泽堂，故四人合称"月象溪泽"。申钦有文集《象村集》传世，其诗论观点集中体现在《晴窗软谈》中。申钦的诗学批评理论，在继承前人诗学观的基础上，提出了很多精辟的见解。他对古典诗歌的审美批评，内容涉及唐诗、宋诗、明诗以及朝鲜本国诗，审美眼光独到，体现出朝鲜诗家对中国古代诗歌、朝鲜古代诗歌的鉴赏、品析能力，为我们提供了域外的诗评视角，具有很高的审美价值。

**一、对中国诗歌的审美批评**

（一）对唐代诗歌的审美批评

唐代是中国古典诗歌发展史上的鼎盛时期，名家辈出，优秀作品汗牛充栋。唐诗深邃的思想内涵，瑰丽的艺术特色，崇高的诗史地位，引起了诗家们广泛的关注与研究。从宋代开始，到清代，唐诗研究活跃。朝鲜诗家对唐代诗歌的研究也是不遗余力的，高丽时期、李朝时期，均有大量诗论唐诗，甚至在诗坛上还出现了"三唐诗人"。

申钦的诗歌创作深受唐诗的影响，如他创作了《次陈子昂〈感遇〉三十六首》，"基本上继承了陈子昂《感遇》诗的主题思想"，[①]他更是评价唐诗最为出色的朝鲜诗家之一，对唐代诗人的评价涉及虞世南、"初唐四杰"、陈子昂、沈佺期、宋之问、张九龄、贺知章、李白、杜甫、韦应物、王建、温庭筠、杜牧等30多人，几乎涵盖了初唐、盛唐、中唐、晚唐等各个时期的代表作家。

申钦对唐诗五言律诗正始之音的审美批评就包括了虞世南、"初唐四杰"、陈子昂、杜审言、沈佺期、宋之问、张九龄、贺知章等20人：

五言律，如虞世南之"绿野明斜日，青山澹晚烟。兔归初可侣，雁起欲分行"、杨师道之"雁声风处断，树影月中寒"、杨炯之"剑锋生赤电，马足起红尘。离亭隐乔树，沟水浸平沙"、王勃之"萝幌栖禅影，松门听梵音。磵叶才分色，山花不辨名"（中略陈子昂、杜审言、沈佺期、宋之问等人的诗句）、王翰之"落花吹欲尽，垂柳折还长"、贺知章之"陇云晴半雨，边草夏先秋"、孙逖之"悬灯千嶂夕，卷幔五湖秋"，此乃正始之音。[②]

---

[①] 杨会敏：《朝鲜诗人申钦〈次陈子昂感遇诗三十六首〉研究》，《南京理工大学学报》（社会科学版），2009年第6期，第64页。
[②] 邝健行、陈永明、吴淑钿：《韩国诗话中论中国诗资料选粹》，中华书局，2002年，第108—109页。

申钦对王勃《山亭夜宴》及李白的《清平调》、《行乐词》、《黄鹤楼》等诗给予了高度评价,认为它们是世间所没有的:"王勃《山亭夜宴》:'桂宇幽襟积,山亭凉夜永。森沉野径寒,肃穆岩扉静。竹晦南汀色,荷翻北潭影。清兴殊未阑,林端照初景。'无世间语。""太白之《清平调》、《行乐词》、《黄鹤楼》,皆世间所未有之语。如'五月天山雪,无花只有寒',读之令人飘然遐举。"这两段评论,虽然有些过于夸张,但是反映了申钦对王勃、李白诗歌的赞美之情,给中国读者以域外的鉴赏视角。

申钦认为杜牧(号樊川居士)的诗歌是唐代诗歌的变音,其《杜秋》、《好好》、《郡斋独酌》等诗独具特色:"樊川之诗,固变音也,然其才横逸豪俊不可当,意者其人亦必似其诗乎?长篇中《杜秋》、《好好》、《郡斋独酌》等语,自是新腔别曲。"申钦对韦应物的诗歌赞赏有加:"余于正宗以后,酷爱韦应物诗。不可殚记,姑以素所吟讽者记之。《相逢行》:'二十登汉朝,英声迈今古。适从东方来,又欲谒明主。犹酣新丰酒,尚带灞陵雨。邂逅两相逢,别来问寒暑。宁知白日晚,暂向花间语。忽闻长乐钟,走马东西去。'……"申钦不仅举了《相逢行》诗,还列举了韦应物的《杂体》、《寄元校书》、《逢杨开府》等诗,使自己的论述十分饱满,富有张力。

(二)对宋代诗歌的审美批评

宋代在中国文学史上虽然以词名世,但诗歌创作亦是一道亮丽的风景线,其诗歌重视说理与创作技巧,别开生面,自成一家,与唐诗有迥然不同之韵味。宋代也出现了很多诗歌大家,在文学史上熠熠生辉,如王安石、苏轼、黄庭坚等。申钦对宋代诗歌亦有独到的感悟,现择其要者而论之。

申钦认为王安石的绝句《夜直》写得非常精妙,宋代只有赵孟頫(号松雪)的《绝句》可与之相媲美:"宋之绝句,介甫当为之首。其《夜直》诗曰:'金炉香尽漏声残,翦翦轻风阵阵寒。春色恼人眠不得,月移花影上栏干。'精绝无比。""赵松雪之诗:'春寒恻恻掩重门,金鸭香残火尚温。燕子不来花又落,一庭风雨自黄昏。'可与介甫《夜直》之诗并驾。"

申钦对苏轼的诗歌评价甚高,认为其诗已经达到出神入化的境界:"东坡诗文,俱神境也……如《四时词》,置之唐集,则温、李未必为前茅。每咏其绝句'梨花淡白柳深青,柳絮飞时花满城。惆怅东栏一株雪,人生看得几清明',其俯仰迁逝之意,寓于风花烟柳之间,可谓十分地位。"苏轼的诗歌大量运用典故,"诗歌发展到苏轼、黄庭坚时,诗人对用典这一技法已掌握得炉火纯青,用典的方法也更为丰富"。① 对于大家指责苏轼在诗中用典过多,申钦给予了有力的反击,他说:"病东坡者,以其用古事太多,比之钉餖,此论亦宜矣。东坡之用古事,只患才之太多,出语天成而不自觉尔,奚可以此而尤之耶? 如'草满池塘霜送梅,疏林野色近楼台。天围故越侵云尽,潮上孤城带月回。客梦冷随枫叶断,愁心低逐雁声来。流年又喜经重九,可意黄花是处开。'……可令许浑、刘沧辈不做衙官也耶?"

(三) 对明代诗歌的审美批评

明代诗坛出现了以何景明、李梦阳为代表的"前七子"和以李攀龙、王世贞为翘首的"后七子",他们标榜唐诗,诗风也有唐诗的味道,在中国诗歌发展史上具有重要的地位。

申钦批评明代诗歌,多以唐诗为参照,如他说张宁的诗歌"逼唐":"张芳洲宁诗极逼唐。'半村半郭吴山路,轻暖轻寒上巳天。梅影过城湖曲寺,橹声归浦浙东船。旧游诗酒添新客,今日风光似去年。清赏未阑幽思发,乱峰斜日起苍烟',可置之中唐诸子之列。"②

申钦认为何景明(号大复山人)、李攀龙(字于鳞)、李梦阳(号空同)的诗直追唐诗:"大复之诗,几乎唐样。于鳞之'樽前病起逢寒食,客裹花开别故人'、大复之'章华日暮春游尽,云梦天寒夜猎多'者,虽唐人岂易及也?空同之'十年放逐同梁苑,中夜悲歌泣孝宗',激昂顿挫,咏之泪下,后少陵也。"申钦同时指出李梦阳的诗歌,即使和李白、杜甫相比,亦毫不逊色:"空同之诗:'黄鹤楼前日欲低,汉阳城树乱乌啼。孤舟夜泊东游客,恨杀长江不向西。''二月扁舟过浙西,楚云何日渡吾溪。滇南小郭青山遥,花发流莺一样啼。'置之翰林、拾遗之间,何让焉?"

---

① 顾友泽:《论山谷、后山对宋南渡诗歌的影响》,《江淮论坛》,2011年第5期,第181页。
② 邝健行、陈永明、吴淑钿:《韩国诗话中论中国诗资料选粹》,中华书局,2002年,第118页。

申钦对王世贞（号弇州山人）的诗歌评价甚高，认为其诗是乐府诗歌的嫡传，令人高不可及。"弇州之诗甚大，其可咏者不可尽记。如'细娘家在大江头，摠为工欢字莫愁。月明低按关山谱，何处行人不泪流'、'留君无计恨恩恩，尽酒停杯曲未终。船到西兴潮已落，明朝还起石尤风'……皆是乐府遗响，而自令人不可及。"申钦认为王世贞的部分诗歌深具陈、隋诗歌的风格："弇州之诗：'昏星送侬去，晨星送侬归。窗前百种鸟，谁为不安栖'、'宫中小女髻如鸦，连臂踢足唱杨花。唱得杨花浑似雪，不知飘向阿谁家'……陈、隋间音也。"

## 二、对韩国本朝诗歌的审美批评

申钦不仅对中国古典诗歌有精辟的分析，对朝鲜诗人诗作也进行了大量的审美批评。申钦历数了古代韩国诗歌大家，他认为李胄（号忘轩）等之后，最为著名者是"三唐诗人"崔庆昌、白光勋、李达，他列举了这几位诗人的诗歌加以印证：

> 冲庵、忘轩之后，崔庆昌、白光勋、李达数人最著。冲庵诗所传诵人口者固多，如"南江残梦昼厌厌，愁逐年芳日日添。莺燕不来春又暮，杏花微雨下重帘"、"西风木落锦江秋，烟雾苹洲一望愁。日暮酒醒人去远，不堪离思满江楼"，尤为脍炙者也，置之唐人集中辨之不易。忘轩诗曰："通州天下胜，楼观出云霄。市积金陵货，江通扬子潮。饥鸦秋落渚，独鸟暮归辽。鞍马身千里，登临故国遥"，亦可谓亚于冲庵矣。崔之诗"去岁维舟萧寺岸，折花临水送行人。山僧不管伤离别，闭户无端又一春"，白之诗"红藕一池落花多，乱蝉千树雨归村"，李之诗曰"病客孤舟明月在，老僧深院落花多"之语，一商可知其味。①

申钦把李朝诗人诗风分为三类，李荇、申光汉为和平淡雅诗风的代表；诗歌大家，以徐居正为榜首，金宗直、成伣随其后；险瑰奇健风格的

---

① 赵季、赵成植：《诗话丛林笺注》，南开大学出版社，2006年，第221页。

代表人物是郑士龙、卢守慎、黄廷彧等人；学唐诗的代表是朴公淳，诗歌很清丽："我朝作者，代有其人，不啻数百家。以近代人言，途有三焉：和平淡雅成一家言者，容斋李荇、骆峰申光汉，而申较清，李较圆；大家则徐四佳居正当为第一，而占毕金宗直、虚白成侃次之，如讷斋朴祥、湖阴郑士龙、苏斋卢守慎、芝川黄廷彧、简易崔岦，以险瑰奇健为之能，至于得正觉者犹不多；思庵朴公淳近来稍涉唐派，为诗甚清邵。"

对于古代韩国文坛为什么词作很少，申钦给出了自己独到的见解："我朝人不得为词，言者以为声音与中国异，虽强为之，必不似。余则以为不然，声音出于自然，非有中国外国之限，言词殊而押韵则同，推一而可反其隅。特我国之为诗者华藻不足，无以为词，声音之异，非所患也。"

对于金宗直（号占毕斋）的诗歌，申钦给予高度评价："占毕斋之诗称为冠冕者，实非夸也。每诵其'细雨僧缝衲，寒江客棹舟'，则未尝不服其精细；'十年世事孤吟里，八月秋容乱树间'，则未尝不服其爽朗；'风飘罗代盖，雨蹴佛天花'，则未尝不服其放远也。"申钦举出金宗直三句诗，代表了三种不同的诗歌风格——精细，爽朗，放远。在申钦看来，林悌的诗歌艳丽，是学习杜牧的结果："林悌子顺有豪气，能诗。尝著《浿江曲》十首。其一曰：'浿江儿女踏春阳，何处春阳不断肠。无限烟丝若可织，为君裁作舞衣裳'，语甚艳丽，盖学樊川者也。"申钦高度赞誉了高丽朝郑知常的诗歌："高丽郑知常之'桃花红雨鸟喃喃，绕屋青山间翠岚。一顶乌纱慵不整，醉眠花坞梦江南'，警拔藻丽，我东之诗，鲜有其比。"

申钦认为林石川的诗以李白为源流，诗歌充满了豪宕之气："林石川亿龄，诗人也，且有奇伟气，落落不随时俯仰。诗学青莲，而家数甚大。尝咏其一小绝曰：'人方凭水槛，鹭亦力沙滩。白发虽相似，吾闲鹭未闲。'其睥睨豪横之意可见。"申钦认为曹植为人崇尚礼仪节操，气象万千，他的诗歌亦如其人："曹南冥植尚节义，有壁立千仞之气象，隐遁不仕。为文章亦奇伟不凡，如'请看千石钟，非大叩无声。万古天王峰，天鸣犹不鸣'，不徒其诗韵豪壮，亦自负不浅也。"申钦不仅论述了男子的诗作，更看到了朝鲜女子诗作的价值："近来闺秀之作，如赵承旨瑗之妾李氏为第一。其《即景》诗一句曰：'江涵鸥梦阔，天入雁愁长。'古今诗人未有及此者。"

## 三、结语

申钦"才极高,学极博,文章华敏,为当世大手笔"[①],其对古典诗歌的审美批评,已经形成了独具特色的批评体系。他不仅基本上把握了中国诗歌创作的全貌,还在具体的审美批评过程中,总是与古代韩国本国诗歌创作相连接,"表现了独具特色的东方民族文化性格和审美心态"[②]。这就赋予了他的诗学体系的重要意义——对朝鲜诗歌创作的指导性价值,也为我们今天的中国学者的古代诗歌研究提供了域外的史料,更完善了东方诗话学的理论建构,促进了世界比较诗学的研究。

---

① [韩]张维:《象村稿·申公谥状》,韩国民族文化推进会,1991年,第429页。
② 蔡镇楚:《中国诗话与朝鲜诗话》,《文学评论》,1993年第5期,第60页。

# 第七章 韩国古典诗学批评的语言特色与研究意义

诗话产生于中国宋代，经历元、明、清等几代诗家的努力，无论是数量上，还是论诗的质量上，都日趋完善。韩国诗话深受中国诗话的影响，从高丽朝到李朝共产生了100多部诗话著作，赵钟业先生一语道破了韩国古典诗话资料的丰富："我编的《韩国诗话丛编》还没有出版的时候，大家没想到会有那么多的诗话资料，而且探之不得，求之甚难。"[①] 近年来，中韩学者在韩国古典诗话的资料整理、学术研究等方面都取得了喜人的成果，学术研究成果涉及诗歌本质论、诗歌创作论、诗歌鉴赏论、诗学审美范畴论等，但是对于韩国诗家采用何种批评方法论诗、诗学批评有何语言特色、中韩诗学关联存在什么意义等的研究还尚处空白。

蔡镇楚教授说："我们从事诗话研究，可以多角度、多样化，诸如个案研究、整体研究、派别研究、国别研究，或考证，或注释，或史学研究，或诗学研究，或美学研究，或文化学研究，或民俗学研究，或宗教学研究，或伦理学研究，或生命哲学研究，或文人心态研究，或审美语言学研究，或比较文学研究，等等。"[②] 古典诗歌文化孕育了诗话，诗话是在诗歌文化的丰硕土壤中诞生、成长、发展的，它又与诗歌等艺术样式一起成为传统文化重要的载体和传播媒介。就韩国古典诗学批评方法呈现的鲜明的语言特色、在中韩古典诗论关联中的价值意义等，我们首先做出概括性的总结，并展望韩国古典诗学的研究前景，这将是对韩国古典诗学研究领域的有益补充。

---

① 孙德彪：《中韩诗论研究的设想》，《东疆学刊》，2004年第3期，第59页。
② 蔡镇楚：《比较诗话学》，北京图书馆出版社，2006年，第6页。

# 第一节　韩国古典诗学批评的语言特色

诗歌是一种语言艺术，诗话论述的对象是诗歌，是诗化的语言艺术。韩国古典诗话，以汉语为基本的语言形态。汉字创作的诗歌，大多具有形态美、韵律美、对称美等特点，这就赋予了诗话论述语言的审美蕴涵。韩国古典诗学批评的语言特色是十分鲜明的。

一是形象直观性的特点。

韩国古典诗学论诗时所用的语言，不像西方诗学那样一直保持着冷峻、严肃的态度，而是在严谨务实中不乏轻松活泼的语言，清新自然。如意象批评方法，诗家以各种意象为喻评论诗歌创作、诗歌风格，品味诗人、诗作等，如诗似画，美轮美奂，极具形象性。如果用一般性的语言来论述，可能需要长篇大论，不仅篇幅长，还可能造成阅读者的审美疲劳，而用意象为喻进行鉴赏批评就大大降低了这种可能。如李瀷论"自做"这一诗歌创作主张，就很好地诠释了意象批评形象性的特点。再如比较批评，诗家运用对比的形式论诗，所品评、论析对象的审美特征、创作技巧、成就高下等诗歌问题，一目了然，形象而直观，不用详说，读者自然可以领悟诗家要表达的意思，如南龙翼对中朝作家作品的比较批评论，就说明了这一点。

二是多样比较性的特点。

世间万事万物，千姿百态，决定了韩国诗家以意象批评法论诗时所必然呈现的多样性的特点。在韩国古典诗话中，有以景喻者，有以物喻者，有以人喻者，有以典故喻者，种类繁多，类型多样。如韩国正祖李祘《日得录》以意象为喻批评中国唐代、宋代、明代等三朝一百多位诗人，就充分运用了景色、事物、人、典故等意象，要言不烦，切中肯綮，是韩国诗话以意象论诗之集大成者。有比较才有鉴别，韩国诗家论诗，常常寓比较于比喻之中，即于比较之中引喻，比喻与比较交叉使用。如诗家李瀷以意象为喻探讨屈原、李白、杜甫诗歌的艺术风格，就是运用比喻之法进行的比较研究，使每个诗人的诗歌风格清晰地呈现在读者面前，给读者留下了深刻的审美感受。

三是排比整饬性的特点。

诗家以意象为喻论诗，多以排比句式出之，排列之整齐，结构之有序，铺张扬厉，骈俪至美，落落大方，让人叹为观止。如诗家任璟《玄湖琐谈》以意象为喻论述新罗、高丽、李朝等三朝四十位诗人，等等，就运用了排比句式，具有诗一般的行列美、形式美，给读者的视觉突击是深层次的、直观的。摘句批评法也体现出了排比整饬性的语言特点，如高丽诗家崔滋摘句论韩国诗人的新警、含蓄、奇巧等三十六种诗歌风格，曹伸摘句论韩国诗人的浑厚、沉痛、豪壮等七种诗歌风格，等等。语句之整饬，形式之美观，可谓是诗化的文学批评。

## 第二节　韩国古典诗学批评在中韩文论关联中的意义

对于诗学批评方法的研究，可以进一步拓展诗学研究的学术视野，使诗学的研究再上一个崭新的学术台阶，为中韩古代文论关联的研究也提供了一种借鉴，做了一种新的尝试。

韩国古典诗学在进行文学批评时，借用了大量的中国诗论观点，如"知人论世"、"点铁成金"等，也借用了许多中国诗学批评范畴，如"性情论"、"风骨论"、"传神论"等，构建了韩国诗学批评的基本框架和组成部分。试看许筠《惺所覆瓿稿》："诗有别趣，非关理也；诗有别材，非关书也。唯其于弄天机、夺玄造之际，神逸响亮、格越思渊为最上。"[①] 这段话中的很多诗学观点、审美范畴是和宋代严羽《沧浪诗话·诗辨》十分相似的，严羽曰："大抵禅道惟在妙悟，诗道亦在妙悟……夫诗有别材，非关书也；诗有别趣，非关理也。"[②] 许筠和严羽对诗歌蕴含的"趣"、"理"、"材"、"书"的论述基本是相同的，许筠受严羽的影响是显而易见的，"但许筠并不是简单的重复、模拟，二人相同的语言背后各有所指。许筠针对的是江西诗派，江西诗派以文字、才学、议论为诗；许筠针对的是李朝诗

---

① 韩国成均馆大学大东文化研究院编：《许筠全集·惺所覆瓿稿》，成均馆大学校出版部，1981年，第72页。
② 郭绍虞主编：《中国历代文论选》，上海古籍出版社，1979年，第209页。

坛的模拟、蹈袭、剽窃之风"①。对象不同，也就决定了指导意义的各异。

韩国诗家论诗的观点，也给中国提供了域外的视角关照，如李晬光对李白、韩愈的比较批评，显示出了很高的学术价值。在诗学批评史上，李白"以诗为文"、韩愈"以文为诗"是惯例说法，而李晬光认为李白也有"诗中之文"、韩愈也有"文中之诗"。他说："世谓李白以诗为文，故曰：'生不用封万户侯，但愿一识韩荆州。'韩愈以文为诗，故曰：'破屋数间而已矣。'此亦诗而文者。韩文云：'夫子至今有耿光。'此亦文而诗者。"②这种批评就诗论诗，在比较中显差异，较为客观、公允。

## 第三节 韩国古典诗学批评前景展望

对于韩国古典诗学批评的研究，可以与中国古代诗学批评进行对比分析，如诗家论诗时同样是运用了意象批评，中国诗家和韩国诗家在意象运用的类型上有何相同之处和不同之处，想要表达的思想有何差别，等等，都值得给予深入的探讨；还应该加以细化，如摘句批评，可以通过诗句分析出摘录者的兴趣喜好、审美鉴赏角度等，试举李圭景《诗家点灯》之《石湖摘句》为例：

"僚旧姓名多健忘，家人长短总若聋。""月从雪后皆奇夜，天向梅边有别香。""折腰直为瓶无粟，便腹犹怜笥有经。""闲里事忙晴晒药，静中机动夜争棋。""宿鸟尽时犹数点，归鸿惊处更斜行。""事如梦断无处觅，人似春归挽不留。""石间柳绿清明市，洞口桃红上巳尚。""飞絮著人春共老，片云将梦晚俱还。""永夜阑干千嶂月，清风挥尘七州春。""三彭已罢庚申守，王鬼终教乙丑归。""泼墨云头连树暗，垂绦雨脚过溪生。""葛巾羽扇吾身健，雪碗冰瓯子句清。""胡床住处梅无限，酒旆垂边柳未深。""幽禽不见但闻语，野草无名都著花。""日日老添明镜里，家家凉入短檠中。""老去读书随忘却，醉中

---

① 孙德彪：《朝鲜诗家论唐诗》，民族出版社，2006年，第130页。
② 蔡镇楚编：《域外诗话珍品丛书》（第9册），北京图书馆出版社，2006年，第10页。

得句若飞来。""诗债无边春已老,睡魔有约画初长。""神农尝外尽灵药,天女散余多异花。""烛天灯火三更市,摇月旌旗万里舟。""回思客路岂非梦,乍听乡音真是归。""新事略从年少问,故人差觉坐中稀。""鸥鹭飞来俱玉立,松篁岁晚各苍颜。""句从月胁天心得,笔与冰瓯雪腕清。""萧索轮囷怜烛烬,飞扬跋扈厌蚊声。""但得好诗生眼底,何须宝刹观毫端。""一身莫作官身想,万境都如梦境看。""岁晚阳和归稻把,夜来霜力到枫林。""儿童笑里丰年□,乌鸟声中落日心。""一波不动月空照,万籁无情风自吟。""泥根玉雪元无染,风叶青葱亦自香。""偶问客年惊我老,忽闻莺语叹春深。""今朝麦粒黄堪面,几日秧田绿似针。""帖有王书难治眩,文如陈檄不驱风。""檐间双雀有时门,壁下一蛩终日鸣。""腹须空洞方容物,事过清凉已丧吾。""鲸漫横江无奈蚁,鹏虽运海不如鸠。""躬当自厚人何贵,世已相违我莫求。""浃髓沦肤都是病,倾囷倒廪更无诗。""笑看笔格网丝遍,闲数窗棂花影移。"如许等句,不可易得。①

这段话摘录了三十九句诗,虽只摘诗句而没有点评,但是我们可以进行细致的分析。如果按诗句所表现的内容来看,这些诗句可以分为写景诗、抒怀诗、咏史诗、咏物诗等,写景诗如:"石间柳绿清明市,洞口桃红上巳尚"、"泼墨云头连树暗,垂绦雨脚过溪生"等;抒怀诗如:"僚旧姓名多健忘,家人长短总若聋"、"新事略从年少问,故人差觉坐中稀"等;咏史诗如:"葛巾羽扇吾身健,雪碗冰瓯子句清"、"神农尝外尽灵药,天女散余多异花"等;咏物诗如:"鸥鹭飞来俱玉立,松篁岁晚各苍颜"、"鲸漫横江无奈蚁,鹏虽运海不如鸠"等。

如果把这些诗句按形象特点划分的话,可以归纳出三种类型:一种类型是纯自然界的事物,如:"日、月、桃、柳、青葱、飞絮、雪、松"等;第二种类型是动物形象,如:"宿鸟、幽禽、鲸、鹏、雀、鸥鹭、莺"等;第三种类型是与人相关的事物,如:"葛巾、羽扇、宝刹、灯火、窗棂"

---

① 邝健行、陈永明、吴淑钿:《韩国诗话中论中国诗资料选粹》,中华书局,2002年,第308—309页。

等。这些事物都是与人的日常生活息息相关的，都是具体可感的，以这些事物入诗，可以使诗歌平易近人，表现了摘句者的主观喜好。

韩国诗学所用批评方法除了本文提到的三种外，还有源流批评、本事批评、选本批评等，所以笔者在今后的研究中，会进一步探究源流批评、本事批评、选本批评在韩国诗学的运用情况，以期构建、完善韩国古典诗学批评的理论体系。如源流批评，可以帮助我们寻源溯流，找到诗歌的本源之所在。这种批评方法更能体现出中国文学对韩国文学的影响，更可以反观韩国文学在接受中国文学影响下的发展、深化。如李朝梁遇庆《霁湖诗话》认为卢守慎的五言律诗源于杜甫就是实证："卢苏斋五言律，酷类杜法，一字一语皆从杜出。其'诗书礼学末，四十九年非'之句，世皆传诵，实出于老杜《咏月》诗'羁栖愁里见，二十四回明'，可谓之于依样矣。""酷类杜法"、"一字一语皆从杜出"、"依样"等语，都体现出了源流追溯的意识。

# 参考文献

## 著　作

遍照金刚：《文镜秘府论》，人民文学出版社，1975年。
蔡美花、赵季：《韩国诗话全编校注》，人民文学出版社，2012年。
蔡镇楚：《比较诗话学》，北京图书馆出版社，2006年。
蔡镇楚：《诗话学》，湖南教育出版社，1990年。
蔡镇楚：《石竹山房诗话论稿》，湖南文艺出版社，1995年。
蔡镇楚：《中国诗话史》，湖南文艺出版社，1988年。
蔡镇楚编：《域外诗话珍品丛书》，北京图书馆出版社，2006年。
常振国、绛云：《历代诗话论作家》，华龄出版社，2013年。
陈伯海：《唐诗汇评》，江苏教育出版社，1993年。
陈良运主编：《中国历代诗学论著选》，百花洲文艺出版社，1995年。
陈蒲清：《韩国古典文学与中国古典文学》，海南出版社，2001年。
陈寿：《三国志》，中州古籍出版社，1995年。
程俊英：《诗经译注》，上海古籍出版社，2006年。
仇兆鳌：《杜诗详注》，中华书局，1979年。
丁福保：《历代诗话续编》，中华书局，1981年。
伏胜：《尚书大传》，中华书局，1985年。
傅璇琮、李珍华：《河岳英灵集研究》，中华书局，1992年。
郭沫若：《李白与杜甫》，人民文学出版社，1971年。
郭绍虞：《宋诗话辑佚》，中华书局，1980年。
郭绍虞：《中国历代文论选》，上海古籍出版社，1979年。
郭绍虞：《中国文学批评史》，上海古籍出版社，1979年。
郭绍虞编：《清诗话》，上海古籍出版社，1978年。
赵季、赵成植：《诗话丛林笺注》，南开大学出版社，2006年。
胡应麟：《诗薮》，上海古籍出版社，1979年。

胡仔：《苕溪渔隐丛话》，中华书局，1962年。

胡震亨：《唐诗癸签》，上海古籍出版社，1981年。

华文轩：《古典文学研究资料汇编》，中华书局，1964年。

贾文昭主编：《中国古代文论类编》，海峡文艺出版社，1988年。

[韩] 金富轼：《三国史记》，近泽书店，1928年。

金宽雄、金东勋：《中朝古代诗歌比较研究》，黑龙江朝鲜民族出版社，2005年。

[韩] 金台俊著：《朝鲜汉文学史》，张琏瑰译，社会科学出版社，1996年。

邝健行、陈永明、吴淑钿：《韩国诗话中论中国诗资料选粹》，中华书局，2002年。

赖力行：《中国古代文学批评学》，华中师范大学出版社，1991年。

叶葱奇疏注：《李贺诗集》，人民文学出版社，1984年。

[韩] 李家源著：《朝鲜文学史》（上册），沈定昌、李俊竹译，香港社会科学出版社有限公司，2005年。

[韩] 李晬光：《芝峰类说》，乙酉文化社，1994年。

李岩、徐健顺、俞成云等：《朝鲜文学通史》，社会科学文献出版社，2010年。

李岩：《中韩文学关系史论》，社会科学文献出版社，2003年。

里克：《历代诗论选释》，昆仑出版社，2006年。

廖栋梁：《文学评论》（第八辑），黎明文化事业公司，2010年。

刘德重、张寅彭：《诗话概说》（修订版），安徽教育出版社，2009年。

刘强：《高丽汉诗文学史论》，厦门大学出版社，2008年。

《鲁迅全集》，人民文学出版社，2005年。

罗大经：《鹤林玉露》，中华书局，2005年。

罗根泽：《中国文学批评史》，上海古籍出版社，1984年。

缪钺：《诗词散论》，上海古籍出版社，1982年。

赵季：《箕雅校注》，中华书局，2010年。

彭会资主编：《中国古典美学辞典》，广西教育出版社，1991年。

彭会资主编：《中国文论大辞典》，百花文艺出版社，1990年。

钱钟书：《谈艺录》，中华书局，1993年。

钱仲联：《韩昌黎诗系年集释》，上海古籍出版社，2007.

任范松、金东勋：《朝鲜古典诗话研究》，延边大学出版社，1995年。

［韩］任廉：《旸葩谈苑》，亚细亚文化社，1981年。

周本淳校点：《诗话总龟》，人民文学出版社，1987年。

申骏：《中国历代诗话词话选》，光明日报出版社，1999年。

沈文凡、张德恒注评：《梦溪笔谈》，凤凰出版社，2009年。

孙德彪：《朝鲜诗家论唐诗》，民族出版社，2006年。

孙育华等：《唐诗鉴赏辞典》，北京燕山出版社，1996年。

［韩］太学社选编：《韩国诗话选》，太学社，1983年。

吴昌祺评定：《续编四库全书·删定唐诗解》（集部卷21），上海古籍出版社，1995年。

童庆炳：《中国古代心理诗学和美学》，中华书局，1992年版。

王大鹏、张宝坤、田树生等：《中国历代诗话选》，岳麓书社，1985年。

王世德主编：《美学辞典》，知识出版社，1986年。

文日焕：《朝鲜古典文学史》（修订本），民族出版社，2006年版。

吴文治：《韩愈资料汇编》，中华书局，1983年。

吴允熙著：《沧江金泽荣研究》，李顺连译，武汉大学出版社，2002年。

萧子显：《南齐书》，中华书局，1972年。

徐达：《诗品全译》，贵州人民出版社，1990年。

韩国成均馆大学大东文化研究院编：《许筠全集》，成均馆大学校出版部，1981年。

许世旭：《韩中诗话渊源考》，台湾黎明文化事业公司，1979年。

郭绍虞：《沧浪诗话校释》，人民文学出版社，1961年。

杨义：《李杜诗学》，北京出版社，2001年版。

叶嘉莹：《中国古典诗歌评论集》，中国社会科学出版社，1980年。

袁行霈：《中国诗歌艺术研究》（增订本），北京大学出版社，1996年。

张葆全：《诗话和词话》，上海古籍出版社，1983年。

张葆全：《中国古代诗话词话辞典》，广西师范大学出版社，1992年。

张伯伟：《禅与诗学》，浙江人民出版社，1992年。

张伯伟：《中国古代文学批评方法研究》，中华书局，2002年。

张德秀选注：《朝鲜民族古代汉文诗选注》，辽宁民族出版社，2002年。

赵季、张景崑：《〈箕雅〉五百诗人本事辑考》，人民文学出版社，2013年。

马亚中、杨年丰：《瓯北诗话》，凤凰出版社，2009年。

赵永纪：《历代诗话精要》，天津古籍出版社，1989年。

赵则诚、张连第、毕万忱：《中国古代文学理论辞典》，吉林文史出版社，1985年。

［韩］赵钟业：《修正增补韩国诗话丛编》，太学社，1996年。

［韩］赵钟业：《中韩日诗话比较研究》，台湾学海出版社，1984年。

郑判龙主编：《韩国诗话研究》，延边大学出版社，1997年。

周庆华：《诗歌摘句批评研究》，文史哲出版社，1993年。

朱光潜：《诗论》，北京出版社，2005年。

邹晓丽：《基础汉字形义释源》，中华书局，2007年。

邹志远：《李晬光文学批评研究》，延边大学出版社，2007年。

## 学位论文

安末淑：《杜甫诗和韩国朝鲜时代诗研究》，山东大学，2009年博士学位论文。

河红联：《李愰文论研究》，延边大学，2011年博士学位论文。

李红梅：《韩国古典诗歌中的陶渊明研究》，延边大学，2009年博士学位论文。

李范洙：《论"尊唐贬宋"背景下李晬光诗观的价值取向》，延边大学，2004年硕士学位论文。

刘彦明：《李奎报散文研究》，中央民族大学，2005年博士学位论文。

聂垚：《韩国诗话〈诗家点灯〉唐宋诗举证研究》，吉林大学，2012年博士学位论文。

王红梅：《许筠论略》，中央民族大学，2007年博士学位论文。

## 期刊论文

蔡镇楚、刘畅：《论意象批评》，《邵阳学院学报》（社会科学版），2007年第5期。

陈丕：《中朝文论关系比较》，《中外文化与文论》，2009年第1期。

曹虹：《德不孤，必有邻——谈谈域外文人对中国原作的拟效》，《学习与探索》，2006年第2期。

宫月：《〈公无渡河〉研究》，《沂州师范学院学报》，2009年第1期。

贺天忠、吴红光：《〈文心雕龙〉的意象批评论》，《湖北大学学报》（哲学社会科学版），2003年第2期。

刘德重：《诗话范畴与诗话学》，《上海大学学报》（社会科学版），1997年第3期。

刘德重：《宋代诗话与江西诗派》，《上海大学学报》（社会科学版），1996年第6期。

刘尚慈：《李杜文章在　光焰万丈长——对李杜优劣论的一些思考》，《徐州教育学院学报》，2005年第2期。

柳晟俊：《申纬之东人论诗绝句考》，《昌潍师专学报》（社会科学版），1995年第2期。

胡建次：《严羽对古典唐诗学的建构及其意义》，《南昌大学学报》（人社版），2004年第1期。

马金科：《试论〈东人诗话〉在韩国诗话史上的意义》，《东北亚论坛》，2001年第2期。

潘殊闲：《象喻：中国传统诗歌批评的利器》，《宁夏社会科学》，2005年第2期。

邱美琼、胡建次：《宋代诗学对批评方法的运用》，《广西大学学报》（哲学社会科学版），2008年第1期。

琴知雅：《朝鲜诗学上的"神韵"》，《暨南学报》（哲学社会科学版），2002年第1期。

孙德彪：《中韩诗论研究的设想》，《东疆学刊》，2004年第3期。

王国彪：《论高丽诗话对"池塘生春草"句的解读》，《现代语文》（文学研究），2008年第4期。

王克平：《尊唐：李晬光〈芝峰类说〉诗论的核心》，《延边大学学报》，2004年第1期。

吴光兴：《李杜独尊与八世纪诗歌的价值重估》，《文学遗产》，1994年第

3 期。

吴果中：《论象喻批评》，《云梦学刊》，2001 年第 6 期。

温兆海：《"味"审美范畴在高丽诗学前期之考察》，《东疆学刊》，2004 年第 3 期。

殷晓燕：《诗话释义及其渊源探析》，《呼兰师专学报》，2003 年第 1 期。

于衍存、黄妍：《试论上古诗歌对〈诗经〉的接受》，《东疆学刊》，2008 年第 4 期。

张永昊、贾岸：《中国古代象喻式批评的演变轨迹及其功能》，《文史哲》，1995 年第 4 期。

张振亭、金海救：《高丽诗学范畴初探》，《延边大学学报》（社会科学版），2007 年第 5 期。

邹志远：《对朝鲜古代诗学研究范围中的"李晬光"名字的考证》，《东疆学刊》，2006 年第 3 期。

# 附录　中韩比较文学论文

## 韩国李植《送权生尚远序》
## 与韩愈《送董邵南序》之比较

古代散文中,序文是一种很重要的文体。"序"也作"叙"或"绪",是依条理叙述的意思。赠序是古代序文的一种,是为赠人所作。"一般以述友谊、叙交游、道惜别为主,而某些优秀作品,往往表达作者的理想、识见,以及师友亲朋之间互相劝勉和真挚赤诚的感情,成为叙事、说理而又兼抒情的散文。"(褚斌杰:《中国古代文体概述》,北京大学出版社,1984年版)这类文章到了韩愈手中,内容更加丰富,多有议论现实政治、抒发内心感慨、阐述文学主张之作,表现手法上亦融叙事、抒情、议论于一炉,故清代姚鼐有"其文冠绝前后作者"的赞誉。明代茅坤评《送董邵南序》说:"文仅百余字,而感慨古今……昌黎序文当属第一首。"(丁帆、杨九俊:《唐宋八大家散文选读》,江苏教育出版社,2009年版)韩愈的散文创作不仅在中国"文起八代之衰",而且在朝鲜也产生了深远而广泛的影响。"朝鲜王朝古典散文作家,则兼宗唐宋,而特别推崇唐代古文,尤其是韩愈的文章。"(陈蒲清、权锡焕:《韩国古典文学精华》,岳麓出版社,2006年版)

朝鲜王朝学者、散文家李植(1584—1647),精通古文,与李延龙、申钦、张维合称为"汉文四大家","四人皆崇尚唐宋八大家的古文,提倡内容重于形式,文风醇正"。(陈蒲清:《古代中朝文学关系史略》,湖南人民出版社,1999年版)李植的散文创作和理论深受韩愈影响,在著作《作文规范》中,李植认为韩愈的文章是最为经典之作,并明确指示作文者的要领是将韩愈的文章作为"终身模范",时时品味其妙处,得其中之真味。"韩文,文之宗,不可不先读,七八十首抄读,若得臭味,仍以为终身模范可也。"李植在《大家意选批评》一文中,选择各家的代表作进行评点,理清文章脉络,探究作者思虑,分析文章优劣。在这篇文章中,他精彩地点评了韩愈的《送董邵南序》,他说:"题下曰:董生以贤士不合适袭乱之乡,故以讽之,欲以倾倒河北豪杰之心,俾不从乱,归仕朝廷,而董生不合求于彼之意自见于言外,甚妙甚妙。""点'燕赵古称多悲歌感慨之士'曰:'感慨'字,主意眼目。""点'明天子在上可以出而仕矣'曰:结句无限意思。"(左江:《李植杜诗批解研究》,中华书局,2007年版)从中可以看出,李植对韩愈的《送董邵南序》非常熟悉,所以点评得很深入、很精辟,很有见地,其受韩愈的影响,也就可见一斑。

　　李植的《送权生尚远序》与韩愈的《送董邵南序》在思想内容、艺术形式等诸方面有异曲同工之妙,但思想旨归、语言风格又各有不同。《送权生尚远序》与韩愈《送董邵南序》有诸多相似之处,即都以宽慰友人、抒发怀抱为主要内容;两序都有巧设铺陈、错落有致、微言大义、语短情长的艺术特征。但二序思想旨归有所不同,前者意在"警",后者意在"留";语言风格各异,前者坦诚、直率,褒勉鲜明,后者含蓄委婉,发人深省。本文拟就此二文进行对比分析,以期抛砖引玉,拓宽韩愈散文的研究领域。为便于叙述,现将二文原文录于下,行文时亦分别简称为《送权序》和《送董序》。

## 送权生尚远序

### 李　植

　　大抵挟而无所求,难矣。读书以为博,攻词以为工,其为挟也,岂浅哉!有是挟而能不求利禄,固难。即不求利禄者,有矣;而能不求名闻,为尤难。持此二难,久而不渝,困穷而自泰,斯又古今之至难也。

　　永嘉权生尚远,吾所谓博文攻词人也。然而不习科业,而有时乎应举。自喜词学,而不朝乎名世。敝褐破鞋,浮游城市,悠悠忽忽,土苴形骸。间或傲言高谈,未尝降辞色以少徇时好。虽出入士友间,寡与亲善,或见扫迹而去之。噫!生于其所挟与其所遭非有利之,而安之若命。岂吾所谓古今之至难者,非耶?

虽然,君子进德修业,尽吾性而已,各有所不避,禄有所当学。过此以往,圣之谓之索隐行怪,非大中之道也。权生好游名山,多放外交。吾惧其道虚旷无所倚,或游于异述,故于其归,申以警之。

### 送董邵南序
#### 韩 愈

燕、赵古称多感慨悲歌之士。董生举进士,连不得志于有司,怀抱利器,郁郁适兹土,吾知其必有合也。董生勉乎哉!

夫以子之不遇时,苟慕义强仁者皆爱惜焉,矧燕、赵之士出乎其性者哉?然吾尝闻风俗与化移易,吾恶知其今不异于古所云邪?聊以吾子之行卜之也。董生勉乎哉!

吾因之有所感矣,为我吊望诸君之墓,而观于其市,复有昔时屠狗者乎?为我谢曰:明天子在上,可以出而仕矣!

从内容上看,二者都以送别友人、宽慰友人为主,都对友人的仕途不顺表达了同情。韩愈认为董邵南是个人才,却不得志于京师,所以欲往河北寻找机遇,而燕、赵多感慨悲歌之士,系指乐毅、廉颇、蔺相如、李牧、荆轲、高渐离以及不知姓名的"屠狗者"等人。这些都是杰出的人才,都有治国安邦的志向和本领。如果董邵南到了河北遇上了这类人,自然会情投意合、施展抱负的。

"然吾尝闻风俗与化移易,吾恶知其今不异于古所云邪",这句话表面上是说风俗是随着教化而发展变化的,"我"又怎能知道那里现今的风俗与古代所说的情况有无差异呢?实际上是指燕赵同样也没有能够赏识和重用人才的统治者,董邵南此去凶吉无法预料。最后,韩愈请董邵南代表自己去凭吊乐毅的坟墓,既切合董邵南游燕、赵的生活实际,又暗示董邵南应当反躬自省。最后一句强调如今是圣明的天子在位,那些"感慨悲歌"的市井遗贤可以出来任职了,表明了作者反对藩镇割据、维护国家统一的政治立场。"古文家韩愈,扩大了赠序文的内容,他在赠序中,除一般地叙友情、道别情外,还述主张,议时事,咏怀抱,劝德行,极大地扩充了赠序文的思想内容……"此序即充分地体现了这一点。

李植深受韩愈的影响,其赠序文亦有此特色。《送权序》是鼓励而又规劝权生的。文章的开头提出了一般人很难做到的为人处世的态度:有本领而又不汲汲求利,而且能长久固穷不变初态,难能可贵。第二段紧承第一段,说明权生正是具有这种难能可贵品质的人(实际上一般的标准就是从权生的品质提炼、概括出来的),并对权生科举失意表示深切的同情。第三段笔锋一转,宣扬儒家的积极入世的人生态度,反对佛道的出世主张,规劝权生要积极有为。全文结构严谨,宛转含蓄,波澜起伏,一唱三叹。

从艺术形式上看,李植也受到韩愈的影响,其《送权序》与韩愈《送董序》表现出如下共同的特色。

第一,巧设伏笔,引人入胜。照序的通常写法,文章一开头要从人物对象起笔,而两位作者却都把笔势宕开,以他辞开篇。韩愈说:"燕、赵古称多感慨悲歌之士",所谓"感慨悲歌之士",系指乐毅、廉颇、蔺相如、李牧、荆轲、高渐离以及不知姓名的"屠狗者"等人,这些都是杰出的人才,都有治国安邦的志向和本领,言外之意是董邵南将要投奔的河北曾经是个辈出人才的地方。李植也宕开一笔,不说送别对象权生,而提出一般人很难达到的为人处世的态度——不图名、不求利,长久固穷不改初衷,让人顿生悬念,而如此的为人处世标准,正是权生人格品质的真实写照。韩愈、李植二人都将叙述置于深沉的文化背景中展开,巧设铺陈,引起读者的兴趣,引发读者自己去思考,对即将远行的人的命运充满关注。

第二,微言大义,语短情长。为了更巧妙、更流畅地表达观点,二文均使用了关键词语和语句,行文一气呵成,观点和盘托出。

《送董序》全文仅一百多字,却是字字珠玑,实词准确生动,形象性强;虚词脉络清楚,韵味无穷;语句气势贯一,精练传神,这些都无疑增加了作品的内在容量。文章虽短,却具长篇之势,蕴藏了非常丰富又极其复杂的内容,令人回味无穷。文中的"董生勉乎哉"出现两次,但蕴涵的意义却有所不同,侧重点亦有差别。第一次是在第一段末尾,是勉励之意,是对上文的小结;第二次出现在第二段末尾,联系上文"吾尝闻风俗与化移易,吾恶知其今不异于古所云邪?聊以吾子之行卜之也",已不再是安慰和勉励，而带有惋惜和遗憾的意味。

第二段中用一"矧"字，以假设的口吻引出下一重要话题，"将一篇本为朋友间一般离别意义的赠序提升到了另外一个境界"（张家壮语）。即提醒远行之人要审时度势，认清形势，做出正确的抉择。

李植则运用对比手法及特殊句式强化自己的观点。"难"、"岂浅哉"、"固难"、"尤难"、"至难"等词语，一步更进一步，一层更胜一层，通过词语程度的加深、加强，有力地表达了自己的观点，突出权生的优秀品质。"岂浅哉！""非耶？"二句加重了肯定的语气，使表达的感情更加充沛，更富有感染力。

两篇序文虽然篇幅短小，却包含了两位作者对友人的同情、宽慰、鼓励、期盼等情感，可谓语短情长。然而，两篇序文毕竟来自不同的国家、不同的时代、不同的作者，虽然在内容上、艺术风格上有诸多相似之处，但思想旨归、语言风格还是有所不同。

二人虽然都同情朋友、以儒家思想为旨归，鼓励朋友大胆出仕，报效国家，但在具体内容上仍然存在差异。虽然都是"送"，韩愈的落脚点却是"留"，即希望董生不要去河北而是留下来，报效当今明主。当时河北藩镇割据一方，招揽人才，以增强实力，对抗朝廷，而一些走投无路的落魄文人纷纷前去投靠，托身于幕府之中。韩愈一向主张国家统一、反对割据，所以希望董生留下来，寻找机会，报效国家。

李植的用意则是"警"。权生是个博览群书而又能诗善文的人，但为人放浪形骸，无拘无束，喜爱游览名山大川，有很多僧侣朋友，作者怕他为人疏忽放达，沉迷到歪门邪道中去，变成思想偏激、行为古怪、不符合中庸规范的人，所以"申以警之"，规劝权生要积极有为，不要因为一时的失意而灰心丧气。不管是"留"还是"警"，两位作者都可谓用心良苦，拳拳之心可见一斑。

韩愈不认同董生失意之余转投河北藩镇的做法，但他没有明确地指出，而是用含蓄婉转的语言暗示、劝规、点拨董生，期待董生做出自己的选择。清代刘大櫆说："此篇（指《送董序》）……深微屈曲，读之，觉高情远韵，可望而不可即。"清末张裕钊说："寄兴无端，此乃可谓之妙远不测。"清代吴楚材、吴调侯《古文观止》云："文（指《送董序》）仅百十余字，而无限开阖，无限变化，无限含蓄。短章圣手。"他们的评语从实质上道破了《送董序》含蓄蕴藉的语言特色。

　　李植《送权序》则运用对比的手法，用一般人难以具有的优秀品质，权生却全都俱备，表达了自己对权生的赞叹，坦诚直率，令人倍感爽快亲切。对于权生的形象、言辞、行事等，李植都是直言表白，没有一些隐匿。李植规劝权生要积极有为，不要"流于弄术"，用"惧"、"警"二字，说话不拖泥带水，不故作姿态，言之凿凿，情真意切。

　　无论是从思想内容还是艺术形式上看，韩愈《送董序》都是赠序中的经典之作，并对李植《送权序》产生了极大的影响；李植能根据属文对象和自己的具体情况，在思想内容、表达方式上进行了个性化的表达，二文都取得了各臻其妙的艺术效果。

# 韩国李仁老《青鹤洞记》
# 与陶渊明《桃花源记》之比较

古典散文中,杂记类散文内容驳杂,有记人记物者,有记亭台名胜者,有记游山玩水者,等等。此类文章多描写细致、寓意深远的佳作。陶渊明的《桃花源记》便是其中的代表之作。陶渊明(约365—427),字元亮,号五柳先生,入刘宋后改名潜,谥号靖节先生。东晋诗人、辞赋家、散文家。主要作品有《饮酒》组诗、《归园田居》组诗、《桃花源记》、《归去来兮辞》等。其诗文辞赋以向往美好生活为主题,语言质朴自然,精炼传神,独具艺术魅力。

"韩国古典散文作家,都非常熟悉中国的古典散文,中国古典散文名家往往是他们朝夕揣摩的对象"(陈蒲清、权锡焕:《韩国古典文学精华》,岳麓出版社,2006年版),陶渊明就是被朝鲜古典作家广泛揣摩、借鉴的中国名家之一。朝鲜文坛重视陶渊明是从高丽朝开始的,此时《陶渊明集》已传到朝鲜,掀起了和陶、效陶、崇陶的热潮。李仁老受陶渊明的影响是巨大的,他曾创作《归去来辞》和陶渊明的《归去来兮辞》。李仁老更是"捧读《五柳先生传》,反复吟诵《桃花源记》"(《破闲集》卷14),其《青鹤洞记》即是反复吟诵《桃花源记》后模仿创作的一篇佳作。李仁老(1152—1220),字眉叟,高丽时期著名文人,与吴世才、林椿、皇甫抗等人世称"海左七贤"。其著作《破闲集》是现存最早的朝鲜诗话之作,开朝鲜诗话之先河,对后世诗学产生了深远影响。

一

李仁老《青鹤洞记》与陶渊明《桃花源记》有诸多相似之处,即都以抒发自己的意愿及理想为主要内容;二文虽造语平淡,但所用意象鲜明,寓意深远。因构建各自理想的基础的不同,导致二文的思想旨归各异,《青鹤洞记》充满对归隐的渴望和无法实现的惆怅,《桃花源记》体现的归隐意识则是对自身理想的坚守。两篇文章行文脉络各具特点，李仁老按事件发展顺序平淡叙述，陶渊明则层层设疑，引人入胜。本文拟对这两篇文章做对比分析，以期拓宽世界范围的陶渊明的研究领域。鉴于许多读者对李仁老《青鹤洞记》不熟悉，也为了行文方便，现将文章内容录于下。行文时，简称为《青记》、《桃记》。

## 青鹤洞记
### 李仁老

智异山或名头流山，始自北朝白头山而起。花峰萼谷，绵绵联联，至带方郡，蟠传数千里，环而居者十余州，历旬月可穷其际畔。古老相传云：其间有青鹤洞，路甚狭，才通人行。俯伏经数里许，乃得虚旷之境，四隅皆良田沃壤，宜播植。唯青鹤栖息其中，故以名焉。盖古之遁世者，所居颓垣、壤堑犹在荆棘之墟。

昔仆与堂兄崔相国，有拂衣长往之意，乃相约寻此洞，将以竹笼盛牛犊两三以入，则可以与世俗不相闻矣。遂自华严寺至花开县，便函宿神兴寺，所过无非仙境。千岩竞秀，万壑争流，竹篱茅舍，桃杏掩映，殆非人间世也。而所谓青鹤洞者，卒不得寻焉。因留诗岩石云："头流山回暮云低，万壑千岩似会稽。策杖欲寻青鹤洞，隔林空听白猿啼。楼台缥缈三山远，苔藓依稀四字题。试问仙源何处是？落花流水使人迷。"

昨在书楼偶阅《五柳先生传》，有《桃源记》，反复视之。盖秦人厌乱，携妻子觅幽深险僻之境。山回水复，樵苏所不可得到者，以居之，及晋太元中，渔者幸至，辄忘其途，不得复寻耳。后世丹青以图之，歌咏以传之，莫不以桃源为仙界，羽车飙轮，长生久视者所都。盖读其记未熟耳，实与青鹤洞无异。安得有高尚之士如刘子骥者，一往寻焉。

## 二

"韩国古典散文，在文章体裁、思想观念、艺术风格、应用范围等方面，都与中国古典散文有千丝万缕的联系。"（陈蒲清、权锡焕：《韩国古典文学精华》，岳麓出版社，2006年版）《青记》和《桃记》同属古典散文中的杂记范畴，在思想观念有相似之处。二文都表达了作者的理想，《青记》表达的是作者对现实的不满，欲寻找一块清净之地，重构自我价值；《桃记》表达的是作者对理想社会的憧憬和对自身理想的坚守。

《青记》开篇交代了智异山的源起、优美的环境、所属范围之大："智异山或名头流山，始自北朝白头山而起。花峰萼谷，绵绵联联，至带方郡，蟠传数千里，环而居者十余州，历旬月可穷其际畔。"开篇文字看似闲笔，实为文章所属对象——青鹤洞的引出埋下伏笔，使行文过渡自然。作者对传说中的青鹤洞的描写是细腻而精彩的："路甚狭，才通人行。俯伏经数里许，乃得虚旷之境，四隅皆良田沃壤，宜播植"，这种描写和《桃记》的"初极狭，才通人。复行数十步，豁然开朗。土地平旷，屋舍俨然，有良田美池桑竹之属"简直如出一辙。

接着作者书写了探访青鹤洞的原因（"有拂衣长往之意"、欲"与世俗不相闻"）、沿途所见美景（"千岩竞秀，万壑争流，竹篱茅舍，桃杏掩映，殆非人间世"）。但作者并没有探访到青鹤洞，只能留诗一首聊以自慰。作者在最后交代了写作《青记》的缘由，是因为偶然间读到了陶渊明的《桃记》，这很可能只是作者的一种艺术处理。

《桃记》是陶渊明的代表作之一，约作于永初二年（421）。文章以武陵渔人进出桃花源的行踪为线索，按"发现桃花源——访问桃花源——离开桃花源——再寻桃花源"的顺序，描绘了一个没有剥削、自给自足、人人自得其乐的世外桃源。文章用记叙的手法，以渔人为导引，把读者从山外引入山内，从而展现出一个欣欣向荣、和爱平等的世外桃源。陶渊明笔下的桃花源是一个平常人难以到达的世外所，源外"芳草鲜美，落英缤纷"，源内"阡陌交通，鸡犬相闻"，有肥田、美池、桑树、竹子。而陶渊明生活的现实社会，战争频仍，政治腐败，生产凋敝，生灵涂炭，桃花源里人们生活的美好是外界社会丑恶的反衬。

《青记》和《桃记》虽然造语平淡，但所用意象鲜明，寓意深远。《青记》"寻访青鹤洞"和"青鹤洞赋诗"这两个情节，都运用了鹤意象。历代以鹤为题材的文学作品多不胜数，如陆云《鸣鹤诗》、庾信《鹤赞》、李峤《鹤》、白居易《池鹤》、杜牧《鹤》、苏轼《鹤叹》等。长期的鹤文化积存内化为文人的潜意识情结，具有丰富的象征意义，其中最突出的是表示文人洁净脱俗的人格和孤独自由的生活方式。鹤的身上，带有古代文人强烈的自我解放意识，是他们由冷酷现实通向理想世界的长桥。据说白鹤活了千年之后，身上的羽毛会变成白色；再活千年，会变成青色（即黑色），《雀豹古今注》载："鹤千年则变成苍，又千岁则变黑，所谓玄鹤也。"青鹤不仅象征远离世俗的清高和洒脱，更象征着长生与不朽。寻访青鹤洞与青鹤洞赋诗，是对青鹤这一符号象征的人生价值的肯定，也是对寻访人、赋诗人——李仁老自己的肯定。但最后，李仁老也如《桃花源记》中的高尚之士刘子骥一样，不得寻而终。如果李仁老认为他生活的高丽时代是太平盛世的话，他就不会"有拂衣长往之意"，去寻访青鹤洞，欲"与世俗不相闻"了。鹤意象代表了李仁老的价值取向，是他洁净脱俗人格的象征，蕴含着超越时空的诗性智慧。

　　陶渊明生活的时代正是晋宋易代之际，东晋王朝统治阶级生活荒淫，赋税徭役繁重，加深了对人民的剥削和压榨；承袭旧制，实行门阀制度，保护贵族官僚的特权，致使门第低微的知识分子没有施展才能的机会。元熙二年（420）六月，刘裕废晋恭帝为零陵王，改年号为"永初"；次年，刘裕采取阴谋手段，用毒酒害死晋恭帝。陶渊明从固有的儒家观念出发，产生了对刘裕政权的强烈不满，加深了对现实社会的憎恨。但他无法改变现状，只好借助塑造武陵桃源这一意象，虚构了一个与污浊黑暗社会相对立的美好境界，以寄托自己的政治理想与美好情趣。清人吴楚材、吴调侯在论及《桃花源记》时说："靖节当晋衰乱时，超然有高举之思，故作记以寓志，亦《归去来兮辞》之意也。"（《古文观止》）历代文人对武陵桃源情有独钟，文学作品中出现了大量吟咏之作。更为惊叹的是，在唐宋词中，竟有许多以桃源故事为背景创作的词牌名，如"武陵春"、"桃源忆故人"、"醉桃源"（又称"阮郎归"）、"宴桃源"（又称"如梦令"）。武陵桃源意象不仅在中国被文人们广泛运用，在朝鲜诗文中也被传承下来。据统计，《东文选》中出现"武陵"、"桃源"共8次，例如："武陵不与人间隔，岸有桃花锦浪生"（林惟正《和高州客舍韩学士留题》），"但无外事来相隔，山村处处皆桃源"（陈珬《桃源歌》），等等。反映出这一意象已经成为中朝文人抒发性灵的情感载体。

## 三

　　两篇文章虽然篇幅短小，却包含了作者的理想主张，但毕竟来自不同的国家、不同的时代、不同的作者,虽然在主题观念上、艺术形式上有诸多相似之处,但构建各自理想的思想基础是不同的,导致他们文章的思想旨归亦有不同。

李仁老的思想建立在佛教消极出世的基础上,他的世界观深受佛家的影响,无论是其幼年为僧寥一所抚养,还是郑仲夫之乱时"祝发以避"的生活经历,都很好地证明了这一点。李仁老为人正直,刚毅不阿,在仕途上一直没有得到重用,《高丽史》卷102称"仁老性情急忤,当时不为大用"。他对高丽社会的不满和个人不得志的惆怅,构成了他的人生感慨和诗文创作的主旋律。李仁老出身高丽的旧贵族文人家庭,由于郑仲夫之乱和武人专横,其社会政治地位急剧下降,因此他便产生了乌托邦思想,企图逃避现实,归隐山野,过着恬静安逸、陶然自乐的生活。李仁老的这种归隐情结在他的《归去来辞》中有很好的体现。在文中,李仁老反复强调归隐的合理性与必要性,并且做出旷达之态,但事实上,他的内心充满不甘寂寞和对现实社会的不满。"在高丽文人那里,归去并非真正的现实,只不过是他们无限盼望和向往的脱俗生活而已。所以他们的诗文作品,更多的是表现对归去的向往和无法归去的遗憾和惆怅。"(崔雄权:《论韩国的第一首"和陶辞"》,《东北师范大学学报》,2008年第3期)

陶渊明的理想建立在儒家"穷则独善其身"的基础之上,陶渊明是有着儒家传统抱负的人,他在《饮酒》诗中说:"少年罕人事,游好在六经。"陶渊明早年几次出仕,也正是儒家用仕思想的体现。他的思想,是早已植根于儒家学术思想的土壤中的,他亦熟谙儒家学说,诗文中引用了很多儒家经典,仅《论语》就有37处。"对于陶渊明来讲,出仕与归隐都是一种理想和道德的坚持与守护,二者在其人格上具有一致性。从本质上来说,桃花源既是他出仕要实现的理想社会模式,也是其归隐后'在田园生活中安放情感,追求个体生命与自然的和谐,建造冲虚恬静的精神家园。'"(崔雄权:《论韩国的第一首"和陶辞"》,《东北师范大学学报》,2008年第3期)相比之下,李仁老的归隐思想则显得很不彻底,带有强烈的主观色彩,他的心始终萦绕在官场,时刻等待机遇的到来。在山林中逍遥,吟咏归隐,实属无奈,是其官场失意后的自慰,是对自我价值的寻找、重构的别样表达。

李仁老《青鹤洞记》与陶渊明《桃花源记》在行文脉络上，各具特色。李仁老用的是平铺直叙的表达方式，作者交代了青鹤洞所在的智异山，给人宏观上的地理位置；因为传说中青鹤洞环境优美，所以有了寻访青鹤洞的冲动，待寻找一番之后，却没有找到，只好洞中赋诗，聊发心中的遗憾；最后交代自己创作此文章的缘由。这种行文安排，只是写作游记文章的一般顺序，随意自然，并没有什么特别之处。

　　陶渊明则采用了层层设疑的写法，"晋太元中"虽指明朝代，但不明写年月，实中有虚。"武陵人捕鱼为业"，写出了渔人的郡县，但未坐实住址、名姓，又于事无考。渔人出而复寻，本已做好的标记却又全部消失，桃源又成了一个虚无缥缈的世界，无迹可寻。最后再虚写一笔，说高士刘子骥"欣然规往"，给好奇的读者带来微茫的希望，但刘子骥又"未果"而"病终"。结尾用"遂无问津者"收住，天衣无缝，找不出任何破绽。这种层层设疑的写法，激发了读者的兴趣，但读者除了叹服，对桃花源其地、其人、其事的有无，不能再问一语、再撰一词，表达了作者高超的艺术才能。

## 四

　　李仁老在《卧陶轩记》评价陶渊明其人其诗时说："读其书考其世，想见其为人。……夫陶潜，晋人也。仆生于相去千有余岁之后，语言不相闻，形容不相接。但于黄卷间时时相对，颇熟其为人。然潜作诗，不尚藻饰，自有天然奇趣，似枯而实腴，似疏而实密。"从这段话可以看出，李仁老对陶渊明的为人及作品是相当熟悉的，其《青鹤洞记》受到《桃花源记》的影响是直接而深刻的。但李仁老不是简单的模仿、借鉴，而是根据属文对象和实际情况，在思想内容、行文脉络上做了个性化的表达，二文都取得了极高的艺术价值。

# 韩国许筠与向秀《思旧赋》之比较

赋，是文学史上产生得较早的一种文体，在汉代得到了发展，与诗、词、曲等一同构建了古代文学灿烂的艺术世界。赋的创作经历了不同时期，在体制上不断有所变化。明代徐师曾《文体明辨》和韩国学者金锡胄《海东辞赋》把赋分为古赋、俳赋、文赋、律赋四类。俳赋，又称骈赋，是在古赋的基础上发展变化出来的一种新赋体。朝鲜许筠与向秀的《思旧赋》就是骈赋的代表之作。

向秀（约227—约272），字子期，魏晋之际著名的文学家。与嵇康、阮籍、山涛、阮咸、王戎、刘伶游于竹林，世称"竹林七贤"。向秀在友人嵇康、吕安被杀害之后，迫不得已去洛阳做官，经嵇康"旧庐"，看到房舍依旧，但人事全非，于感喟抑郁中写下了《思旧赋》，抒发自己的思旧之情。朝鲜许筠觇得向秀的用心，创作了同题之作《思旧赋》。许筠（1569—1618），字端甫，号惺所，朝鲜李朝宣祖、光海君时期著名文学家，传世作品数量众多，体裁多样，其中赋作有《思旧赋》、《竹楼赋》等九篇，虽主题侧重点不同，却是作者现实经历的折射、真实心境的表达和创作思想的抒发载体。于春海教授在其论文中认为，许筠的《思旧赋》是模拟向秀原题之作，"情感基调、表现手法、艺术风格基本相同，然而两赋意旨迥异"（于春海：《精心刻镂 自铸新词——许筠〈思旧赋〉意旨探微》，《东疆学刊》，2005年第3期），很有见地，但该论文侧重于对许筠赋文的赏鉴品读，没有对两赋做深入的对比分析。许筠与向秀的同题之作——《思旧赋》，有很多共同之处：均化用典故，运用排比、对偶句，增加了赋作的思想内容和艺术感染力；也有许多不同的地方：赋作的序文所述侧重点不同；向赋含蓄隐晦，寄意遥远，许赋直抒悲愤之情，情感炽烈。对二赋进行对比分析，可以拓宽中朝比较文学的研究领域，具有重要的学术价值与现实价值。笔者对两赋进行比对，探讨其相同之处和不同之处。现将原文摘录于下（为方便行文，简称为"许赋"、"向赋"）。

## 思旧赋

许　筠

　　丁未岁四月,余赴真州,路由溟州。耆旧多凋丧,而州经大水,邑里寥落,无复昔日繁花之赏矣。到梅轩,芍药依旧满院,而悄无人焉。感时伤事,不觉潸然,噫!自余来往于兹今十六年矣,当时乡老皆无恙,宴集过从无虚夕,酒赋淋漓,以酬胜践。追周星已同双圜之观,今则余者落落晨星矣。俯仰宇宙,人生几何,吾亦早衰多疾,居此世亦无几何。后之吊今如今之吊昔也,岂不悲哉。古人有"一死生,齐彭殇"之语,其亦抑哀而自宽者也。遂抽思而为之赋,是向子山阳之感也已。

　　余遭世之薄厄兮,悲屡踬于名途。既荣禄之不吾谋兮,思自放于江湖。容一麾之出守兮,亦君圣恩之涵濡。饬舆马而东迈兮,云指夫悉直之故都。朝余憩乎横溪兮,夕余逾乎开领。临溟州之旧乡兮,喜重睹夫仙境。仆夫烦而遄驾兮,贯长薄而载骋。痛民生之无禄兮,皇数降其灾眚。凭阳侯之吼怒兮,襄大陆以洪波。决金堤而坏巨防兮,铲嵰岸之嵬峨。惊老稚之随湍兮,饵幽窟之鲛龟。枡千家之傍郭兮,今沉没而成河。讶新经乎兵火兮,或沧桑之须改。唉!酷罚之奚偏兮,吾将罪夫真宰。既闾落之半无存兮,问故人之畴在。陈壶觞而忻迎兮,杂冠缕与台颖。稍慰余之中情兮,强欢笑而徘徊。……幽泉咽而不流兮,翔鸟呼乎北林。欲抒悁而永啸兮,声凄厉兮不成音。哀人生之处世兮,一俯仰而古今。览逝者之如斯兮,识此身之难久。纷阴阳之代谢兮,孰乔松之遐寿。抚身躯而自悼兮,固非吾之长有。奚触险而循利兮,并贪夫而同朽。唯海山之清绝兮,仟逍遥乎残年。不待督邮之来侵兮,拟著夫归去之篇。终天命而任化兮,庶或贤乎贪权。情纡郁而还反兮,侨舍寂其无眠。月幽幽而瞰帷兮,灯翳然而向壁。羌百感之集肠兮,恍山阳之闻笛。援雅琴而命操兮,写余恨之萧摵。沾金徽而至曙兮,怅东方之既白。

一

　　许赋和向赋都化用典故,增强了赋作的审美意蕴。化用典故既能使语言精练,丰富作品的内容,又能委婉表达自己的情感,使作品的风格典雅风趣,含蓄有致。化用典故在中朝历代赋作中俯拾即是,如苏轼《赤壁赋》"月出东山"典出鲍照《朗月歌》"朗月出东山,照我绮窗前";王粲《登楼赋》"昔尼父之在陈兮,有归欤之叹音"典出《论语·公冶长》"子在陈,曰:归欤!归欤!吾党之小子狂简,斐然成章,不知所裁之";朝鲜李奎报《春望赋》"雨浥轻尘兮柳色新"化用王维《送元二使安西》"渭城朝雨浥轻尘,客舍青青柳色新";李穑《雪梅轩赋》"谢语夺胎,宋句换骨"化用黄庭坚"夺胎换骨"的诗学理论。许筠、向秀的同题之作《思旧赋》,也都化用了大量的典故,给各自的赋作增强了蕴藉之美。

许筠熟谙中国文化,在创作《思旧赋》时对中国典故信手拈来。许赋序文化用《庄子》"莫寿于殇子,而彭祖为夭"、"齐万物一死生"之典为"一死生,齐彭殇"。彭,彭祖,相传为颛顼帝的玄孙,活了八百岁;殇,指短命夭折的人。"齐万物"指世间的万事万物没有差别,"一死生"指生与死没有差别。许筠"一死生,齐彭殇"的意思是把死和生看作一回事,把高寿的彭祖与短命的人同等对待。许筠还化用了阮籍《咏怀诗》(其一)的诗意为己用,阮诗曰:"夜中不能寐,起坐弹鸣琴。薄帷鉴明月,清风吹我襟。孤鸿号外野,翔鸟鸣北林。徘徊将何见,忧思独伤心。"阮籍在这首诗中抒发了自己的苦闷与彷徨,许筠在赋文中说:"幽泉咽而不流兮,翔鸟呼乎北林",同样表露了自己愁苦的心境。

向秀为了抒发自己的感情,在赋文中使用了大量典故。"叹《黍离》之愍周兮,悲《麦秀》于殷墟。"《黍离》指《毛诗·王风·黍离》,《毛诗序》曰:"黍离,闵宗周也。周大夫行役,至于宗周,过故宗庙宫室,尽为禾黍,闵周室之颠覆,彷徨不忍去而作是诗。"麦秀,是麦子孕穗的意思,赋中指《麦秀歌》,《尚书大传》曰:"微子将朝周,过殷之故墟,见麦秀之,此父母之国,志动心悲,作歌咏之。"《黍离》、《麦秀》表达的是一种亡国之痛,深沉而痛彻心肺。由于其思想和形象的典型性,成为被广泛引用的典故。王安石说:"《黍离》《麦秀》寻常事,且置兴亡近酒缸。"向秀有意识地将自己的失友之痛与亡国之痛做对比,借典抒情,悼友之情尽融于典中。

"昔李斯之受罪兮,叹黄犬而长吟"典出《史记·李斯列传》:"斯出狱,与其中子俱执,顾谓其中子曰:'吾欲与若复牵黄犬,俱出上蔡东门逐狡兔，岂可得乎？'遂父子相哭，而夷三族。"向秀以李斯案作比，实是对好友冤死的不辩之辩。以李斯反比嵇康，含蓄表明对好友的钦佩之情："悼嵇生之永辞兮，顾日影而弹琴。"面对死亡，好友嵇康是何等的洒脱与从容。向秀写这几句又有自比之意，李斯汲汲于富贵而入秦，自己欲苟全性命而入洛，有不同之同。李斯最终身死族灭，自己虽暂可保全性命，却前途莫测，刚刚在洛阳发生的事就是宦海艰险的开端："康既被诛，秀应本郡计入洛。文帝问曰：'闻有箕山之志，何以在此？'秀曰：'以为巢、许狷介之士，未达尧心，岂足多慕。'"（《晋书·向秀传》）。强权之下的生命，微若浮尘，人事沧桑，去路茫茫，典故中透露出浓重的悲凉凄怆之感。

　　文学形象的描写、刻画等，离不开修辞。修辞包含排比、对偶、象征、比喻、借代、夸张等，而排比和对偶是赋文中最为常见的修辞方式，这与赋文铺张恣肆、纵横挥写的特征是分不开的。而排比、对偶，可以增强文章语言的气势，把道理阐述得严密、透彻；使文章在形式上音节整齐匀称、节奏感强，具有音律美，内容上凝练集中，概括力强。许、向二赋中对这两种修辞运用得可谓出神入化，形式之精巧、感情之真挚，堪称赋作中的经典。如许赋的对偶句"朝余憩乎横溪兮，夕余逾乎开领"，用自己在早晨、傍晚所处地理位置的不同，说明时间的飞逝，人世沧桑也是在朝夕之间变化的；"惊老稚之随湍兮，饵幽窟之鲛龟"，说明水灾之大、之凶猛。许赋还用大段的排比句抒发自己的愤懑之情，"不待督邮之来侵兮，拟著夫归去之篇。终天命而任化兮，庶或贤乎贪权。情纡郁而还反兮，侨舍寂其无眠。月幽幽而瞰帷兮，灯翳然而向壁。羌百感之集肠兮，恍山阳之闻笛。援雅琴而命操兮，写余恨之萧摵。沾金徽而至曙兮，怅东方之既白"。向赋也善于用对偶句来抒发自己的感情，如"嵇意远而疏，吕心旷而放"，交代了嵇康、吕安两人的性格特征，也正是这样的性格特点，给他们惹来了杀身之祸。"叹《黍离》之愍周兮，悲《麦秀》于殷墟"两句对偶工整，化用典故，抒发了悲痛之情。向秀更运用排比句抒发了自己对嵇、吕二人的沉痛悼念及对自己前途未卜的忧虑："悼嵇生之永辞兮，顾日影而弹琴。托运遇于领会兮，寄余命于寸阴。"

## 二

虽说许赋是模仿向赋之作，却在相似之外，更多的是不同：二赋序文所述背景侧重点不同；许赋比向赋抒情方式更为直接；许赋是向赋思想内容的深化。

两篇赋文前都有一段序文，短小精悍，蕴涵丰富，均交代了写作赋文的一些背景知识，但亦有不同之处。许赋的序文先点明了写作时间——"丁未岁四月"；地点——"赴真州，路由溟州"；自然环境——"州经大水，邑里寥落，无复昔日繁花之赏"；社会环境——"耆旧多凋丧"；自己的处境、状况——"早衰多疾，居此世亦无几何"，情感基调是悲怆的。向赋序文先介绍了嵇康、吕安的性格特征，嵇、吕二人，一个志向高远，一个心胸旷达，但终因"疏"、"放"的性格决定了命运，"其后各以事见法"，语气平淡，但深深隐藏着向秀对残暴当权者的愤恨。向赋序文重点书写嵇康被杀之时"顾视日影，索琴而弹"超然物外的境界；略写自己进京途中，路经嵇康旧居，听笛声而叹，提笔作赋的经过。许赋序文的最后写道："遂抽思而为之赋，是向子山阳之感也已。"向子，即向秀。这一句交代了许赋是向赋的模拟之作，这就给我们对两赋的比较提供了理论依据。

相较向赋语气的抑郁平淡，许赋抒发情感则更为直接、强烈。许筠开篇就直抒愤懑之情："余遭世之薄厄兮，悲屡踬于名途。""厄"，被迫害，《孟子·万章上》："是时，孔子当厄。"许筠曾经五次被罢职，主要因为许筠为人桀骜不驯，放浪形骸，不愿意巴结权贵，他在《对诘者》中说："吾性鄙拙，疏而且粗。无机无巧，不谄不谀。"他亦不受礼教的束缚，迷恋"拥赵姬屏间，处楔鸣瑟，酌醴脍鲤"的生活。这种为人处世的方式，和当时朝廷所崇尚的正统思想相违背，自然不会被重用。但许筠同情人民的疾苦，"痛民生之无禄"，却又无能为力，只能"强欢笑而徘徊"。许筠对水灾后民不聊生的画面大加描绘："凭阳侯之吼怒兮，襄大陆以洪波。决金堤而坏巨防兮，铲儳岸之嵬峨。惊老稚之随湍兮，饵幽窟之鲛龟。栉千家之傍郭兮，今沉没而成河。""阳侯"是古代传说中的波涛之神。"阳侯，陵阳国侯也。其国近水，溺水而亡，其神能为大波，有所伤害，因谓之阳侯之波。"（《淮南子·览冥训》）赋中引此典故，意在写洪水之大、灾害之重。如此悲怆之景正与作者悲伤之心相契合，所以许筠悲愤填膺，大声向造物的主宰疾呼："酷罚之奚偏兮，吾将罪夫真宰?"表面在责问苍天，怨天降洪灾于人民，实是责问朝廷的统治者，抒发的感情异常激愤、强烈。向秀则用含蓄曲折的手法来表达自己的思想感情。魏、晋之际，是中国历史上少有的黑暗恐怖的乱世，"天下多故，名士少有全者"(《晋书·阮籍传》)，曹氏与司马氏争夺政权，终以司马懿兵变诛杀曹爽，政权归司马氏而结束。司马氏为了巩固政权，对士人采取或杀戮或笼络的策略。公元263年，刚肠疾恶、忤世违俗的嵇康和士人吕安被杀，造成了极其恐怖的氛围，在士林中引起了巨大的反应，海内名士纷纷趋附于司马氏的门下，向秀也就是在此时，走出隐逸的山林，应召赴洛阳。在这种大的政治环境下，向秀的赋作在抒发感情时，自然不会直抒胸臆，只能曲折含蓄。

许筠不仅仅是模仿向秀的《思旧赋》，更是对其赋作的深化和发展。许筠借用"水灾"过后家园遭灾这一情况，运用曲笔，抒发了自己遭受贬谪的不幸遭遇。这篇赋文是骚体赋，不仅在形式上模仿屈原赋，内在精神上也与屈原赋相切合，作品中浸透着浓郁的悲怨，这与许筠的人生遭际和创作主张是相关联的。许筠生活在朝政混乱、党争激烈复杂的李朝宣祖、光海君时期，他五次被贬谪，一次遭流放，后被处死。他追求富于性情的创作，肯定充满性情的唐诗，诗论中"似唐"、"逼唐"、"近唐"等语俯拾即是，而魏晋文学正是给唐诗提供养分的沃土。许筠的这种人生经历和创作主张，自然会反映在赋作中，在模仿向秀的基础上，使其赋作成为抒发性情的载体，更是自己创作理论的深化与发展。

## 三

赋文学是中朝宝贵的文学遗产，也是中朝文化交流源远流长的有力证明。许筠的赋是朝鲜汉文学重要的组成部分，体现出许筠深厚的汉文化功底，也反映出当时的时代背景与社会风貌。对比许筠、向秀的同题之作《思旧赋》，可以透视两位作家的心路历程、审美价值取向、社会大环境，不仅可以拓宽中朝比较文学视野中的许筠研究领域，更会对以后进行中朝赋文学比较提供可资借鉴之处，具有重要的学术价值与现实价值。

# 韩国金富轼《百结先生传》
# 与陶渊明《五柳先生传》之比较

传记，是一种常见的文学形式，大致可以分为史传和散传两种形式。史传即史书上的人物传记，以汉代司马迁《史记》为典型代表；散传即史书之外，一般文人学者所撰写的散篇传记，以汉代刘向所撰《说苑》、《新序》和《列女传》等著作为代表。在众多散传中，陶渊明《五柳先生传》是其中最为经典的作品之一。陶渊明（约365—427），一名潜，字元亮，谥号靖节先生。东晋诗人、散文家。主要作品有《饮酒》组诗、《归园田居》组诗、《桃花源记》、《五柳先生传》等。其诗文所体现的美学风格和艺术造诣，以及其自身所体现的道德价值和人格力量，给后世读者提供了一种行为模式和精神寄托。

古代朝鲜与中国有着密切的政治、文化的交流，在高丽朝众多的文学样式中，史传文学取得了辉煌的成就。金富轼所撰《三国史记》是高丽史传文学的不朽之作，是韩国古代第一部纪传体通史，其体例、文笔都模仿司马迁《史记》，也可与之媲美。金富轼也因此有了"高丽的司马迁"的美誉。金富轼（1075—1151），字立之，号雷川，本籍庆州，谥号文烈，高丽朝著名政治家、历史学家和文学家。曾两次出使中国（宋朝）。其著作《三国史记》分本纪、志、年表、列传四体，共50卷，记述了三国与新罗王朝约一千年间的政治、军事、经济、文化等大事，保存了大量的珍贵材料，是高丽史学的里程碑。

一

高丽文人对中国作家的学习是不遗余力、孜孜以求的，在众多中国作家中，陶渊明是被高丽文人广泛接受、学习的名家之一。据统计（李星基：《陶渊明对高丽诗文学的影响研究》，韩国建国大学校，2004年硕士学位论文），高丽汉诗中对陶渊明诗句的接受共18处、诗语的接受共28处、

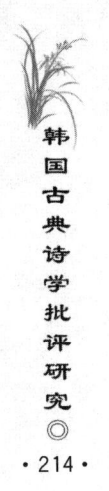

诗思的接受共22处，充分说明了陶渊明对高丽文坛的影响之大。如高丽诗文大家李奎报的诗文中包含咏陶、拟陶的内容多达三四十处；另一位诗文大家李仁老曾创作《归去来辞》和陶渊明的《归去来兮辞》。

金富轼也学习陶渊明，其《百结先生传》与陶渊明《五柳先生传》在结构布局、语言特色等方面有诸多相似之处，但思想旨归又各具特色，颇值得玩味。本文拟对这两篇文章做对比分析，现将两篇文章内容录于下。

## 百结先生传

### 金富轼

百结先生，不知何许人。居狼山下，家极贫，衣百结，若悬鹑，时人号为东里百结先生。尝羡荣启期之为人，以琴自随，凡喜怒悲欢不平之事，皆以琴宣之。

岁将暮，领里舂粟，其妻闻杵声曰："人皆有粟舂之，我独无焉，何以卒岁？"先生仰天叹曰："夫死生有命，富贵在天，其来也不可拒，其往也不可追，汝何伤乎？吾为汝作杵声以慰之。"乃鼓琴作杵声。世传之，名为"碓乐"。

## 五柳先生传

### 陶渊明

先生不知何许人也，亦不详其姓字，宅边有五柳树，因以为号焉。闲静少言，不慕荣利。好读书，不求甚解。每有会意，便欣然忘食。性嗜酒，家贫不能常得。亲旧知其如此，或置酒而招之。造饮辄尽，期在必醉，既醉而退，曾不吝情去留。环堵萧然，不蔽风日；短褐穿结，箪瓢屡空，晏如也。常著文章自娱，颇示己志。忘怀得失，以此自终。

赞曰：黔娄之妻有言："不戚戚于贫贱，不汲汲于富贵。"其言，兹若人之乎？酬觞赋诗，以乐其志。无怀氏之民欤？葛天氏之民欤？

## 二

《百结先生传》与《五柳先生传》在结构布局、语言特色等方面是十分相似的。两篇文章主人公的背景很相似——《百结先生传》曰："百结先生，不知何许人。"《五柳先生传》曰："先生不知何许人也，亦不详其姓字。"均不知道主人公的姓名、出身、籍贯。二人的得名也十分相似，都是因外物而得名：百结先生是因为家庭贫困，衣裳褴褛有百结而得名；五柳先生是因为居住附近有五棵柳树而有此称号。二位主人公都有鲜明的性格特点：百结先生安贫乐道，从他对妻子的回答"死生有命，富贵在天，其来也不可拒，其往也不可追"可以看出；五柳先生则"闲静少言，不慕荣利"。二人亦有浓厚的志趣：百结先生喜欢弹琴，把喜怒悲欢不平之事都通过琴宣泄出来；五柳先生有三大志趣：读书、饮酒、写文章。读书——"不求甚解"；饮酒——"期在必醉"；写文章——"自娱"、"示己志"。

二文结构谨严，都做到了首尾呼应。《百结先生传》前段叙述百结先生安贫乐道，仰慕高贤隐士，以琴相伴；结尾写百结先生对妻子问话的回答——"死生有命，富贵在天，其来也不可拒，其往也不可追"，深化了前段对百结先生安贫乐道的高贵品质的赞扬。《五柳先生传》前段客观介绍五柳先生的其人其事；结尾部分通过"赞"这一史传文学常用模式，对被立传者进行评论。前面说五柳先生"不慕荣利"，后面说五柳先生"不戚戚于贫贱，不汲汲于富贵"，首尾呼应，富有逻辑性，结构严谨。

二文的语言都精炼传神，句式构思巧妙。传记为了写清人物的生平、事迹等，往往大肆渲染，洋洋洒洒数千言或者上万言。但金富轼为百结先生立传，陶渊明为五柳先生立传，均惜墨如金，尽管篇幅短小，却给读者留下了深刻的印象。作者尽可能使自己的语言准确鲜明而又富有概括性，避免拖泥带水。如《百结先生传》写百结先生的生活境况时，仅用了三个短句，共九个字，便使百结先生贫穷的形象跃然纸上："家极贫，衣百结，若悬鹑。""悬鹑"二字颇具神韵。鹌鹑羽毛不整齐，而且尾巴短，所以人们用以形容褴褛的衣裳。陶渊明写五柳先生的性格特征只用"闲静少言"四字，写其思想境界只用"不慕荣利"四字，精炼传神，力透纸背。

《百结先生传》、《五柳先生传》在句式上最大的特点是用带"不"字的否定句，即"不"字是这两篇文章的文眼。钱钟书先生指出："此篇（指《五柳先生传》）中'不'字，为一篇眼目。"《五柳先生传》有九个"不"字，《百结先生传》有四个"不"字。《五柳先生传》的九个"不字,言浅意深地概括了五柳先生的为人、志趣、生活、人格,展现出一位正直的知识分子的清高傲骨和高洁志趣。《百结先生传》的四个"不"字,意蕴深远,刻画了一位真正的安贫乐道的隐士形象。

### 三

两篇文章篇幅短小,均不足200字,逼真地把主人公的性格志趣和精神风貌展现出来,并且在结构布局、语言特色等方面有相似之处,但毕竟来自不同国度、不同时期、不同作者,导致其思想旨归迥异。

《百结先生传》是《三国史记》中的一篇传记,它记述了安贫乐道而富有应用才华的隐士,并说明"碓乐"的起源。《五柳先生传》是陶渊明托名五柳先生而做的一篇自传。萧统在《陶渊明传》中说:"尝著《五柳先生传》以自况……时人谓之实录。"五柳先生的形象,正是陶渊明的自画像。

《五柳先生传》与《百结先生传》都运用典故,但是表达了不同的思想意蕴。典故均来自史料古籍,蕴涵着丰富的文化信息,运用得巧妙、灵活,会为文章增光添彩,使文章富有灵气。《五柳先生传》与《百结先生传》中的典故,使主人公形象更加丰满,形神兼备。《百结先生传》中"其来也不可拒,其往也不可追"这两句话,典出《论语·微子》中楚狂接舆的一段话:"楚狂接舆歌而过孔子曰:'凤兮凤兮,何德之衰!往者不可谏,来者犹可追。已而,已而!今之从政者殆而!'"意思是过去的不能挽回弥补,未来的还是能赶得上的,要努力争取。百结先生对妻子的前一句话"其来也不可拒"和楚狂接舆"往者不可谏"的意思是一致的;但后一句话"其往也不可追"与楚狂接舆"来者犹可追"意思恰恰相反,主要是因为所谈论的对象和所处环境不同。百结先生是对妻子问话的回答,表达了他安贫乐道的高贵品质;楚狂接舆的话是对孔子的讽刺。

百结先生非常仰慕荣启期。荣启期,春秋时期隐士,精通音律,博学多才,终年98岁。《列子》载荣启期行于郕之野,语孔子,自言得三乐:"孔子游于太山,见荣启期行于郕之野,鹿裘带索,鼓琴而歌。孔子问曰:'先生所以乐,何也?'对曰:'吾乐甚多。天生万物,唯人为贵,而吾得为人,是一乐也。男女之别,男尊女卑,故以男为贵,吾既得为男矣,是二乐也。人生有不见日月，不免襁褓者，吾既已行年九十矣，是三乐也。贫者士之常也，死者人之终也，处常得终，当何忧哉？'孔子曰：'善乎？能自宽者也。'"（严北溟、严捷：《列子译注》，上海古籍出版社，1986年版）这则故事后化为知足自乐之典。在后世许多诗文辞赋中，都把荣启期作为"高士"加以歌颂。如陶渊明《饮酒》（其二）："九十行带索，饥寒况当年。不赖固穷节，百世当谁传？"此诗即为荣启期的颂歌。

《五柳先生传》中"不戚戚于贫贱，不汲汲于富贵"两句典出汉代刘向《列女传》，其故事大意是：春秋时期鲁国人黔娄清贫自守，不愿出仕。死后，曾子去吊丧，问黔娄的妻子说："何以为谥"，其妻说谥"康"。曾子认为黔娄活着时吃也吃不饱、穿也穿不暖，死了也没办法好好敛葬，也没有酒肉祭祀。活得憋屈，死得窝囊，怎么还这么高调谥号叫"康"呢？其妻说："彼先生者，甘天下之淡味，安天下之卑位，不戚戚于贫贱，不忻忻于富贵，求仁而得仁，求义而得义，其谥为'康'，不亦宜乎？"陶渊明化用此典故抒发了自己归隐山林、独善其身的志向。

《五柳先生传》"无怀氏之民欤？葛天氏之民欤"中的"无怀氏"、"葛天氏"都是传说中的上古帝王。传说在他们的治理下，人民安居乐业，怡然自足，社会风气淳朴敦厚。《庄子·胠箧》叙述了无怀氏时代的社会状况："当是时也，民结绳而用之，甘其食，美其服，乐其俗，安其居，邻国相望，鸡狗之音相闻，民至老死而不相往来。"《吕氏春秋》载："葛天氏，其治世也，不言而信。"不用说什么人民就信服，可见威望之高。陶渊明运用此典故，旨在称赞五柳先生生活的时代人民安居乐业，这是理想的社会形态，也是陶渊明梦寐以求的精神家园，从而升华了文章的主题。

《五柳先生传》在思想意蕴上比《百结先生传》更突出、深化。五柳先生实际上是陶渊明的自画像；而百结先生是金富轼为他人作传，抒发了主人公安贫乐道的精神品质，但百结先生无史书可考。五柳先生是陶渊明心目中的理想人物，是按照自己的思想情操塑造出来的人物形象，五柳先生就是陶渊明的化身。《五柳先生传》中的每一句话几乎都可以从陶渊明的诗文中找到切当的注脚。比如说，五柳先生好读书，达到了"欣然忘食"的境界，陶渊明亦如此："少学琴书，偶爱闲静，开卷有得，便欣然忘食。"（《与子俨等疏》）五柳先生无忧无虑，像上古盛世无怀氏之民、葛天氏之民,陶渊明对上古社会的理想生活也有着热切的向往与追求:"黄唐莫逮,慨独在余。"(《时运》)"羲农去我久,举世少复真。"(《饮酒》)"黄唐"即上古的黄帝、唐尧时期,"羲农"即伏羲氏、神农氏时期,都是上古的理想社会。无疑,自传比他传会倾注作者更多的主观情感。

  传记是中朝文学重要的形式之一。金富轼的传记是朝鲜汉文学重要的组成部分,对后世产生了深远的影响。对比分析金富轼《百结先生传》与陶渊明《五柳先生传》,不仅可以拓宽中朝比较文学的研究领域,更可以透视中朝古典文学在文化上的关联,具有重要的学理价值与现实价值。

# 韩国李奎报《白云居士传》
# 与王绩《五斗先生传》之比较

自传是古代传记的一种，有别于史传、他传，是作者自叙生平事迹的传记。自传大体有三种形态：一是以"自传"为题的，如陆羽《陆文学自传》、刘禹锡《子刘子自传》；一是不以"自传"题名，但实为自传的，如王充《自纪篇》、曹操《让县自明本志令》；还有不以第一人称撰写的自传，如陶渊明《五柳先生传》、王绩《五斗先生传》、韩国李奎报《白云居士传》。

王绩（589—644），唐代诗人，字无功，号东皋子。著有《东皋子集》。《五斗先生传》是王绩的代表作之一，约作于永初二年（421）。文章塑造了一位嗜酒如命、放浪傲世的五斗先生形象。李奎报（1169—1241），字春卿，号白云居士，韩国高丽朝诗人、散文家，著有《东国李相国集》。《白云居士传》是李奎报的一幅自画像，塑造了一位以酒为乐、超然物外的文人形象，在韩国古代传记文学史上占有重要地位。

李奎报《白云居士传》与王绩《五斗先生传》虽然不是相同国度、相同时代的人所作，但同属古典散文的传记范畴，存在很多相似之处。诚如陈蒲清所言："韩国古典散文，在文章体裁、思想观念、艺术风格、应用范围等方面，都与中国古典散文有千丝万缕的联系。"（陈蒲清：《略说韩国古典散文与中国古典散文之联系》，《长江学术》，2006 年第 1 期）李奎报《白云居士传》和王绩《五斗先生传》就是如此，不仅文章体裁相同，都是抒情言志的自传，在文章渊源、艺术构思等方面也有异曲同工之妙，但在人物形象塑造、结构安排等方面又有很多不同，可谓同中有异，值得深入分析。现将两篇文章录于下。

## 白云居士传

### 李奎报

白云居士，先生自号也。晦其名显其号，其所以自号之意，具载先生白云语录。家屡空,火食不续,居士自怡怡如也。性放旷无检,六合为隘,天地为窄。尝以酒自昏,人有邀之者,欣然辄造,径醉而返,岂古陶渊明之徒欤?弹琴饮酒,以此自遣,此其录也。居士醉而饮,自作传,自作赞。

赞曰:"志固在六合之外,天地所不囿,将与气母游于无何有乎?"

## 五斗先生传

### 王 绩

有五斗先生者,以酒德游于人间。有以酒请者,无贵贱皆往,往必醉,醉则不择地斯寝矣。醒则复起饮也。常一饮五斗,因以为号焉。

先生绝思虑,寡言语,不知天下之有仁义厚薄也。忽焉而去,倏然而来。其动也天,其静也地,故万物不能萦心焉。尝言曰:"天下大抵可见矣。生何足养,而嵇康著论;途何为穷,而阮籍痛哭。故昏昏默然,圣人之所居也。"遂行其志,不知所如。

# 一、《白云居士传》与《五斗先生传》的相同之处

李奎报《白云居士传》和王绩《五斗先生传》均是言志抒情的自传,明显受到了陶渊明《五柳先生传》的影响,这是两篇文章最为显著的相同之处,需要给予重点探讨。

王绩、李奎报受陶渊明的影响,这在他们自己的作品及后人的评价中都可以得到确证。王绩以陶渊明为学习的楷模,其《答处士冯子华书》曰:"陶生云:'富贵非我愿,帝乡不可期。'又云:'盛夏五月,跂脚北窗下,有凉风暂至,自谓是羲皇上人。'嗟乎,适意为乐,雅会吾心。"在诗歌中,王绩也大胆地表露了对陶渊明的钦慕:"尝爱陶渊明,酌醴焚枯鱼。"(《薛记室收过庄见寻率题古意以赠》)黄汝亨《东皋子集序》认为王绩"绝类陶徵君",其文集《东皋子集》"宜与《陶渊明集》并传"。现代学者也看到了王绩和陶渊明的渊源关系。胡适指出:"王绩是一个放浪懒散的人,有点像陶潜。"(胡适:《白话文学史》,上海古籍出版社,1999年版)钱钟书曰:"余泛览有唐一家,初唐则王无功,道陶渊明最多;喜其

饮酒，与己有同好，非赏其诗也。"（钱钟书：《谈艺录》（订补本），中华书局，1984年版）

韩国高丽朝文人积极主动地向中国作家作品学习，在众多中国文人群体中，陶渊明是被广泛接受、影响巨大的。作为高丽朝文人代表的李奎报也不例外，其诗文咏陶、拟陶的内容达四十多处。其《陶潜赞并序》云："予读渊明本传及诗集，爱其旷达。""渊明嗜酒，惟日以醉。有杯无酒，其可醉止？达士之趣，人岂易会。"《白云居士传》中"古陶渊明之徒"之句，进一步说明他确实是受到了陶渊明的影响。现代学者亦指出了李奎报对于陶渊明的接受、承继关系，刘彦明认为"陶渊明始终是给予他给养的作家"（刘彦明《李奎报散文研究》，中央民族大学，2005年博士学位论文），"李奎报在创作上受陶渊明影响最为明显的一部作品是《白云居士传》"（刘彦明：《李奎报散文研究》，中央民族大学，2005年博士学位论文）。

具体到《白云居士传》、《五斗先生传》，《五柳先生传》的影响主要体现在以下几个方面：

（一）以"号"名篇，取横舍纵。

自陶渊明以"号"名篇的自传出现后，中韩古代文坛涌现出了大批以"号"名篇的自传，《白云居士传》与《五斗先生传》即是其中的代表篇章之一。两篇文章均以"号"名篇，托"号"寄兴，通过"号"反映自己的精神追求。陶渊明《五柳先生传》不同于史传，它没有详细叙述传主纵向发展的生平轨迹，而是看似随意地选取了几组日常之事做了横向的简单排列。《五柳先生传》用了四组没有明显时间先后的事实来体现传主的性格特征：读书不求甚解，饮酒力求尽情，怡然于贫贱，著文章自娱自乐。最后的论赞再次突出强调了传主安贫乐道的性格特征。《白云居士传》以四组日常之事串联全文，表现传主的性格特征：性情豪放、志向高远，尽情尽性饮酒，家贫仍怡然自得，著文自娱言志。最后的论赞突出强调了传主的远大抱负。《五斗先生传》以传主的日常生活情态作为重点，突出了传主的性格特点：嗜好饮酒，放浪形骸，追求超越人世的化外之境，具有傲世情怀。这三篇传记均摆脱了"史"的束缚，形成了古典言志抒情型自传"不传事实，只传精神"的特点。

(二) 隐去姓氏，模糊时代。

一般的传记，会在文章的开头交代传主的姓氏、籍贯、世系等基本情况，而《白云居士传》、《五斗先生传》则隐去了姓氏、籍贯等信息，并且模糊了时代背景。《白云居士传》曰："晦其名显其号"，传主有号而无名。《五斗先生传》的传主亦有号而无名，只交代世上有"五斗先生者"而已。《白云居士传》、《五斗先生传》也没有具体交代传主的生活时代，从文章中无法确定传主生于何朝何代。这种隐去姓氏、模糊时代的写法承传于陶渊明《五柳先生传》。《五柳先生传》云："先生不知何许人也，亦不详其姓字。"这种情况，在后世的自传中经常可见。如白居易《醉吟先生传》："醉吟先生者，忘其姓字、乡里、官爵，忽忽不知吾为谁也。"（《白居易集》，中华书局，1979年版）陆龟蒙《甫里先生传》："甫里先生者，不知何许人也，人见其耕于甫里，故云。"（宋景昌点校：《甫里先生文集》，河南大学出版社，1996年版）清代李调元《四桂先生传》曰："四桂先生，不知何许人也。慕五柳先生之为人，因指亭前四桂以为号焉。"（李调元：《童山文集》，上海古籍出版社，2010年版）隐去了姓氏、籍贯等信息，就消解了传记的历史留名功能。

(三) 叙述语言相近，内涵精神相承。

《白云居士传》、《五斗先生传》与《五柳先生传》在语句上有诸多相似之处，如"尝以酒自昏，人有邀之者，欣然辄造，径醉而返"（《白云居士传》），"有以酒请者，无贵贱皆往，往必醉，醉则不择地斯寝矣，醒则复起饮也"（《五斗先生传》），"造饮辄尽，期在必醉，既醉而退，曾不吝情去留"（《五柳先生传》），三传行文语句何其相似！

不仅是叙述语言相似，李奎报与王绩对于酒的执著追求，也承传了陶渊明。《五柳先生传》言"性嗜酒"，一个"嗜"字，传神地写出了陶渊明对酒的喜欢程度之深。陶渊明自己也说："吾尝得醉于酒足矣。"后世很多学者认为陶渊明篇篇有酒，陶渊明现存诗文140多篇，其中说到饮酒的有50多篇，占其全部作品的百分之四十左右。《五斗先生传》则曰："以酒德游于人间。""酒德"一词出自刘伶《酒德颂》："以酒自名，一饮一斛，五斗解醒。"《白云居士传》文章虽短小，但是出现了两次"酒"字、两次"醉"字，充分说明了李奎报对于酒的喜爱。《高丽史列传》曰："公（李奎报）性豁达，不营生产，少时肆酒放旷。"师存勋在《李白与李奎报酒诗同异试论》一文中说："李奎报的创作实绩说明，其文学成就与酒有着密切的关系，翻阅《东国李相国集》，在处处书香之中不时散发着浓郁的'酒香'。"（师存勋：《李白与李奎报酒诗同异试论》，《当代韩国》，2012年第1期）这些材料都说明了李奎报与酒的渊源之深。

## 二、《白云居士传》与《五斗先生传》的不同之处

《白云居士传》、《五斗先生传》二文毕竟来自不同的作者、不同的国度，时代语境亦各异，虽然有诸多相似之处，在人物形象塑造、结构安排上还是有些差异。

（一）人物形象塑造上的不同

在人物形象的塑造上，《五斗先生传》采用了破立结合的人物塑造方法，比《白云居士传》更为丰满、立体。

李奎报、王绩均喜好美酒，但李奎报没有王绩那样嗜酒如命。酒是王绩的全部，酒寄托了他的理想。王绩"饮酒至数斗不醉"（吕才：《王无功文集序》），有"斗酒学士"之称。《王无功文集》存诗歌120多首，其中写有酒的40多首，占三分之一多。王绩还写有《酒经》、《酒谱》、《醉乡记》等专门论酒及论及酒的文章。王绩醉酒之后的洒脱相较李奎报来说更甚，李奎报每次喝醉以后，没有其他活动，保留着文人的矜持；王绩则非常随意，对酒的痴迷也更甚。他醉酒之后，不择地而眠，醒后继续狂饮，何其洒脱！王绩常在诗中自绘醉态："酣歌吹树叶，醉舞拂灯花"、"纵横抱琴舞，狼藉枕书眠"。（《饮酒醉后自问答》）完全是一个放浪形骸的酒徒。

产生醉酒之后不同情态的根本原因在于，二人的思想基础不同。李奎报思想中更多的是禅宗意识，这就要求他适可而止，不能恣意放纵。其"散文寄托了他对佛教禅宗'明心见性'、'以心顿悟'、'顿修成佛'的深刻理解，传达出了浓浓的禅理、禅机、禅趣、禅境"（刘彦明：《论李奎报散文中的禅学蕴涵》，《延边大学学报》（社科版），2005年第2期）。王绩的思想，占主导地位的是道家思想，他追求闲适自然的精神状态。王绩在《五斗先生传》这篇文章中，更多流露的是老庄哲学思想。史载王绩"以《周易》、《老子》、《庄子》置床头，他书罕读也"。明代黄汝亨《东皋子集

序》言:"东皋子放逸物表,游息道内。师老、庄,友刘、阮。"从"忽焉而去,倏然而来"、"万物不能萦心"也可以看出,这完全是一个超凡脱俗、不食人间烟火的人物形象。

(二)结构安排上的不同

首先,对取号的缘由,二文呈现出不同的行文安排。以"号"名篇的文章,客观上要求对"号"的由来给予解说。陶渊明的"号"取自宅边的"五柳":"宅边有五柳树,因以为号焉。"王绩《五斗先生传》秉承了陶渊明自传交代"号"的写法,说出了"号"之由来:"常一饮五斗,因以为号焉。"李奎报没有在《白云居士传》中交代"号"的由来:"白云居士,先生自号也。晦其名显其号,其所以自号之意。"这里只是交代了"白云居士"这个"号"是自己取的,是为了隐晦自己的名字,但是为何取号"白云居士",则没有进一步交代,给我们留下了悬念。这和王绩是有所区别的。

那么,李奎报到底为何取号"白云居士"?又有何深意?《白云居士语录》曰:"白云,吾所慕也,慕而学之,则虽不得其实,亦庶几矣。"原来李奎报的号,来源于他对白云的艳羡。白云的高洁,潇洒自由,深得古代文人的喜爱,李奎报也不例外。在取号的类型、缘由上,李奎报有一番独到的认识,这无疑比陶渊明、王绩更深入。他说:"古之人以号代名者多矣。有就其所居而号之者,有因其所蓄,或以其所得之实而号之者。如王绩之东皋子,杜子美之草堂先生,贺知章之四明狂客,白乐山之香山居士,是则就其所居而号之也。其或陶潜之五柳先生,郑熏之七松处士,欧阳子之六一居士,借因其所蓄也。张志和之玄真子,元结之浪漫叟,则所得之实也。"(《白云居士语录》)李奎报把古人取号分为三种类型:第一种类型,"就其所居"而号,如王绩、杜甫、贺知章、白居易;第二种类型,"因其所蓄"而号,如陶渊明、郑熏、欧阳修;第三种类型,"以其所得之实"而号,如张志和、元结。李奎报认为自己的取号有别于他人:"李叟异于是",可见他对自己取号"白云居士"是充满自豪和自信的。

其次,对传主经济基础的交代,二文也呈现出不同。《白云居士传》交代了传主的经济基础:"家屡空,火食不续。"这和《五柳先生传》的行文思路是相似的:"环堵萧然,不蔽风日;短褐穿结,箪瓢屡空。"李奎报和陶渊明的生活都是比较窘迫的,在这种情况下,他们能够怡然自得,安于贫穷,精神难能可贵。《五斗先生传》没有明确地交代作者的经济状况,只是通过酒意象,传达出传主傲世之情怀。据史书记载,王绩的生活条件是比较优越的,"有田顷在河渚间"、"有奴婢数人,种黍,春秋酿酒,养凫雁"。王绩在《答处士冯子华》中也说:"结构茅屋,并厨厩,总十余间,奴婢数人,足以应役。"

最后,二文结尾的布局,也有不同。李奎报《白云居士传》以"赞"作为文章的结尾,进一步表明了自己的志向与情操;王绩《五斗先生传》则没有以"赞"收束全篇。《白云居士传》"赞"曰:"志固在六合之外,天地所不囿,将与气母游于无何有乎?"突出了自己的豪放之情与不受世俗所囿的心境。李奎报《白云居士传》以"赞"作结,很明显受到陶渊明《五柳先生传》的影响。《五柳先生传》也以"赞"结尾,抒发己志,其"赞"云:"黔娄之妻有言:'不戚戚于贫贱,不汲汲于富贵。'其言,兹若人之乎?酣觞赋诗,以乐其志。无怀氏之民欤?葛天氏之民欤?"

## 三、结语

李奎报的《白云居士传》与王绩《五斗先生传》都受到了陶渊明《五柳先生传》的影响,在谋篇布局、精神传承上,都打上了鲜明的陶渊明的烙印。但因为属文对象、思想基础、时代语境的不同,两篇文章又呈现出细微的差别。通过二文的对比分析,我们可以窥见中国文学对韩国古典散文的影响是深远的。

# 韩国许筠人物传隐寓性的审美意蕴

传记体文章,大致可以分为三种:一种是史书上的人物传记,称为史传;一种是史书之外,一般文人学者所撰写的散篇传记;一种是用传记体虚构的人物故事,实际上是传记小说。许筠的五篇人物传记《严处士传》、《荪谷山人传》是以写实笔法写作的,属于第二种;《南宫先生传》、《张山人传》、《蒋生传》是以虚构手法创作的,属于第三种。许筠(1569—1618),字端甫,号蛟山、惺所等,朝鲜朝中期著名文学家、思想家。他精通汉文,著述颇丰,作品有《惺所覆瓿稿》、《闲情录》、《鹤山樵谈》等。这些作品体裁丰富,包括诗赋、散文、诗话、笔记、小说等,正如诗家南龙翼所言:"百体具备,妙解旁通,虽盛世无出筠右者。"《严处士传》、《荪谷山人传》、《张山人传》、《南宫先生传》、《蒋生传》等汉文人物传,分别描述了五位传主的才艺、个性、遭际和经历,实是作者许筠的写照。许筠假借他传隐寓己意,托助他人言抒发胸襟,使这五篇人物传记具有独特的审美意蕴。

## 一

传记创自汉代司马迁的《史记》,刘勰说:"观夫左氏缀事,附经间出;于文为约,而氏族难明。乃史迁各传,人始区详而易览,述者宗焉。"(《文心雕龙·史传》)明代徐师曾《文体明辨序说》曰:"字书云:'传者,传也。纪载事迹以传于后世也。'自汉司马迁作《史记》,创为'列传'以纪一人为始终,而后世史家卒莫能易。嗣是山林里巷,或有隐德而弗彰,或有细人而可法,则皆为之作传以传其事,寓其意。"中国文人创作的很多人物传记,在传主身上"寓其意",假他传寓己意,托人言抒胸襟。如陶渊明的《五柳先生传》,文章从思想性格、爱好、生活状况等方面塑造了一位独立于世俗之外的隐士形象,赞美了安贫乐道的精神,实有寓意,作者托言为五柳先生写传记,实为自传。沈约《宋书·隐逸传》和萧统的

《陶渊明传》都认为是"实录"。从传中写五柳先生的志趣爱好及思想性格等来看，与陶渊明诗文中表现的性格相同。

许筠的人物传亦具有特殊的寓意。许筠人生坎坷，曾经五次被罢职，所以常借作品发泄自己对社会的不满和反抗。联系许筠自身的生活经历，可以看出这些传记寓含了作者本人的思想观念和价值取向，其中的人物是许筠理想人生的寄托。这些作品具有独特的审美意蕴，研究、考察这些作品，可以透视许筠的文学成就及审美价值取向，从更高的层面来说，对许筠所处的那一时代的社会思潮会有更深入地把握。

许筠在描写传主时，侧重描写传主出色的文学才华，如描写严处士说："为诗赋甚右……于书无所不通"，"为文简切有致，而诗亦壮丽"。描写荪谷山人（即其师李达）说："少时于书无所不读，缀文甚富。""其诗清新雅丽，高者出入王孟高岑而不失刘钱之韵。自罗丽以下，为唐诗者皆莫及焉。……名动东国。""去太白亦何远乎。"

许筠说严处士和荪谷山人的创作"简切有致"、"壮丽"、"清新雅丽"，也是他自身创作所追求的风格和诗论的重要内容。如许筠《惺叟诗话》曰："洪舍人侃诗，秾艳清丽……似盛唐人作。""我国诗，当以李容斋为第一，沉厚和平，淡雅纯熟。……高古简切，有非笔舌所可赞扬。"他的诗论主张和评价传主的创作理论是相契合的，从历代评论家对他的评价，也可以看出许筠为他人作传，实隐寓己象。其师荪谷山人李达评其《枫乐纪行（四十七篇）》曰："俱古雅清丽，高者汉、魏，下亦开云大历间，不意晚季，有此正始之音。"韩国学者李学源评论其诗词曰："奇警清丽，沉郁顿挫，不蹈袭前人旧套，而犹无背于古法。""许筠既有过人之慧性，乃持绝代之藻鉴，故其对文学的理论，偻指我邦数千年来无数评家，无能出其右者，光光怪怪的一颗彗星，自可永不瞬灭也。"

许筠在人物传中，蕴涵自己的创作主张，是有其历史渊源的。陶渊明《五柳先生传》，写五柳先生有三大志趣：一是读书；二是饮酒；三是写文章。这和陶渊明的实际生活是相一致的。陶渊明从小喜好读书，积极撰写诗文，他的《饮酒》组诗，脍炙人口，陶渊明也是中国文学史上使用"酒"意象最为著名的诗人之一。五柳先生"不戚戚于贫贱，不汲汲于富贵"的品质，正是陶渊明自身的写照。许筠学贯中朝，博采众家，深受中

国诗人的影响,其人物传记亦吸取了中国人物传记的精华。

除了在严处士、荪谷李达身上体现的出众的文学才华和许筠自身相契合外,其他传主也身怀高超才艺,符合许筠的性格特征和理想追求。如张山人,刻苦读书,修成道仙,能降魔除怪;南宫斗,遇仙人,授以成仙之道,成地上仙,可以数日绝食不寐;蒋生,长于模拟与口技,有侠骨异行。许筠才华横溢却仕途不顺,不受重用,但又喜欢打抱不平,一身正气,所以借描绘颇具传奇色彩的人物的高超绝技,抒发压抑的胸襟,以期解决现实问题。

## 二

严处士是耿介高洁之士,"于书无所不通"、"养其母极孝",就是这样的一个人,最后却落得"穷以老"的悲惨结局。荪谷山人(李达号荪谷),"双梅堂李詹之后,其母贱",并且"行且不检",所以"不能用于世"、"忤于时",落得"平生无着身地,人多贱之"、"穷厄以老"的处境和结局。

这两篇作品可以看作是许筠《遗才论》、《学论》中所蕴涵思想的形象化表达。在《遗才论》中,许筠认为朝鲜用人之弊主要在于世胄科目所限,使出身低贱卑微者,只有通过科举才能踏上仕途;盛行的"庶孽制度",重视门第,使很多家贫或庶出的人才不得施展自己的才华。严处士"虽有奇才"、"孝于家廉于乡",终因是"岩穴草茆之士","抑郁而不为之用"。

许筠是李达的学生,非常欣赏老师的才华和个性,欲为其师抱不平,对李达的辩护更是不遗余力。许筠从李达诗的内容、艺术风格等方面给予了极高的评价,他在《鹤山樵谈》中说:"益之诗,世或以花欠实病之,然其……《岭南道中》诗曰:'老翁负鼎林间去,老妇携儿不得随。逢人却说移家苦,六载从军父子离。'其赋役烦重,民不聊生,流离辛苦之状备载于一篇中,使牧民者睹此,而惕然惊悟,施行惠活疲癃,则其为补于风化者岂浅浅乎哉?为文不关于世教则亦徒作而已。此等制作岂不贤于謦诵工谏乎?""气温趣逸,芒丽语澹,其艳也。若南威西子,袯服而明妆,其和也。若春阳之被百卉,其清也。若流霜之洗巨壑,其响亮也。若九霄笙鹤,仿像于九云之表。置在开元大历间,瑕不侧王岑之列,而较诸国朝诸名家,其亦瞠乎,退三舍矣。"

在许筠眼中，言为心声，文如其人，从李达的诗歌可以看出李达心系国事、关心民生疾苦的情操。李达本是一个才华横溢的人，却在社会的歧视中没能发挥出自己的价值而放浪形骸。传记中的严处士和李达的性格、遭际，也是现实生活中许筠自身的隐寓。许筠性格耿直，桀骜不驯，不愿意巴结权贵，他在《对诘者》中说："吾性鄙拙，疏而且粗。无机无巧，不诏不谀。"许筠亦不受礼教的束缚，迷恋"拥赵姬屏间，处楔鸣瑟，酌醴脍鲤"的生活方式，时人亦有同感："筠聪敏才华，追古无俦，而浮妄轻薄，且无行检，而轻薄无行，见弃于士论。"严处士、李达的性格、遭遇，反映了现实中的许筠的价值取向。

## 三

许筠身上体现了多教合流的复杂思想，在传记中有所阐释。如严忠贞（处士）"养母极孝……其母劝令学取第，……于书无所不通，而有邃《易》、《中庸》……"严处士虽然"父早殁，家甚贫"，但"于书无所不通……"又极孝顺母亲，在母亲的劝说下读书考取功名，这是儒家"孝"的体现。但母亲去世后，他以此为借口不再出仕，"朝廷闻而嘉之，再授斋郎，终不赴焉"，晚年"移居羽溪县，择山水幽绝处构茆舍"，走上了道家的归隐之路。不论从他所精熟的学问（"邃于《易》、《中庸》"）看，还是从他对母亲生前尽孝（"养母极孝"）、死后守孝（住草庐、啜粥三年），都可以看出严处士是儒家弟子，但他不慕功名利禄，远离世俗官场，其隐退显然不符合儒家"学而优则仕"的思想，但许筠却对其大加赞许、同情、肯定。《张山人传》和《南宫先生传》更体现了许筠多教合流的思想。张山人仙术高明，能召鬼神、降猛兽，并且不计较教派之别，与佛门僧人相交游并常常帮助他们。南宫先生因杀人逃亡出家为僧，拜一老僧为师。其师之师"苦志十一年，乃成神胎"。他认为南宫斗"有道骨，法当上升"，并教授南宫道家经书。许筠本身既信佛又修道，他在《答崔汾阴书》中说："稍从老佛者流，托以自逃。……尤好竺典……常以为不读此书，几乎虚过一生。"他以为佛道并不互相排斥，甚至还能合为一体，他在《读〈庄子〉》中说："其恬淡寂寞，清静无为，默与佛子合。"

许筠所处的时期，崇尚儒学，排斥老庄思想。"李朝建国之初，就一改高丽崇佛尊儒政策，采取了崇儒抑佛、独尊儒术的方针，以程朱理学作为制定治国方略的理论基础。儒学推崇三纲五常，以忠孝为本，提倡大义名分，反对犯上作乱、分裂割据等思想观念，成为李朝封建统治秩序、巩固政权有力的思想武器。佛教国教的地位被贬抑，程朱理学跃居国学、国教的正统地位，迅速传播发展统治李朝思想界达500年之久。"在这样一个大环境下，许筠本应顺从当时社会的所谓正统的思想，但是，他却反对儒教的伦理和礼节，曾用"礼教宁拘放，浮沉只任情，君须用君法，吾自达吾生（性）"的诗句来抒发胸襟。他个性张扬、放荡不羁，厌恶"礼教"，喜欢"任情"的生活，正如《宣祖实录》所言："以儒家之子，反父兄所为，崇信佛教。"他不仅崇佛，而且尚道，也曾因此被朝廷罢免过。他的崇佛、尚道思想在《张山人传》、《南宫先生传》、《蒋生传》等人物传中有明确的体现。《张山人传》、《南宫先生传》都写了很多僧人的形象。不仅如此，许筠在这三篇人物传中还侧重写了道家仙术。张山人其父能役鬼，年九十八，将出家，临行留给张山人《玉枢经》及《运化玄悟》两书。张山人深研此书，也能"呼召神鬼、治疟疠"，"择（鱼）死者，盛于水盆，以七药投之，鱼更活"。后出家入智异山，遇异人，学习降魔之术；南宫斗所读经书皆为道家经典，遇仙人，授以成仙之道，辟谷炼丹，成地上仙，可"数日绝食不寐"；蒋生"如飞而行"，能带着一个人"奋迅一踊，飞入数重门"。综观这些神异之术，可以明显地看出，许筠对道家仙术极感兴趣。许筠还在《张山人传》、《南宫先生传》、《蒋生传》等传中，表达了对海外仙山的渴望之情，这是许筠生活的社会环境的曲折反映。当时的朝鲜受日本、女真的侵略、骚扰，人民生活极度动荡不安，渴望到世外桃源生活，以此解决现实生活的烦恼，是可以理解的。

## 四

作家的生活、理想，是会受时代与环境的影响的，进而述诸笔端，在文学作品中反映出来。许筠的五篇人物传记，曲折地隐寓着他自己的形象，我们可以从这五篇人物传记中了解许筠桀骜不驯的性格特点、坎坷的生活经历、不幸的现实遭际、复杂的思想感情以及当时社会残酷的现实，从而进一步掌握作品的审美文化意蕴。

# 后 记

值此书稿付梓之际,谨向硕导孙德彪教授、博导文日焕教授、博士后导师杜桂萍教授,以及所有给予我指导和帮助的师长与学友,表达我最诚挚的谢意!

本书是在我的博士学位论文基础上修改、充实、润色完成的,也是我学习、研究韩国古典文学、中韩比较文学的体会和多年思考的总结,是我的第一部学术专著。它之于我,意义重大。

2010年9月,我考入中央民族大学,师从心仪已久的文日焕教授攻读博士学位,开始了三年忙碌而愉快的学习生活。2013年夏完成学业,顺利通过论文答辩,离京来到冰城哈尔滨,就职于黑龙江大学文学院,投入一个新的工作环境,开始科研、教学双肩挑的艰苦而充实的生活。

是硕导孙德彪教授把我领上了中韩比较文学研究的道路。记得第一篇学术论文,就是在孙老师推荐下发表的。他的一句"论文写得很有味道",虽时隔十年之久,我依然记得清清楚楚。就是这句话让我坚定了要一生从事学术研究的决心,也一直无怨无悔。孙老师看着我从大一到硕士毕业,所以很了解我的性情,每次联系,都嘱咐我要修身养性,少浮躁,多沉思。他既是我的良师,又是我的益友。

是博导文日焕教授让我在为学、为人等方面都有了飞跃。读博期间,文老师非常关心我的学习和生活,帮我解决了很多实际困难。在为学方面,不仅给我以方法论上的点拨,更让我大胆放飞自己的思路、才华,让我一直以自信的姿态迎接每一个挑战。在为人方面,文老师的慷慨豪迈、淡泊豁达,更是让我受益良多。读博期间,兼职做文老师"985工程"文化中心的秘书工作,让我开阔了视野,接触了更多的人与事,对我的成熟、成长起到了很大的推动作用。可以说,在文老师身边的三年,是我成长最快、进步最大的三年。

是博士后导师杜桂萍教授带我进入了全新的研究领域,将我的学术研究提升到了一个新的高度。博士毕业后,我到黑龙江大学文学院工作,又有幸与杜老师合作进行博士后研究,钻研清代文学。我从中韩比较文学领域跨到清代文学,开始时是那么迷茫而痛苦,不知道从何处下手。每每问教于杜老师,她无论多忙、时间多晚,都会第一时间回复我的问题。杜老师学养深厚,知识渊博,视野开阔,我们的合作愉快而有成效,博士后期间发表的每一篇论文,都凝聚了杜老师辛勤的汗水。

感谢中国社科院的张国星教授,每每在我有困难需要帮助的时候,他都是热情地帮我承担下来。感谢一直支持我的中国社科院张政文教授,武汉大学尚永亮教授,黑龙江大学陈永宏教授、陈才训教授、许隽超教授、张安祖教授,以及文学院的领导、老师们。感谢文门、杜门的所有同门伙伴的鼓励。感谢在此书出版过程中,编辑、校对书稿的赵海琳博士。感谢我教过的、一直支持我的徐睿、刘雨诗、刘聪聪、许璇、赵文晶等小友们。

感谢父母、哥哥、姐姐,是他们的爱让我一直大踏步地前进。从小学到博士,我读书整整22年,这些年,他们一直无私地支持我,没有一句怨言。他们善良、质朴,与世无争,唯一希望的就是我能够健康、快乐地生活,做自己喜欢做的事。没有他们的支持,我走不到今天。对他们的爱,可能终生无以为报,这部小书以及一些获奖证书,算是我的一点回报吧。

这部书稿,是我关于韩国古典文学、中韩比较文学研究的阶段性成果,还有很多不尽如人意的地方。我期望,今后能够写出更多更好的扎实而有新见的东西。

"天行健,君子以自强不息;地势坤,君子以厚德载物",我会不断反省自己,规范自己,努力为学、为人,无愧学术,无愧人生。

王 成

2015 年 12 月

于黑龙江大学